KB198598

삼둥이를 낳으면 행복도 세제곱일 줄 알았지

삼둥이를 낳으면 행복도 세제곱일 줄 알았지

스트레스 99%였던 극한 육아에서 진짜 행복을 찾다

초 판 1쇄 2024년 12월 10일

지은이 유다윤
펴낸이 류종렬

펴낸곳 미다스북스
본부장 임종익
편집장 이다경, 김가영
디자인 윤가희, 임인영
책임진행 김은진, 이예나, 김요섭, 안채원, 장민주

등록 2001년 3월 21일 제2001-000040호
주소 서울시 마포구 양화로 133 서교타워 711호
전화 02) 322-7802~3
팩스 02) 6007-1845
블로그 http://blog.naver.com/midasbooks
전자주소 midasbooks@hanmail.net
페이스북 https://www.facebook.com/midasbooks425
인스타그램 https://www.instagram.com/midasbooks

ISBN 979-11-6910-959-8 03810

값 20,500원

삼둥이를 낳으면 행복도 세제곱일 줄 알았지

유다윤 지음

스트레스 99%였던
극한 육아에서
진짜 행복을 찾다

미다스북스

프롤로그

"세쌍둥이라 세 배 힘들지만 기쁨은 세제곱이에요."

세쌍둥이 아들을 둔 한 연기자는 방송에서 아이들에 대한 사랑을 내비쳤다. 육아는 힘들지만 그만큼 아이들이 주는 기쁨이 커서 힘이 난다고 말이다. 세쌍둥이 임신 사실을 알았던 날, 나는 이 말을 철석같이 믿었다. 앞으로 육아는 힘들겠지만 그만큼 내 인생에도 행복이 가득할 거라고 생각했다.

하지만 내 바람과 달리 현실 육아는 가혹했다. 애 셋을 키운다는 것은 정말 말도 안 되는 일이었다. 무엇이든지 세 번, 혹은 그 이상 해내야 했다. 아이들 울음소리만 들어도 이명이 울려서 두통이 몰려왔다. 밥하고 먹이고 재우고 또 먹이는 쳇바퀴 같은 일상에 진저리 치고 있었다. 육아 스트레스 검사에서 스트레스 수치는 99%였다. 너무 위험해서 당장 전문가의 도움이 필요한 상태였다. 내 속은 만신창이었다. 스트레스, 육아 우울증, 번아웃이 나를 덮치면서 조금씩 무너져 가고 있었다. 하지만 사람들은 그런 나를 '행복한 엄마'라고 불렀다.

"세쌍둥이야? 엄마가 축복받았네."

내가 엄마로서 가장 힘든 시기를 보내고 있을 때 사람들은 내게 '축복'이란 말을 끊임없이 했다. 아이들이 한창 이쁠 때 내 속은 이미 문드러질 대로 문드러진 뒤였다.

처음 이 말을 들었을 때는 황당하기 그지없었다. 축복이라니. 내가 엄마라는 사실조차 못 견디게 버거운데 왜 사람들은 축복이라고 쉽게 말하는 걸까. 나는 육아에서 벗어나고 싶었다. 그래서 사람들이 축복받은 엄마라고 말할 때마다 웃어넘겼다.

그러나 흘려듣던 말이라도 수십 번을 듣고 나니 조금씩 생각이 바뀌었다. 어쩌면 정말로 내가 축복받은 걸지도 모른다고 말이다. 무엇보다 내가 스스로 행복해지고 싶었다. 아침에 눈 떴을 때 아침밥 걱정 말고, 아이들 싸울까 봐 노심초사하는 것 말고 내 하루에 좋은 일이 가득하길 바랐다. 낮에는 화내고 밤에는 자책하며 우는 짓을 그만하고 싶었다.

내가 무너지기 직전에 잡은 것은 책이었다. '왜 나는 화가 날까?', '내 안에 풀리지 않은 욕구는 무엇일까?' 육아를 하면서 떠오르는 질문들을 메모했고 그 답을 찾기 위해 책을 읽었다. 아이들이 커 갈수록 독서와 기록도 함께 쌓여 갔다.

그러자 신기하게도 전쟁 같던 일상이 조금씩 평온해지기 시작했다. 육아는 여전히 힘들고 아이들이 내 말을 잘 듣는 것도 아니었다. 변한 것은 나였다. 육아에 대한 내 생각, 가족의 존재 의미, 내 인생에 대한 생각을 정리하고 가다듬으면서 인생관이 확실해졌고 중요한 것과 중요하지 않은 것이 가려졌다.

이런 깨달음으로 삼둥이 육아가 기적처럼 '뿅~!' 하고 즐거워진다면 좋겠지만 그런 마법은 일어나지 않는다. 여전히 삼둥이 육아는 힘들고, 오히려 아이들이 자라면서 육아가 새로운 국면에 접어들수록 끊임없이 엄마의 인내를 요구한다. 그러나 나는 예전만큼 쉽게 무너지지 않는다. 생초보였을 때와 달라진 점이 있다면 육아 내공이 쌓였다고나 할까.

독서를 통해 내가 깨달은 것은 육아는 인생의 축소판이라는 것. 기쁜 일보다는 안 좋은 일이 더 많았고, 계획대로 되는 일이 하나도 없었다. 무엇보다 육아는 아이러니 그 자체였다. 힘들어 죽겠던 육아에 진정한 행복이 숨겨져 있었고, 뼈를 깎는 육아의 고통에 인생의 진리가 숨어 있었다.

행복을 느낄 수 있는 사람은 불행을 겪어 본 사람이다. 불행했고 우울했던 시기가 있기에 행복에 대한 갈망이 더 크다. '엄마'가 바로 그런 사람이었다. 아이를 너무나도 사랑하지만 이 지긋지긋한 일상을 벗어나고 싶다는 양가감정에 늘 허덕인다. 그런 엄마들에게 내 이야기가 조금이라도 위로가 되길, 삼둥이 육아로 한때 피폐해진 나에게도 행복이 찾아왔듯이 당신도 정말 행복해질 수 있다고. 당신은 이미 너무 좋은 엄마이자 좋은 사람이고 지금 행복해질 자격이 충분히 있다고 멀리서나마 작게 위로를 보내 본다.

이 책이 나오기까지 많은 분들의 도움이 있었다. 먼저 이 책을 알아봐 주신 미다스북스의 유종열 대표자님께 감사한 마음을 전한다. 또한 부족한 점이 많은데도 끝까지 응원과 격려를 아끼지 않고 내가 포기하지 않도록 지지해 준 아레테인문아카데미 임성훈 작가님께 진심으로 감사드린다.

그리고 책을 쓰겠다고 선언한 나를 위해 집안일과 육아를 도와주신 친정 부모님과 시댁 부모님, 나를 응원해 주고 내 몫까지 아이들을 봐 준 남편, 마지막으로 나에게 진짜 인생이 무엇인지 알려 준 세쌍둥이에게 무한한 사랑을 보낸다.

목 차

2장
숨 쉬기 위해 책을 펴다

3장
노답 육아에는 철학이 필요해

4장
살아 있는 것만으로도 감사하다

5장
당신은 충분히 괜찮은 엄마입니다

1장

세쌍둥이 매운맛 육아로 번아웃

01

셋 중 하나를 지우라고요?

내가 세쌍둥이 엄마라니

임신 테스트기로 두 줄을 확인하고 처음 초음파를 보던 날이었다. 앞에 겪은 유산 때문에 설렘보다는 두려움이 컸다. 남편이라도 같이 있었으면 좋으련만 코로나로 산모를 제외한 외부인은 출입 금지였다. 결국, 혼자서 진료를 기다리며 아기에게 아무 일 없기를 바라고 또 바랐다.

"아기집이 여기 있네요. 난황도 있고, 심장 소리도 좋아요. 어? 여기 아기집이 하나 더 있었네요. 쌍둥이 같은데…."

"네?! 쌍둥이요?"

"여기도 난황 잘 있고, 심장 소리도 들리시죠? 축하해요. 쌍둥이예요."

초음파 화면에는 두 개의 아기집이 보였다. 아기에게 무슨 문제가 있을까 봐 걱정만 했지, 쌍둥이가 되리라곤 상상도 못 했다. 충격 속에서도 내가 몰랐던 가족력이 있었는지 떠올려 보았다. 친가, 시댁 어디에도 쌍둥이는 없었다. 인공수정이나 시험관을 한 것도 아니었다. 도대체 어떻게 쌍둥이 임신이 된 건지 알 수가 없었다. 그러나 충격도 잠시, 초음파 화면에 세 번째 아기집이 잡혔다.

"어…? 아기집이 또 있어? 어머, 세쌍둥이야?"
"네?!"

너무 놀라서 새된 소리를 질렀다. 화면에는 정말로 세 개의 아기집이 보였다. 심장 소리도 건강했다. 모두 이란성 세쌍둥이였다. 내가 세쌍둥이 엄마라니, 인생 전체를 통틀어 받은 충격 중에서 가장 큰 충격이었다. 아무 생각도 들지 않았다. 그저 초음파 화면만 뚫어지게 쳐다봤다. 충격받은 건 산부인과 선생님도 마찬가지였다. 선생님은 산모인 나를 앞에 두고 계속해서 혼잣말했다.

"아무리 배란 약을 먹었다고 해도 세쌍둥이 임신이 된다고? 시술로도 될까 말까인데…. 이건 거의 자연 임신인데…. 정말로? 이게 가능하다고?"

아, 잊고 있던 배란 약이 떠올랐다. 유산 이후 배란 장애를 겪어서 처방받은 알약이었다. 하지만 배란 약으로 세쌍둥이를 임신할 확률은 겨우 0.5%이었다. 확률이 너무나 희박해서 선생님도 약을 처방할 때 다태아 임신에 대해 설명하지 않았다. 난포가 3개나 자랐을 때도 그저 잘 자랐다고 만 할 뿐이었다. 선생님도 배란 약으로 세쌍둥이 임신이 될 줄은 전혀 몰랐던 것이다. 나도 선생님도 그야말로 멘붕이었다.

초음파실을 나와서도 나와 선생님은 충격에서 벗어나지 못했다. 선생님은 머리를 부여잡은 채 '세쌍둥이라니….'라는 말만 되풀이하셨다. 나는 송일국네 대한, 민국, 만세를 떠올리면서 내 미래를 상상해 보았다. 대학생 때 웃으면서 봤던 세쌍둥이 육아는 더는 남 일이 아니었다. 송일국의 모습이 내 미래라니, 정신이 아득해졌다. 내가 세쌍둥이 엄마가 될 수 있을지 걱정이 몰려왔다. 하지만 그것보다 더 중요한 문제가 있었다.

"다태아 임신은 고위험군에 속해요. 쌍둥이 임신만 해도 산모와 태아가 겪을 합병증 확률이 확 높아져요. 세쌍둥이 임신이라면 더 높아지고요. 게다가 산모분은 체격도 작은 편이라 더 힘들 거예요. 안타깝지만 세쌍둥이는 선택유산도 고려해야 합니다. 세 명을 품는 건 산모와 태아에게 너무 위험해요."

선택유산이라니, 이건 또 무슨 소리인가? 선생님은 분명 나에게 한 명을 지워야 한다고 말하고 있었다. 태아가 더 크면 유산이 힘들어지니 12주 전에 결정해야 한다고 말이다.

짧은 시간 동안 충격적인 이야기를 한꺼번에 들으니, 정신이 혼미했다. 넋이 반쯤 나간 채로 남편에게 초음파 사진을 보여 주었다. 셋이라 초음파 사진도 많았다. 내가 들은 이야기를 전부 남편에게 설명해 주었다. 남편은 나와 똑같은 반응이었다. 세쌍둥이라는 걸 알았을 때는 소리치며 놀랐고, 선택유산을 해야 한다는 말을 들었을 때는 숙연해졌다. 그렇게 기다리던 임신이었지만 마냥 기뻐할 수 없었다.

양가 부모님들도 무척 심란해하셨다. 초음파 파일로 아기들 심장 소리를 듣고 나서는 더 혼란스러워하셨다. 버젓이 심장이 뛰는데 어떻게 한 명을 지운단 말인가. 하지만 선택유산을 하지 않으면 나도 아기들도 위험하다고 하니 무조건 낳자고 할 수도 없었다. 이러지도 저러지도 못하는 상황이었다.

세 명 모두 품을 수 있다면 얼마나 좋을까

인터넷에 선택유산에 대해 검색해 보았지만 정보가 턱없이 부족했다. 겨우 찾은 정보들도 개인적인 경험이 대부분이었다. 한 명을 지우고 쌍둥이로 낳아서 잘 키웠다는 글도 있었다. 반면에 선택유산의 부작용으로 나머지 두 아이도 모두 잃었다는 글도 있었다. 혹은 선택유산을 하지 않았는데도 아이들이 자연 도태되어 한 명만 낳았다는 글도 보였다.

세쌍둥이 임신에 대한 정보는 대부분 부정적이었다. 만출이 35주다 보니 조산 확률이 99%였다. 합병증 위험도 상당히 컸다. 태아 기형 및 사망, 자궁경부무력증, 태반조기박리 등 무시무시한 말들만 가득했다. 심지어는 세쌍둥이를 낳다가 산모와 아기 모두 잘못된 경우도 있었다. 선택유산을 하자니 부작용이 무서웠고 낳자니 위험부담이 커서 걱정이었다. 하지만 유산의 아픔을 알기에, 또다시 아이를 잃고 싶지 않았다.

"한 명은 도저히 못 지우겠어. 지금도 심장이 뛰고 있는데 어떻게 지워."

"나도 지우고 싶지 않은데, 병원에서는 위험하다고 하니까 어떻게 해야 할지 모르겠어."

"그런데, 만약 세쌍둥이를 낳는다면 우리가 키울 수는 있을까?"

산부인과 선생님은 오로지 의학적인 관점에서만 선택유산을 권했다. 그러나 최종결정자인 우리 부부는 현실적인 부분도 고려해야 했다. 경제적 여건, 직장 복지, 양가 부모님의 도움 여부 등 우리가 세쌍둥이를 키울 수 있는지를 충분히 따져 보았다.

남편은 선택유산에 대해서 말을 아꼈다. 임신과 출산은 내가 감당해야 할 부분이 많다 보니 내가 어떤 선택을 하든 따르겠다고 했다. 그렇지만 남편도 나와 같은 마음이었다. 남편은 세쌍둥이가 태어난다면 어떻게든 책임을 다해 키우겠다는 다짐을 내비쳤다. 하지만 가장 큰 문제는 역시나 건강이었다. 어쩌면 우리 부부의 바람이 위험한 선택이 될지도 모르는 일이었다.

세 명 다 품기로 결심하다

결국 우리 부부는 대학병원을 찾아갔다. 그곳에는 다태아 전문의로 유명한 J 교수님이 계셨다. 나는 떨리는 마음으로 교수님께 선택유산에 대해 질문했다.

"교수님, 병원에서는 세쌍둥이 임신이 위험하다고 선택유산을 권했어요.

그런데 저희는 선택유산을 하고 싶지 않아요. 한 명은 도저히 못 지우겠고, 그렇다고 낳자니 위험하다고 하고, 도대체 어떻게 해야 할지 모르겠어요."

"보통 삼태아는 선택유산을 권하는 경우가 많아요. 그런데 실제로는 한 명을 지우는 게 더 위험합니다. 선택유산을 하지 않고 세 아이 모두 생존할 확률은 90%가 넘지만 선택유산을 하게 되면 두 아이가 건강하게 태어날 확률이 82%로 떨어져요. 출생 이후도 마찬가지예요. 선택유산을 하지 않고 세 명 다 태어난 경우가 발달장애가 적었어요. 걱정하지 마세요. 세쌍둥이 임신은 쉽진 않지만 그렇다고 불가능한 것도 아니에요."

교수님의 대답을 듣자마자 나와 남편은 안도의 한숨을 쉬었다. 세 명을 품는 것이 더 안전하다고 하니 고민할 필요가 없었다. 진료를 마치고 양가 부모님께 연락을 드렸다. 세 명 다 품을 수 있다는 기쁜 소식을 전하기 위해서다.

그때 내 몸은 이미 세쌍둥이 임신으로 많이 변해 있었다. 배란 약 부작용으로 복통도 심했고 피 비침도 자주 있었다. 임신 호르몬 과다 분비로 7주 차 때부터 입덧을 시작해 먹지도 못했다. 그러나 나는 이런 것쯤이야 다 견딜 수 있다고 자신했었다. 세 아이를 모두 낳을 수 있다는데 엄마가 못 할 게 뭐가 있겠냐는 마음이었다.

하지만 모든 선택에는 대가가 따르는 법. 나는 몰랐다. 세쌍둥이 부모가 되겠다는 결심에는 어마어마하게 힘든 임신과 육아도 함께 포함된 것이었음을.

02

엄마 되기가 이렇게 힘들 줄이야

험난한 세쌍둥이 임신

세쌍둥이 만출 기준은 35주다. 단태아의 만출 기준인 40주와 비교한다면 최대한 품어도 조산인 셈이다. 아기들도 미숙아로 태어나다 보니 신생아집중치료실에 입원할 확률도 높다. 일찍 태어난 만큼 약하고 질병에 걸릴 확률도 높기 때문이다. 하지만 조산이라고 무조건 입원하는 건 아니다. 아기의 재태주수가 35주를 넘고 몸무게가 2kg이 넘거나 자가 호흡이 가능하다면 바로 신생아실로 갈 수도 있다.

나의 목표는 아이들 몸무게가 2kg이 될 때까지, 스스로 숨을 쉴 수 있을 때까지 뱃속에서 오랫동안 품는 것이었다. 어차피 40주를 채우지 못한다면 신생아집중치료실이라도 보내지 않겠다는 다짐이었다. 평소에도 버티는 거라면 자신 있었다. 아이들 생사가 달린 문제니 더더욱 각오가 남달랐다. 하지만 세쌍둥이 임신은 버틴다고 능사가 아니었다. 임신이 내 마음대로 된 게 아닌 것처럼 출산도 내 마음대로 되지 않았다.

7주 차 때부터 속이 매슥거리더니 얼마 안 가 입덧 지옥에 시달렸다. 토덧, 체덧, 냄새덧, 양치덧, 심지어 남편 체취로도 헛구역질 나는 남편덧까지 겪었다. 입덧 때문에 먹지도 못하고 겨우 먹더라도 토하기 일쑤였다. 목은 상할 대로 상해서 나중에는 피까지 토했다.

피 비침, 복통도 잦아서 동네 산부인과 병원을 수시로 다녔다. 약간의 염증만으로도 조산 위험이 크다 보니 조산 방지 주사, 조산 방지 약을 계속 처방받았다. 진료비보다 약값이 훨씬 더 비싸서 임신 바우처를 단태아보다 2배나 받았음에도 금방 동났다.

그뿐이랴, 세쌍둥이라서 기형아 검사도 할 수 없었다. 뱃속에 태아가 여러 명이면 검사 자체가 어렵고 결과도 부정확하다는 게 이유였다. 결국, 1차 검사는 목 투명대 검사만 하고 2차 검사 때 정밀 초음파를 자세히 보기로 했다. 역시나, 세 아이를 초음파로 확인하는 검사는 쉽지 않았다. 2시간 반에 걸친 정밀 초음파 검사까지 마치고 나서야 세 아이 모두 정상이라는 것을 확인할 수 있었다. 천만다행이었지만 결과를 확인하기까지 얼마나 가슴 졸였는지 모른다. 세쌍둥이라 태아보험 가입도 안 됐기에 혹시라도 무슨 일이라도 생기면 어쩌나 늘 불안했다.

주 수가 찰수록 배는 빠르게 불러 왔다. 나도 아기들도 힘든 임신을 잘 버티고 있었다. 하지만 20주가 넘어서 만삭이 되자 자궁에 무리가 가기 시작했다. 자궁 수축이 왔고 자궁경부 길이도 줄어들기 시작했다. 이는 조산과 직결되는 문제였다.

"교수님, 예전보다 배 뭉침이 더 잦고 자궁경부 길이도 줄었는데 괜찮을까요?"

"배 뭉침이 잦아서 엄마가 힘들겠지만 애가 셋이라 어쩔 수가 없네요. 자궁경부 길이도 전보다 줄긴 했지만 이 정도면 괜찮아요. 아이들도 잘 크고 있고요."

괜찮다는 J 교수님 말씀에 한시름 놓았지만 배 뭉침은 계속됐다. 전보다 빈도도 늘고 강도도 심해지고 있었다. 그사이에 내 몸이 더 나빠진 걸까? 불안한 마음에 진통 측정 앱으로 수축을 재 보았다. 수축 간격은 겨우 1분이었다. 앱 내 기준으로는 '위험' 수준이었다. 막연히 괜찮을 거라고 넘기기에는 몸 상태가 심각했다. 그때가 겨우 24주였다.

당장 J 교수님께 가서 진료를 보고 싶었지만 그럴 수가 없었다. 남편은 출근했고 나 혼자서 왕복 3시간 거리의 병원을 갈 수도 없었다. 하는 수 없이 집에서 가까운 동네 대학병원으로 가서 진료를 보기로 했다. 불안해하느니 다른 병원이라도 가서 뭐라도 하는 게 나을 것 같다는 생각이었다. 그러나 내 몸은 생각했던 것보다 훨씬 더 상태가 나빴다. 동네 대학병원에서 진료를 보고 의자에서 숨을 고르고 있었는데 간호사가 다급하게 말했다.

"산모님, 지금 당장 입원해야 해요. 자궁 수축이 규칙적으로 1~2분 간격으로 오는 데다가 경부 길이도 너무 짧아요. 1.3cm밖에 안 되고 경부도 약간 열려 있어요."

"지금 당장이요? 제가 원래 다니던 대학병원이 있는데 거기로 전원하는 건 안 될까요?"

"지금 상황으로는 위험해요. 전원하다가 무슨 일이 생길지 몰라요."

당장 입원하라니, 너무 갑작스러웠다. 그러나 조금도 지체할 수가 없었다. 초음파로 본 아이들 몸무게는 겨우 700g 남짓이었고 경부는 열려 있었다. 1kg도 안 되는 아이들이 태어나기라도 한다면 정말 돌이킬 수 없는 큰일이었다.

그날 나는 원피스에 작은 손가방만 든 채로 고위험 산모실에 입원했다. 침대에 눕자마자 바로 자궁 수축 억제 약을 맞았다. 약을 맞으니 단단했던 배가 풀리면서 태동이 활발해졌다. 자궁은 1인승이라던데 아이들도 많이 힘들겠지. 25주밖에 안 됐는데 버틸 수 있을까. 내가 못 버텨서 아이들이 일찍 태어날까 봐 너무 무서웠다.

무조건 버티리라

입원한 대학병원의 K 교수님은 일단 28주까지 버텨 보자고 했다. 자궁 경부 길이가 짧아지는 것을 막아 주는 시술도 받았다. 시술 덕분에 경부 길이는 조금씩 늘어났지만 문제는 자궁 수축이었다. 자궁 수축 억제 약을 계속 맞았음에도 수축은 잡히지 않았다. 결국, 3일을 예상했던 퇴원은 계속 미뤄질 수밖에 없었다.

병원 생활은 쉽지 않았다. 코로나로 면회도 금지였고 화장실조차 갈 수 없어서 침대에서 여성용 소변기에 볼일을 봐야 했다. 밤낮없이 3~4시간마다 하는 태동 검사 때문에 잠도 많이 설쳤다. 그래도 힘든 입원을 버틸 수 있었던 건 아이들의 심장 소리와 태동 덕분이었다. 건강한 심장 소리를 들을 때마다 잘 버텨 주는 아이들에게 얼마나 고마웠는지 모른다. 아이들도 좁은 뱃속에서도 힘을 내는데 엄마인 나도 당연히 힘을 내야 했다.

버티고 버티다 보니 어느덧 28주를 채웠다. 수축은 남아 있었지만 K 교수님은 이 정도면 집에 가서 쉬어도 된다고 했다. 입원한 지 3주 만에 결정된 퇴원이었다.

출산은 입원한 동네 대학병원에서 하기로 했다. 내게 장거리 이동은 무리였고 혹시나 모를 신생아집중치료실 입원을 생각했을 때 우리 부부가 통원하는 것도 생각해서였다. 다행히도 나는 주 수를 잘 채우고 있었다. 집에서도 극도로 조심해서 그런지 30주도 넘길 수 있었다. 아이들도 뱃속에서 열심히 몸무게를 늘리고 있었다. 이렇게만 한다면 35주를 채울 수 있을 것 같았다. 하지만 내 바람과는 달리 K 교수님은 32주에 제왕절개 날짜를 잡았다.

"아이들 몸무게가 모두 1.5kg 정도 되네요. 산모가 정말 잘 버텼어요. 이제 32주 5일에 제왕절개 합시다."

32주 5일이라니, 너무 빨랐다. 나는 더 버틸 수 있으니 조금만 수술을 늦춰 달라고 했다. 그러나 교수님은 단호했다. 처음 듣는 온갖 병명을 열거하며 지금도 위험하다고 자칫하다가는 내가 죽을 수도 있다고 했다.

결국 수술 날짜를 잡고 진료가 끝났지만 발걸음이 떨어지지 않았다. 갑작스럽게 양수가 터지거나 응급상황이라면 수술을 해야 하지만 그런 게 아니었다. 좁더라도 엄마 뱃속이 더 편할 텐데, 잘 있는 아이들을 꺼내는 것은 너무 잔인했다. 나는 다시 진료를 예약해서 K 교수님께 수술 날짜를 늦춰 달라고 부탁했다. 그러나 교수님께는 씨알도 먹히지 않았다. 오히려 첫 진료 때보다 더 완강하고 더 단호하게 거절했다.

나는 수술 날, 잠수를 타서라도 더 버티고 싶었다. 정말 버틸 자신이 있는데 왜 K 교수님은 안 된다고만 하는지 화도 났다. 가족들은 그런 나를 설득했다. 이 정도면 됐으니 이제 아기들을 낳자고 했다. 그도 그럴 것이 아이들 몸무게만 봐도 5kg이 넘는데 나는 겨우 11kg만 쪘었다. 막달까지 계속된 입덧 때문에 배만 나오고 팔다리는 야위어 갔다. 폐에도 물이 차서 숨조차 쉬기 힘들었다. 내 몸은 이미 한계였던 것이다. 결국, 나는 35주를 채우지 못하고 수술실로 들어가야만 했다.

32주 5일에 태어난 아기들

제왕절개 하는 날, 아기들이 조금이라도 더 건강하기를 바랐다. 몸무게는 2kg이 안 되겠지만 숨만이라도 잘 쉬길 바랐다. K 교수님은 수술이 시작되면 빨리 아기들을 꺼낼 거라고 하셨다. 수술실에 있던 10명의 의료진이 분주해졌다.

"첫째 나옵니다!" 누군가의 말이 끝나자마자 바로 첫째의 울음소리가 들렸다. 안도의 한숨이 튀어나왔다. 울었다는 건 숨을 쉴 수 있다는 뜻이었다. 하지만 뭔가 급박했는지 첫째는 어디론가 가 버렸다. 그사이에 둘째가 태어났다. 둘째도 울음소리가 우렁찼지만 얼굴도 보지 못하고 어디론가 가 버렸다. 이제 셋째만 남았다. 제발 셋째도 울길…. 뒤이어 태어난 셋째도 울음소리가 우렁찼다. 됐다! 세 명 다 울었다.

수술이 끝나고 간호사는 아이들 모두 건강하다고 했다. 다들 신생아집중치료실에 갔지만 괜찮다고 말이다. 난 그 말을 곧이곧대로 믿었다. 세 명 모두 큰 소리로 울면서 태어났으니 괜찮을 거라고 생각했다.

그러나 막상 면회 때 본 아이들의 모습은 전혀 괜찮은 모습이 아니었다. 첫째부터 1.8kg, 1.7kg, 1.68kg으로 너무나 작게 태어났다. 안대, 호흡기, 위루관 등 그 외 알 수 없는 온갖 장치가 아이들 몸에 다닥다닥 붙어 있었다. 미숙아 특징인 뻗침 때문에 가녀린 팔다리를 허공에 뻗치고 허우적거렸다.

내가 아이들에게 엄청난 짓을 저지른 것 같았다. 더 품지 못해서 아이들이 이렇게 아픈 것 같았다. 더 버틸걸, K 교수님이랑 싸워서라도 수술하지 말걸. 인큐베이터 안의 아이들을 보니 눈물이 멈추질 않았다. 하지만 내가 할 수 있는 건 아무것도 없었다. 인큐베이터 안에서 우는 아이들을 안아 줄 수도, 손을 잡아 줄 수도 없었다. 내가 할 수 있는 것이라곤 고작 울지 말라고 말하는 것뿐이었다.

엄마가 된다는 것은 매우 힘든 일이었다. 임신, 출산 자체에서 오는 고통뿐만이 아니었다. 목숨보다 소중한 아이들이었지만 내가 언제나 아이들을 지켜 줄 수는 없다는 슬픈 사실도 받아들여야 했다. 그리고 이것이 부모로서 가장 괴로운 일이었다. 아이가 아파하는 것을 그저 바라만 볼 수밖에 없는 것. 엄마라면 그런 고통까지도 견뎌 내야 했다. 엄마가 된다는 것은 그토록 어렵고 괴로운 일이었다.

03

아이가 아프면 죄인이 된다

먹는 것도, 숨 쉬는 것도 힘든 아기들

첫째가 인큐베이터에서 서럽게 울었다. 배가 고파서였다. 하지만 첫째는 아무것도 먹을 수 없었다. 미숙아라 소화 기능이 약해서 정해진 양을 조금씩 먹어야 했기 때문이다. 대신 간호사는 쪽쪽이를 물려 주었다. 첫째는 쪽쪽이를 덥석 물었다. 하지만 아무것도 안 나온다는 것을 알고 다시 울음을 터뜨렸다. 우는 첫째가 안쓰러웠지만 분유를 줄 수는 없는 노릇이었다. 간호사는 다시 쪽쪽이를 물렸다. 첫째도 자기가 먹을 수 없다는 걸 안 걸까? 더는 울지 않고 빈 쪽쪽이만 열심히 빨았다.

그 모습을 보니 가슴이 미어졌다. 팔다리가 뼈밖에 없는데도 먹을 수 없다니. 모든 게 내 탓 같았다. 그러나 내가 아기들에게 해 줄 수 있는 것은 아무것도 없었다. 그저 아기들을 보면서 우는 게 전부였다. 면회를 갈 때마다 인큐베이터 앞에서 울기만 하다 가는 엄마라니, 그렇게 비참할 수가 없었다. 그러나 얼마 안 가서 아이들을 보는 것마저 금지되고 말았다.

"제가 며칠 뒤면 퇴원하는데 퇴원하고 나서도 아이들 보러 와도 되나요?"

"코로나 때문에 외부인은 면회가 금지예요. 어머님은 아기들이랑 같은 병동에 입원해서 면회할 수 있었던 거예요. 만약 퇴원하게 되면 어머님도 외부인이라 면회가 안 됩니다."

"그럼, 아기들은 언제 퇴원할 수 있나요?"

"정확하게 알 수는 없지만 최소 몇 주는 더 있어야 해요."

퇴원하는 날, 아기들을 두고 집에 가려니 발걸음이 떨어지지 않았다. 짐을 싸고 병원 건물 밖으로 나와서도 한참을 서성였다. 출산하고 아기들 얼굴 본 것도 손에 꼽는데 더는 볼 수가 없다니. 신생아집중치료실이 있는 층을 올려다보며 하염없이 울기만 했다.

아기들에게 필요한 것은 엄마가 아닌 인큐베이터였다

아기를 셋이나 낳았지만 내 곁에는 아무도 없었다. 집안 곳곳에는 주인 없는 아기용품만 가득했다. 이 모든 게 나 때문이라는 생각에 괴로웠다. 엄마인 내가 아이들을 아프게 낳았다는 죄책감, 그러면서도 할 수 있는 건 아무것도 없다는 무력감. 그 감정들이 나를 괴롭혔다. 가족들은 세 명을 32주 넘게 품은 것만으로도 장하다고 했지만 귀에 하나도 안 들어왔다. 친정엄마는 매일 우는 나 때문에 하루도 빠짐없이 우리 집을 찾아오셨다.

"네가 혼자 있을 때마다 울기만 할까 봐 걱정이야. 아이들은 병원에서 잘 키워 줄 테니까 너도 밥도 잘 챙겨 먹고 몸조리해야지."

내 배는 세 아이를 낳고도 줄어들 줄을 몰랐다. 회복이 더뎌서 자궁 수축도 안 되다 보니 오랫동안 불러 있었다. 내 배를 보고 예정일이 언제냐고 묻는 사람도 많았다. 오한은 왜 그리 자주 오는지. 매일 식은땀을 흘리며 이불 속에서 벌벌 떨어야 했다. 임신 기간에 누워만 있느라 다 빠진 근육은 출산 후로 더 약해졌다. 숟가락을 드는 것조차 힘겨워서 한 숟갈 뜨고 쉬기를 반복했다. 이렇게 몸이 아프니 마음도 쉽게 회복되지 못했다. 아이들 생각에 날마다 울고 또 울어도 눈물은 마르지 않았다.

옛말에 슬픔을 달래는 만병통치약은 일이라고 했던가. 다행히 내게도 괴로움을 잠깐이나마 잊을 수 있는 일이 있었다. 바로 모유 유축이었다. 나는 일상생활이 가능할 만큼 회복되자 모유 유축에 전념했다. 아기들에게 뭐라도 해 줄 수 있다는 것만으로도 죄책감이 덜어지는 것 같았기 때문이다. 세쌍둥이 엄마 아니랄까 봐 하루 단위로 수유량이 빠르게 늘어났다. 나는 모유가 부족하지 않도록 미역국, 사골국, 몸에 좋다는 것은 무조건 챙겨 먹었다. 그 덕분인지 하루 유축량이 1L는 족히 넘을 수 있었다.

밤낮없이 유축하는 건 고된 일이었다. 게다가 모유를 병원으로 직접 가져다줘야 했으니 더욱 번거로웠다. 그러나 나는 모유를 들고 매일 병원을 찾아갔다. 간호사는 부른 배를 움켜잡고 오는 내가 걱정스러웠는지 모유 유축을 꼭 안 해도 된다고 말했다.

"어머니, 모유 유축하고 가져오는 거 힘들지 않으세요? 아기들은 분유로도 충분하니까 꼭 모유를 먹이지 않아도 괜찮아요."

그러나 나는 모유 유축을 그만둘 생각이 전혀 없었다. 병원에 가면 간호사가 내 핸드폰으로 아기들 사진을 찍어 주었기 때문이었다. 사진 속 매일 달라지는 아기들 모습을 보면 힘든 것들이 싹 가셨다. 아기들이 병원에서 자는 시간, 깨는 시간을 알고 나서는 일부러 깨는 시간에 병원에 가서 아기들이 눈 뜬 사진을 받기도 했다. 그만큼 모유 배달은 생지옥 같던 시간을 버티게 해 준 유일한 낙이었다.

엄마의 죄책감은 끝이 없다

입원한 지 한 달 가까이 되자 퇴원이 결정됐다. 아기들이 드디어 집에 올 수 있다니. 하지만 기쁨도 잠시, 우리 부부는 퇴원 날짜를 정하기 전에 세 명 동시 퇴원이냐, 한 명씩 기간을 두고 퇴원이냐를 결정해야 했다.

나는 아기들이 한 명씩 퇴원하기를 원했다. 몸도 성치 않았고 갑자기 세 명을 보는 것도 자신이 없었기 때문이다. 그러나 남편은 동시 퇴원을 고집했다. 아기들이 태어난 날, 딱 한 번 보고 그 이후로 계속 못 봤으니, 본인도 힘들었던 것이다. 나와 남편은 서로 의견의 차이를 좁히지 못했고 냉전에 들어갔다. 그러던 중에 병원에서 전화가 걸려 왔다. 병원에서 전화가 오는 일이 드문데, 퇴원을 앞두고, 전화라니. 불안한 마음에 황급히 받았다.

"어머니, 혹시 미역국 많이 드셨었나요?"

"네, 모유 때문에 미역국 많이 먹었는데, 무슨 문제가 있나요?"

"아기들 갑상샘 수치가 안 좋아요. 정확한 건 검사를 더 해야 하는데 세 명 다 갑상샘저하증 같아요. 아무래도 모유에 들어 있던 미역국 성분이 갑상샘 수치에 더 안 좋은 영향을 준 것 같아요. 퇴원도 늦어질 것 같고요."

갑상샘저하증이라니. 처음 듣는 병명에 심장이 마구마구 뛰었다. 통화가 끝나자마자 허겁지겁 인터넷에 검색을 해 보았다. 갑상샘에서 갑상샘 호르몬이 제대로 생성되지 않아서 생기는 선천성 대사 이상 질환이었다. 제대로 치료하지 않으면 성장 발달이 지연되면서 지적장애 같은 발달장애가 발생할 수도 있었다.

우리 아이들은 너무 일찍 태어나서 갑상샘에 구조적으로 문제가 생긴 케이스였다. 이런 경우는 미역국처럼 요오드가 많은 음식을 피해야 하는데 나는 그것도 모르고 미역국을 매일 먹으면서 모유가 잘 나온다고 좋아했었다. 아기들은 내가 먹은 미역국 때문에 갑상샘 수치가 더 안 좋아졌는데 말이다.

아프게 태어나게 한 것도 모자라 아기들에게 안 좋은 것까지 먹였다니. 나는 왜 자꾸 아이들을 힘들게 하는 걸까. 퇴원이 미뤄졌다는 소식을 차마 남편에게 말할 수 없어서 혼자 방에 들어갔다. 남편 몰래 조용히 울려고 했지만 꺼억꺼억거리는 울음소리를 주체할 수가 없었다. 내 울음소리는 거실까지 새어 나갔다. 결국, 남편도 아기들에게 문제가 있다는 것을 알게 됐다.

세 아이 모두 갑상샘저하증 진단을 받았다. 완치까지는 보통 몇 년이 걸리며 그때까지 계속 호르몬 약을 먹이고 대학병원 진료를 보기로 했다 퇴원하던 날, 간호사는 내게 갑상샘 호르몬 약을 먹이는 방법을 알려 줬다. 완치될 때까지 매일 아침마다 꼭 먹어야 하는 약이라고 신신당부했다. 대학병원 진료도 주기적으로 보면서 갑상샘 수치를 확인해야 한다는 설명도 덧붙였다.

나는 속으로 무수히 다짐했다. 엄마니까 마음 강하게 먹자고. 매일 아침 갑상샘 약을 먹이고 병원에서 여러 검사를 받을 때도 눈물을 속으로 삼켰다. 하지만 갑상샘 수치를 확인하기 위한 채혈만큼은 마음잡기가 쉽지 않았다. 주삿바늘에 찔려 울부짖는 아기들을 꽉 잡을 때면 가슴이 찢어지는 것 같았다.

특히 둘째는 채혈이 쉽지 않았다. 혈관이 너무 얇아서 찾기도 힘들었고 찾는다 해도 피가 잘 나오지 않았다. 둘째는 손, 발, 다리까지 여러 번 주삿바늘에 찔려야 했고 피도 쥐어짜듯이 뽑아내야 했다. 첫째, 셋째가 우는 것도 겨우겨우 참았건만 둘째와 눈만 마주치면 눈물이 터졌다. 너무 아파서 숨넘어가듯 우는 둘째를 볼 때면 다잡았던 마음이 순식간에 무너져 내렸다. 둘째는 나를 보면서 아프다고 울었고 나도 그런 둘째를 달래면서 같이 울었다.

아이가 아프면 주변 사람들은 엄마 탓이 아니라고 위로한다. 하지만 엄마는 직감적으로 안다. 내가 좀 더 조심했더라면, 더 잘 버텼다면 아이가 지금보다는 더 건강했을지도 모른다는 것을 말이다. 아픈 아이를 책임져야 하는 것은 엄마다. 그 책임감은 엄마를 죄책감의 수렁으로 빠뜨린다. 한번 죄책감에 빠지면 엄마는 쉽게 헤어 나오지 못한다.

아이가 아프면 엄마는 죄인이 된다. 나는 죄인이나 다름없었다. 자식을 건강하게 낳아 주지 못했다는 것이 이렇게 비참할 줄이야. 나는 예쁜 아이를 셋이나 낳았지만 전혀 기쁘지 않았다. 엄마가 된 내가 느낀 감정은 오직 죄책감뿐이었다.

04

세쌍둥이 수족구로 가출하다

아이가 아프면 가정에 불화가 생긴다

"엄마가 약 타고 간다고 했잖아. 그만 좀 울어!"

"왜 자꾸 애들한테 화를 내? 짜증도 좀 안 낼 수 없어? 이젠 나도 힘들어."

"나는 힘든 거 안 참았어? 애들은 안아 줘도 울고 뭐만 하면 우는데 나더러 어떡하라고!"

아이들이 돌 무렵이었을 때 수족구에 걸렸다. 어린이집 교사인 친구가 우리 집에 놀러 왔다가 수족구 바이러스를 옮긴 것이다. 당시 어린이집마다 수족구가 유행이었지만 크게 신경 쓰지 않았다. 우리 아이들은 어린이집을 다니지 않았고 친구도 밥만 먹고 가는 건데 설마 했었다. 그러나 이것은 안일한 생각이었다. 친구가 놀러 온 다음 날부터, 아이들은 차례대로 수족구에 걸렸다.

가장 먼저 셋째가 수족구에 걸렸다. 셋째에게 수족구 증상이 나타난 뒤 하루 간격으로 첫째, 둘째 순서대로 증상이 나타났다. 고열에 시달리고 수포로 힘들어하는 셋째를 간호하는 일은 여간 힘든 게 아니었다. 하지만 이것은 겨우 시작일 뿐이었다. 나머지 두 아이도 똑같이 아플 거란 생각에 신경이 곤두섰다.

남편도 사태의 심각성을 알고 며칠 동안 반차를 썼다. 하지만 어른 둘이 수족구에 걸린 아이 셋을 돌보는 것은 무리였다. 아이들이 고열로 못 자면 우리도 못 잤다. 밥을 거부하면 어떻게든 먹이려고 사투를 벌였다. 병원 진료를 보는 것도 보통 일이 아니었다. 몸이 아픈 첫째는 계속 울었고 울 때마다 음식이 넘어와 구토했다. 그런 첫째를 보며 놀란 셋째도 덩달아 울었다. 토사물을 치우고 있으면 둘째는 날 찾으며 울었다. 울음의 연속, 사건의 연속이었다. 수족구는 내게 재앙이나 다름없었다. 내 안에 쌓인 분노는 남편과의 말다툼으로 폭발했다. 집에 더 있다가는 미쳐 버릴 게 분명했다. 결국, 나는 모든 것을 내팽개치고 집을 나가 버렸다.

충동적인 행동이었지만 기분은 상쾌했다. 아이들 울음소리를 안 듣는 것만으로도 숨통이 트이는 느낌이었다. 남편 혼자 애 셋을 볼 생각에 고소하기도 했다. 내가 애들한테 화낸다고 뭐라 하더니, 자기가 한번 해 보라지. 혼자 애 셋을 본 적이 없는 남편은 분명 30분도 안 돼서 나가떨어질 게 분명했다. 나는 혼자만의 시간을 만끽하기로 했다. 이 얼마 만에 누려 보는 자유인가!

하지만 자유의 즐거움은 잠깐이었다. 근처 카페에서 맛있는 케이크를 먹다가 갑자기 눈물이 터져 버렸다. 핸드폰으로 아이들 사진을 본 게 화근이었다. 사진 속 웃는 아이들을 보고 있으니 어느새 분노는 사라지고 후회가 몰려왔다. 아픈 아이들이 할 수 있는 거라곤 우는 것밖에 없는데 왜 그렇게 모질게 대했을까. 화내는 엄마를 무서워하면서도 내 품에 파고들던 아이들이 떠올랐다. 혼자 케이크를 먹다가 눈물, 콧물을 다 빼고 있었다. 옆 테이블의 사람들이 나를 이상하게 쳐다봤지만 눈물을 멈출 수가 없었다.

가족이 서로 힘들 때 보듬어 주는 것은 정말 어려운 일이었다. 일단 나부터 엄마로서 아내로서 빵점이었다. 수족구 간호가 힘들다고 가족들을 내팽개치고 도망치다니. 앞으로는 이보다 더 힘든 일이 많을 텐데 그때는 또 어떻게 버텨야 하는 걸까. 벌써부터 미래의 앞날들이 막막했다. 그렇게 자괴감에 빠져 있을 때 자폐 아들을 둔 지인이 떠올랐다.

"아이에게 장애가 있다면 그 가족은 아이를 위해 뭉쳐야 해요. 장애 때문에 흩어진다는 건 말도 안 되는 거예요."

지인은 자폐 아들과 비장애 아들 둘을 키운 엄마였다. 그녀는 30년 동안 자폐 아들을 키우는 건 힘들었어도 덕분에 행복하다고 말했다. 지인의 남편과 다른 두 아들도 마찬가지였다. 자폐가 있는 아들, 형의 모습을 있는 그대로 사랑했다.

지인 가족은 서로를 향한 신뢰, 애정이 단단했다. 지금보다 장애 인권, 복지제도가 더 열악했던 시절이었지만 오히려 그때의 시련으로 가족이 더

뭉칠 수 있었다. 여러 고비를 겪으면서 힘든 순간을 함께 이겨 내는 법을 알아 갔기 때문이다. 지인 가족은 정말로 힘들 때 뭉치는 가족이었다.

나는 결혼을 할 때 지인의 말을 모토로 삼았었다. 삶의 어떤 풍파가 와도 뭉치는 가족이 되겠다고 다짐했었다. 그리고 세쌍둥이 엄마가 됐을 때 한 번 더 다짐했다. 육아는 힘들겠지만 아이들을 위해 더 돈독한 가족이 되자고 말이다.

그러나 굳게 했던 다짐은 상상을 초월하는 육아가 시작되자 흔들리기 시작했다. 그리고 갑작스러운 수족구로 온데간데없이 사라져 버렸다. 힘들 때 뭉치는 가족이 되겠다고 했으면서 수족구로 집을 나와 버리다니. 내 다짐이 얼마나 얕았는지를 깨닫게 됐다.

힘들 때 뭉치는 가족은 어떤 모습일까?

시련 앞에서 뭉치는 가족이 또 있다. 바로 영화 〈길버트 그레이프〉의 주인공인 길버트 가족이다. 영화의 원작은 소설 『누가 길버트를 초조하게 하는가』이다. 영화, 소설 모두 줄거리는 비슷하지만 소설이 길버트 가족이 겪는 현실적 고충과 내면의 상처를 더 섬세하게 묘사한다. 길버트 가족이 어떻게 힘든 순간들을 이겨 내는지도 더 자세하게 드러나 있다.

길버트의 남동생 어니는 어린 나이에 지적장애 진단을 받는다. 몇 개월 뒤 아빠는 집 지하실에서 스스로 목숨을 끊는다. 큰 충격을 받은 엄마는 하루 종일 먹기만 하다가 초고도비만이 돼 버린다. 결국 길버트를 비롯한 남은 자식들이 장애인 동생과 엄마를 돌보며 생계를 꾸려나간다.

생활이 빠듯하다 보니 길버트 가족은 서로에 대한 불만이 쌓여간다. 길버트는 가장 노릇에 점점 지쳐 간다. 막내인 엘렌은 장애인 어니 오빠와 뚱뚱한 엄마가 창피하다. 엄마도 불만이 많아서 자식들에게 사사건건 트집을 잡으며 매일 화를 낸다.

하지만 이들은 불만이 많을지언정 어니와 관련된 일에 대해서는 각자 최선을 다한다. 가장이자 어니의 주 양육자인 길버트와 누나 에이미는 말할 것도 없다. 철없어 보이는 막내 엘렌이지만 아르바이트를 하며 생활비를 보태고 있었다. 엄마도 경찰이 어니를 유치장에 가두고 풀어 주지 않자, 사람들의 비웃음을 받을 각오를 하고 직접 경찰서에 가서 어니를 데려오는 용기를 보여 준다.

길버트 가족은 평탄하지 않은 가정사 때문에 저마다 상처가 깊었다. 그런데 상처받은 이들이 가족을 위해 노력하자 내면의 상처는 서로의 마음을 이해하고 연결하는 매개체가 되었다. 자신들이 아파 봤기에 다른 가족의 슬픔도 공감할 수 있던 것이다. 그리고 이것은 가족의 애정을 더 끈끈하고 단단하게 만들었다. 가족에 대한 책임감이 서로에 대한 애정을 낳은 것이다.

길버트는 아빠의 죽음에 대한 죄책감을 갖고 있었다. 아빠가 죽던 날, 아빠에게 무슨 일이 일어날 것 같은 불길한 느낌을 받았다. 당장 아빠에게 가고 싶었지만 가지 못했고 결국 아빠는 세상을 떠났다. 그 일로 길버트는 아빠의 죽음을 막지 못했다는 죄책감에 시달렸다. 하지만 이 상처는 훗날 엘렌을 위로하는 계기가 된다.

엄마가 침대에서 숨을 거둘 때 엘렌은 그 사실을 모르고 남자친구와 데이트를 하고 있었다. 데이트 중에 소식을 듣고 돌아온 엘렌은 죽은 엄마를 보고 죄책감에 빠진다. 엄마가 죽어 갈 때 태평하게 놀던 자신이 끔찍했던 것이다. 길버트는 슬픔에 빠진 엘렌을 진심으로 위로한다. 평소에 지독한 앙숙이었기에 길버트가 엘렌을 위로하는 포옹은 어색했다. 그러나 길버트의 진심은 분명히 전해졌다. 엘렌에게 네 잘못이 아니라고, 어쩔 수 없는 일이었다고 말이다. 아빠의 죽음으로 오랫동안 자책했던 길버트였기에 진심으로 할 수 있는 위로였다.

그렇다면 어니는 가족에게 어떤 존재일까? 혼자서는 아무것도 못 하는 짐 같은 존재일까? 어니가 없었으면 가족의 형편이 더 나았을까? 아니다. 나는 어니야말로 존재만으로도 가족에게 힘이 돼 주는 아이라고 생각한다.

엄마의 소원은 어니의 18살 생일을 보는 것이었다. 어니가 10살까지밖에 못 산다는 말에 성년이 될 때까지라도 함께 있고 싶었던 것이다. 그런데 어니의 18살 생일에 엄마는 갑작스럽게 숨을 거두었다. 당장 죽어도 이상하지 않은 사람은 어니였는데 갑자기 엄마가 죽다니.

사실 삶과 죽음에서 아슬아슬하게 버티던 사람은 어니가 아니라 엄마였다. 엄마의 영혼은 이미 남편이 자살했던 날 함께 죽었다. 이후 엄마는 삶의 의욕을 잃었다. 그러나 엄마는 어니를 두고 떠날 수 없었을 것이다. 그래서 온종일 TV를 보며 먹기만 한 걸지도 모른다. 폭식은 엄마가 살기 위한 몸부림이었던 것이다. 어니의 곁에서 하루라도 더 엄마의 자리를 지키기 위해서 말이다. 그러다 엄마의 소원대로 어니가 18살이 되었을 때 비로소 눈을 감았다. 엄마는 어니의 18살이 된 모습을 볼 수 있어서 맘 편히 떠날 수 있었을 것이다.

만약 어니가 없었다면 어땠을까? 남편이 죽고 10년이 넘는 세월 동안 엄마가 버틸 수 있었을까? 다른 가족들도 어니가 없었다면 가족을 더 애틋하게 생각했을까? 아마 더 힘들었을지도 모른다.

아픔을 함께 견뎌 내야 진짜 가족이 된다

저명한 심리학자 황시투안은 『모든 관계는 나에게 달려 있다』에서 행복한 가족에게는 있지만 불행한 가족에게는 없는 것이 무엇인지를 설명한다. 바로 가정의 문제를 책임지고 해결하려는 사람이다. 불행한 가족에게는 가족을 우선순위로 두고 책임지는 사람이 없다. 문제를 회피하고 서로를 공격하느라 눈앞의 문제를 등한시한다.

반면 행복한 가정에는 문제를 책임지고 해결하려는 사람이 최소한 한 명쯤은 꼭 있다. 이들은 어떤 불행에도 도망가지 않고 상황을 더 낫게 만들려는 의지가 강한 사람들이다.

황시투안이 말하는 행복한 가족은 길버트네 가족과 닮은 점이 많다. 가족들이 겉으로는 툴툴대고 불평불만이었지만 모두 자신이 해야 할 일을 회피하지 않았다. 각자의 아픔을 딛고 서로를 위로하려고 했다. 그래서 어떤 시련이 와도 흩어지지 않고 각자의 역할에 최선을 다했다. 길버트네 가족은 시련 앞에서 뭉치는 가족이었다.

반면, 나는 늘 불만투성이었다. 남편의 노력에 감사하기는커녕 사소한 것들로 잔소리만 했다. 분유량이 조금 안 맞거나 나갈 때 쓰레기를 안 들고 나가면 잔소리를 했다. 그 모든 잔소리에는 '지금 누가 더 힘들겠냐, 내가 더 힘들지.'라는 신세 한탄이 담겨 있었다.

카페에서 펑펑 울던 나는 결국 집으로 돌아갔다. 아이들에게 줄 간식을 한 아름 사 들고 말이다. 집에 가 보니 파김치가 된 남편은 첫째가 토한 것을 닦고 있었다. 아이들은 못난 엄마를 반겨 주고는 과자를 맛있게 먹었다. 그 모습을 보니 나도 모르게 웃음이 나왔다. '힘들었던 순간도 이렇게 넘어가는구나.' 우리 가족의 첫 시련인 수족구는 그렇게 넘어가고 있었다.

수족구를 겪으면서 진짜 가족이 되는 것이 얼마나 어려운지를 깨달았다. 내 책임은 아이들을 간호하는 것뿐만이 아니었다. 못 자고 못 쉬어서 화가 나도 남편의 힘듦을 헤아려 공감하고 배려해야 했다. 힘들더라도 한 번 더 참고 상황 더 개선하려고 노력해야 했다.

이제 겨우 수족구 하나 지나갔을 뿐인데 앞으로 얼마나 더 힘든 일이 벌어질까? 벌써 아찔하다. 그래도 힘든 순간을 잘 넘기고 넘기다 보면 어느 순간에는 내가 바라는 가족의 모습과 가까워지지 않을까 생각해 본다. 나는 진짜 가족이 어떻게 만들어지는지를 수족구로 배웠다.

행복한 가정을 만드는 것은 인생에서 최고의 예술이라는 말이 있다. 바꿔 말하면 행복한 가족을 만드는 것은 살면서 가장 어렵다는 뜻이다. 행복한 가족을 위해서는 희생하고 용서하고 다시 인내하는 과정을 반복해야 한다. 분명 힘들 것이다. 그러나 그만큼 어렵기에 인생에서 가장 값진 일이다.

"애정이 넘쳐 나고 사려 깊으면서 단결심이 강한 가정을 꾸리는 것이야말로 진정한 행복이다." – 조지 번스

05

내 인성에 문제가 있는 걸까?

지친 엄마는 자신을 보호하기 위해 이중 행동을 한다

"동생이 태어나고 첫째가 스트레스를 받나 봐요. 동생이 하는 건 다 따라 하고 관심받으려고 해요."

지인은 첫째의 질투에 지쳐 있었다. 둘째를 보는 것만으로도 힘든데 첫째가 손가락을 빨고 일부러 배변 실수도 한다며, 힘들다고 하소연했다.

둘째가 태어나면 첫째는 이전에 없던 퇴행 행동들을 한다. 엄마의 관심을 받으려면 어리숙하게 보여야 한다고 생각하기 때문이다. 일종의 방어기제다.

심리학자 프로이트의 방어기제 이론에 의하면 사람은 극심한 스트레스에 노출됐을 때 자신을 보호하기 위해 무의식적으로 현실을 왜곡한다. 불안을 해소하기 위해 상황을 부정적으로 해석하고 그 해석에 따라 부정적인 사고, 행동 양식이 나타난다.

이러한 방어기제는 극심한 육아 스트레스를 받는 엄마에게도 나타난다. 바로 이중 행동이다. 심리학적 용어로는 '취소'라고 하는데 그 예로, 엄마가 아이에게 불같이 화를 냈다가도 미안해지면 이전보다 더 친절을 베푸는 행동을 들 수 있다. 첫째가 어른의 관심을 받기 위해 퇴행 행동을 하는 것처럼 엄마의 이중 행동도 이성적이지 못한 생각에서 비롯된다고 볼 수 있다.

출산 직후 나는 꽤 모성애가 넘치던 엄마였다. 힘들었던 모유 배달을 하루도 거르지 않았고 아이들이 건강하게 퇴원할 수 있도록 해 달라고 매일 빌었었다. 하지만 본격적으로 육아 지옥을 맛보자 이중인격자가 돼 버렸다.

세쌍둥이 육아 스케일은 상상 이상이었다. 하루에 가는 기저귀만 20개였고 일주일이면 100개가 훌쩍 넘었다. 매일 나오는 기저귀로 20L 종량제 봉투가 꽉 찼다. 새벽 수유도 더 많이 해야 했고 다음 날 아이들과 놀아 주기 위해서 커피와 피로회복제를 물처럼 마셔야 했다.

몸과 마음이 쇠약해질수록 억울함과 화가 쌓였다. 아이들이 웃을 때는 예뻐 죽겠다가도 한번 터진 울음이 달래지지 않으면 화가 치밀었다. 그러다가 밤이 되면 나 자신을 자책하며 펑펑 눈물을 쏟았다. 내일은 화내지 말자고 매일 밤 다짐했지만 아침만 되면 엄마만 찾는 아이들에게 질려 또다시 화를 냈다.

아이들을 위해 오감 놀이를 준비한 날이었다. 김장 매트에 알록달록한

뽕뽕이를 부었더니 세 명 모두 꺄 소리를 지르며 함박웃음을 지었다. 그 표정들이 어찌나 예쁘던지, 아이들 덕분에 피로가 녹는다는 말을 체감하고 있었다.

그러나 얼마 안 가서 아이들은 파란색 뽕뽕이를 더 가져가겠다고 싸웠다. 주위에 널린 게 파란색 뽕뽕이인데도 다른 아이 손에 쥔 파란 뽕뽕이를 달라고 짜증 냈다. 차근차근 설명하고 이렇게 저렇게도 달래 봤지만 세 명의 울음소리는 그치지 않았다. 점점 화가 차오르는데 첫째가 빽 지르는 소리에 인내심의 고삐가 풀려 버렸다. 나도 아이에게 악다구니를 쓰며 인정사정없이 화를 냈다.

그런데 그때 중요한 전화가 걸려 왔다. 울지 말라는 경고로 아이들을 노려보며 전화를 받았다. '여보세요.' 친절하고 조곤조곤한 목소리가 나왔다. 그 순간 나도 놀랐고 아이들도 놀랐다. 좀 전까지만 해도 아이들에게 고래고래 소리를 질렀지만 다른 사람과는 상냥하게 통화를 하고 있었다. 그런 나를 보며 아이들은 위축된 표정을 지었다. 뽕뽕이를 웃으면서 주다가 갑자기 소리를 지르더니 전화는 웃으면서 받는 엄마가 얼마나 낯설었을까.

내 진짜 인성이 드러나다

사람의 인성이 드러나는 순간들이 있다. 부자가 되었을 때, 결혼했을 때, 술 취할 때, 운전할 때. 나는 여기에 한 가지를 더 붙이고 싶다. 바로 자식을 키울 때다. 내 안에 숨어 있던 나쁜 본성들이 아이를 키우면서 자꾸만 터져 나왔다.

나는 사랑하는 아이들에게는 괴성을 질렀지만 생판 남에게는 친절하고 다정했다. 숨어 있던 본성이 드러날수록 자신이 가증스럽고 못나 보였다. 내 밑바닥은 계속해서 드러났다. 이제는 더 내려갈 데도 없겠다고 생각했지만 추한 모습은 계속해서 나타났다. 내가 이렇게도 추할 수 있다니. 그래서 웃기게도 아이들을 키우면서 성악설을 믿게 됐다. 사람의 본성이 얼마나 악한지, 내 안에 잠재된 이기적인 본능이 얼마나 많은지를 직접 느꼈기 때문이다. 내 인성에 커다란 결함이 있는 것 같았다. 연약한 아이들에게 악에 받쳐 화를 내고 나면 자신이 이상한 사람처럼 느껴졌다.

인성에 문제 있는 사람들은 사람을 사람으로 대하지 않는 부류라고 생각했다. 갑질을 하거나, 인면수심의 범죄를 저지르는 사람들 말이다. 그런 사람들을 볼 때면 인성이 안 됐다며 손가락질했다. 그런데 이젠 내가 손가락질을 받아야 할 판이었다.

나는 엄마였지만 아이들을 차갑고 모질게 대했다. 다른 사람과 대화할 때는 신중히 생각하고 필터를 거치며 말을 했다. 그런데 아이들에게는 필터 하나 없이 모든 것을 거침없이 내뱉었다. 다른 사람이었으면 절대 하지 않았을 못된 말을 퍼부었다.

아이에게 소리를 지를 때 분명히 느꼈다. 속에 끓어오르던 화가 풀리는 느낌을. 그것은 마치 중독 같았다. 한 번 소리를 지르고 나니 두 번 하게 됐고 이후로는 어렵지 않게 됐다. 화가 풀리고 나면 몰려오는 죄책감을 지우기 위해 아이들에게 더 사랑한다고 말하고, 더 안아 주었다. 그 짓을 그만하고 싶었지만 한번 화가 나면 분노는 늘 아이들에게로 향했다.

잠시라도 혼자 있지 않으면 미칠 것 같은 날이었다. 울음소리만 들어도 온 신경이 곤두섰다. 아이들이 울 때마다 먹을 것을 잔뜩 주고 베란다로 도망쳤다. 하지만 3분이 되기도 전에 아이들은 엄마를 찾으며 울었다. 돌아가서 간식을 주고 다시 베란다로 도망치기를 반복하자 더는 그 방법도 먹히지 않았다. 태블릿으로 동요를 보여 주고 좀 쉬려는데 서로 듣고 싶은 노래가 아니라고 아우성쳤다. 동요도 영상도 먹히지 않는다면 도대체 나보고 어쩌란 말인가. 분노와 함께 이성의 끈을 놓아 버렸다.

"그만해! 제발 그만 울어! 그만하라고! 너희 때문에 진짜 미칠 것 같다고!"

나는 미친 사람처럼 고래고래 소리를 질렀다. 아이들은 질겁하면서도 안아 달라며 계속 울었다. 그때 갑자기 엄마가 나타났다. 너무 소리를 지르는 바람에 엄마가 집에 들어오는 것도 몰랐던 것이다. 엄마는 이성을 잃은 나와 눈물, 콧물 범벅이 된 아이들을 보고 놀란 표정을 지으셨다. 하지만 내게 아무것도 묻지 않았다. 내가 씩씩거리며 부엌에 있어도 아무 말도 걸지 않았다. 그것은 부끄러움, 수치심, 죄책감으로 힘들어하는 나를 위한 엄마의 배려였다.

아이들이 진정되고 나서 엄마가 무슨 일이었냐고 조심스레 물었다. 엄마에게 내 치부를 보인 것 같아 부끄러웠다. 엄마는 그런 내 마음을 알았는지 이야기를 들어 주기만 할 뿐 다른 말은 하지 않았다. 화를 내면 안 된다거나 한 번 더 참았어야 한다는 식의 말은 전혀 하지 않았다. 마치 엄마는 다 알고 있는 것 같았다. 아이를 키우는 모든 엄마에게는 이런 치욕적인 순간이 온다는 것을 말이다.

나는 그냥 육아에 지친 엄마일 뿐

가끔은 세쌍둥이가 아니라 아이들을 한 명씩 낳았으면 어땠을까 생각해 본다. 어떤 식으로 상상을 해도 지금보다는 훨씬 사정이 나을 것 같다. 육아를 세 번 나눠서 했을 테니 애들도 더 잘 보고 요령도 많이 터득했을 것 같다. 무엇보다도 육아 내공도 생겨서 엄마로서의 내적 갈등과 죄책감들은 나만 느끼는 것이 아니라 모든 엄마가 겪을 수밖에 없는 양가감정이라는 것도 알았을 것이다.

하지만 육아가 처음인데 그것도 세쌍둥이다 보니 내 감정을 부정하고 의심했다. 남들은 잘하는데 나만 못하는 줄 알고 끊임없이 스스로를 비하했다. 나는 내 인성에 문제가 있는 것 같았다. 세 아이를 키우면서 내 그릇이 얼마나 좁은지를 확인해야 했기 때문이다.

그러나 이것은 엄마라면 겪을 수밖에 없는 당연한 감정이었다. 나는 인성에 문제 있는 사람도 아니었고, 못난 사람도 아니었다. 그냥 엄마였다. 나 자신이 그것을 몰랐을 뿐이었다.

"방 안에서 자기 아이들을 위해 전기 기차를 매만지며 삼십 분 이상을 허비할 수 있는 남자는 어떤 남자이든 사실상 악한 인간은 아니다."

– 스트라비스키

06

나는 왜 이렇게 게으른 걸까?

엄마는 무엇이든 다 해내야 한다

"엄마는 백 개의 심장과 천 개의 손을 가져야 한다." – 러시아 속담

육아는 엄마에게 많은 것을 요구한다. 아이의 일거수일투족을 따라다닐 수 있는 무한 체력, 여러 가지 일을 동시에 처리할 수 있는 멀티태스킹, 떼쓰는 아이를 달랠 수 있는 인내심. 아이를 키우는 엄마라면 꼭 갖춰야 할 것들이다.

그런데 이 중에서도 가장 중요한 것이 있으니, 바로 체력이다. 멀티태스킹도, 인내심도 모두 체력이 뒷받침되어야 할 수 있는 일들이다. 그뿐인가. 아이를 사랑하는 것에도 체력이 필요하다. 피곤함에 절은 엄마는 아이가 눈에 들어오지 않는다. 아이와 놀아 주는 것도 에너지가 있어야 할 수 있다. 엄마의 체력이 육아의 질을 좌우하는 것이다.

그런 의미에서 아들 세쌍둥이를 키운 송일국은 대단한 아빠였다. 아무리 방송 콘셉트가 '아빠 혼자 육아'라고 해도 그는 정말 슈퍼맨 같았다. 혼자서 애 셋 병원 진료를 보고, 외식도 하고 워터파크까지 놀러 갔다. 체력 관리를 위해 틈틈이 자전거 운동까지 했다. 그것도 아이들이 탄 유모차 세 대를 자전거 뒤에 끌고 다니면서 말이다.

반면에 나는 저질 체력 중에서도 초저질이었다. 안 그래도 안 좋은 체력은 임신, 출산, 육아로 바닥을 찍었다. 한번 방전된 체력은 쉽게 회복되지 않았다. 자도 늘 피곤했고 산책, 마트만 다녀와도 피곤이 몰려왔다. 이런 내게 세쌍둥이 육아는 극기 훈련, 그 자체였다.

뭘 해도 힘든 육아

"집에 안 가. 놀이터 갈 거야!"

"기침도 심하고 콧물도 계속 나오는데, 집에 가서 쉬어야지. 엄마가 까까 줄게."

"싫어! 안 갈 거야!"

하, 한숨이 절로 나왔다. 애들을 병원에 데려오고 진료를 세 번 보는 것만으로도 나는 이미 지친 상태였다. 아이들이 집에 가서 얌전히 푹 쉬길 바랐다. 그러나 내 마음을 모르는 아이들은 놀이터에 가겠다는 고집을 꺾지 않았다.

그런데 생각해 보니 집에 가서도 힘든 건 매한가지였다. 아이들은 병균도 주거니 받거니 하는지 3주가 넘도록 골골댔다. 이런 애들을 집에 데려가면 온갖 시중을 들 게 뻔했다. 목 아프다, 콧물 나온다, 물 달라. 컨디션 안 좋은 애들끼리 어떤 사고를 칠지도 모르는 일이었다. 그래, 차라리 놀이터에 가자. 집에서 애들과 씨름하느니 놀이터에서 놀리는 게 나을 것 같았다. 나는 약국에서 아이들 감기약과 피로회복제 한 병을 사고 놀이터로 향했다.

내게 주어지는 선택지는 '힘든 것'과 '쪼~끔 덜 힘든 것' 이 두 가지밖에 없었다. 집에서 애들을 보느냐, 밖에서 애들을 보느냐. 셋을 한 명씩 샤워시킬 것이냐, 욕조에 다 넣어서 한 번에 씻길 것이냐. 늘 이런 식이다 보니 모든 것이 버겁게 느껴졌다. 뭘 하든 힘든 게 뻔한데 의욕이 나는 게 더 이상했다.

'무엇을 안 할 수 있을까?' 내 머릿속에는 이런 생각들로 가득했다. '움직이기도 싫은데 세 명 양치는 언제 하지? 이번에만 건너뛸까?', '옷을 거꾸로 입혔네. 두 명 더 갈아입혀야 하는데, 그냥 모르는 척하고 입힐까?', '둘째, 셋째는 벌써 일어났네. 너무 졸린데 첫째 일어날 때까지만 더 잘까?'

하지만 육아는 꾀부릴 틈이 없었다. 엄마의 손길이 닿지 않으면 아이들은 곧바로 티가 났다. 꾀를 부린다고 할 일이 줄어드는 것도 아니었다. 하기 싫은 일들도 결국엔 해야 했고 없던 힘도 쥐어짜 내서 애들을 돌봐야 했다.

지친 엄마는 점점 게을러진다

나는 점점 게을러져 갔다. 조금이라도 쉬기 위해 미룰 수 있는 것들은 다 미뤘다. 집안일을 미뤘고 그 외 잡다한 일들도 미뤘다. 음식물 쓰레기는 제때 비우지 않아서 날파리가 꼬였다. 옷장에는 작아서 입지 못하는 옷과 철 지난 옷들이 마구잡이로 쌓여 갔다. 스튜디오에서 돌 사진을 찍은 지 1년이 넘어갔는데도 찾아가지 않았다. 미루기 병은 정말 끝없이 도졌다. 그래서 결국, 미뤄서는 안 될 것까지 미루게 되었다. 아이들의 배변 훈련까지 말이다.

20개월 때 아이들은 배변 훈련 신호를 보냈다. 쉬를 했다고 의사 표현을 했고 변기에 앉는 것을 재밌어했다. 첫째는 변기에 소변 보는 것을 몇 번이나 성공하기도 했다. 하지만 나는 배변 훈련을 시킬 준비가 되어 있지 않았다.

세쌍둥이 배변 훈련은 여태 했던 육아보다 더 많은 체력과 인내심을 요구했다. 아침에 눈 뜨자마자 배변을 시도하고 팬티로 갈아입혀야 했다. 정해진 시간마다 변기에 앉혀야 했고 팬티에 실수해도 괜찮다는 격려와 함께 뒷정리도 해야 했다. 이 모든 것을 세 번씩 하려니 스트레스가 이만저만이 아니었다.

거기다 아이들의 경쟁심리까지 더해져 배변 훈련은 날마다 전쟁이었다. 아이들은 변기에 서로 먼저 앉겠다고 실랑이를 벌였다. 오줌도 안 마려우면서 다른 아이가 앉으니 나도 앉겠다는 심보였다. 그러다 정작 소변을 봐야 할 아이가 제때 변기에 못 앉아서 실수한 적도 많았다. 변기를 세 개 사도 마찬가지였다. 변기에 나란히 앉은 아이들은 서로 눈만 마주치면 장난을 쳤다. 변기통을 머리에 뒤집어쓰고 변기를 밟고 올라갔다.

배변 훈련이 힘들어지자, 또다시 핑계를 찾기 시작했다. '지금 애들한테 변기에 쉬하자고 하면 셋이 또 장난치거나 싸우겠지? 그냥 다음에 하자.', '팬티를 입히면 미리미리 봐 줘야 하는데, 너무 피곤하고 집안일도 해야 해. 그냥 다음에 하자.' 지친 나는 배변 훈련을 띄엄띄엄했다. 변기에 앉히는 횟수가 점점 줄었다. 팬티보다 기저귀를 더 많이 입혔다. 변기들도 방구석 어딘가로 치워 버렸다.

다행히 아이들이 크면서 사정이 조금씩 나아지자 내게도 여유가 생겼다. 그동안 미루기만 하던 배변 훈련을 다시 시작하기로 했다. 그런데 이번엔 아이들이 배변 훈련을 거부했다. 소방차 팬티를 서로 입겠다고 싸우던 아이들이 기저귀만 찾았다. 변기에 앉으면 좋아라 박수 치던 아이들이 이젠 변기가 싫다고 했다.

"엄마가 이제 배변 훈련해 줄 수 있다니까? 너희가 팬티에 실수해도 엄마 다 봐줄 수 있다니까?!" 하지만 때는 이미 늦었다. 그때 미루지 않았다면 지금쯤 기저귀를 뗐을지도 모르는 일이었다. 내가 게을러서 아이들이 기저귀를 제때 못 뗀 것 같았다. 후회와 자책이 밀려왔다.

엄마에게는 게으름이 허락되지 않는 걸까?

내 게으름이 가족들에게 해가 되고 있었다. 배변 훈련뿐만이 아니었다. 필요한 육아용품 구매를 미루다가 닥쳐서야 제값보다 더 주고 살 때도 있었다. 집밥을 하지 않아서 퇴근한 남편이 라면으로 끼니를 때울 때도 많았다. 밀린 설거지를 엄마가 대신 해 줄 때도 마음이 무거웠다. 그러면 문득 걱정이 몰려왔다. '아이들은 부모의 단점을 가장 먼저 배운다던데. 내 게으름을 먼저 닮으면 어떡하지?'

부지런해지기 위해 이런저런 노력을 해 봤지만 번번이 실패했다. 당연했다. 나는 내 게으름을 없애야 하는 것으로 생각했기 때문이다.

사실 미루는 것은 문제 행동이 아니다. 자신이 정한 우선순위 중에서 중요하지 않은 일들을 나중에 한다는 정상적인 행동이다. 그렇기에 행동 전문가들은 미루기 자체를 문제로 보지 않는다. 더 중요한 일을 먼저 하는 것은 당연한 일이니까 말이다.

그러나 미루는 행위 자체에 죄책감을 가진다면 이야기는 달라진다. 모든 것을 해내야 한다는 압박에 빠지면 휴식을 죄악으로 여기게 된다. 자신이 게으르다고 착각하게 되고 엄격한 잣대를 들이대 스스로를 혹사한다. 어쩌다 쉰다 해도 재충전이 아닌, 방전된 채로 가만히 있기만 한다. 그러면서 끊임없이 무언가를 해야 한다는 압박에서 벗어나지도 못한다.

내 소원은 딱 하루만이라도 제대로 쉬는 것이었다. 아무도 없는 공간에서 아무것도 안 하고 온종일 잠만 자고 싶었다. 간단한 소원이었지만 엄마에게는 이루어질 수 없는 바람이었다. 내가 쉬려면 나 대신 누군가가 애셋을 돌봐야 했다. 남편이 혼자 돌보거나, 혹은 남편과 나이 지긋한 부모님이 함께 돌봐야 했다. 나도 육아가 힘든데 다른 가족들에게 부탁하려니 마음이 편치 않았다. 지친 내 몸은 계속 휴식을 원했다. 하지만 내가 쉰다는 것은 이기적인 것처럼 느껴졌다.

엄마로서, 내게 휴식은 허락되지 않는 것 같았다. 엄마니까 모든 것을 해내야 한다고 착각했고 힘에 부치면 게으르다고 질책했다. 자신을 혹사하면서도 무엇이 잘못된 건지를 몰랐다. 나는 게으른 나 자신에게 계속 실망할 뿐이었다.

"휴식은 게으름도, 멈춤도 아니다. 휴식을 모르는 사람은 브레이크가 없는 자동차 같아서 위험하기 짝이 없다." – 헨리 포드

07

피할 수 없는 육아 번아웃

좋은 엄마 되려다 번아웃에 빠지다

"나너러 머리를 잘라 달라고? 미용실 가서 자르면 되잖아."

"미용실 갈 시간 따로 내고, 거기까지 왔다 갔다 하는 것도 힘들어. 어차피 머리는 묶고 다니니까 이상해도 티 안 날 거야. 그냥 잘라 줘."

육아 1년 차 번아웃이 왔다. 미용실 가는 것조차 어찌나 버겁던지, 남편에게 식가위로 머리를 잘라 달라고 부탁했다. 얼떨결에 가위를 든 남편은 진짜냐며 몇 번이나 되물었다. 괜찮으니까 잘라 달라고 여러 번 말했지만 남편은 못 믿는 눈치였다. 똑같은 질문에 계속 답하고 있으니 점점 짜증이 났다. 결국, 나는 아무 말도 하지 않고 머리를 한 움큼 잡아 남편에게 들이밀었다.

식가위로 질겅질겅 자른 머리는 당연히 엉망진창이었다. 머리 양쪽은

짝짝이였고 끝은 뭉툭해서 촌스러웠다. 남편은 내 기분을 살폈다. 이런 촌뜨기 머리도 정말 괜찮아할지 걱정했던 것이었다. 그러나 남편의 걱정과는 달리 나는 만족스러웠다. 머리는 이상했지만 크게 신경 쓰이지 않았다. 더는 긴 머리가 거추장스럽지 않고 미용실에 안 가도 된다는 것만으로도 만족했기 때문이다. 그만큼 나는 지쳐 있었다. 미용실에 갈 엄두도 못 낼 정도로 육아와 일상에서 무기력해 있었다.

육아 초기에는 의욕과 긴장감이 넘치던 나였다. 인큐베이터 안에서 숨도 혼자 못 쉬던 아이들이 건강하게 퇴원했는데 엄마인 내가 뭘 못 할쏘냐. 그런 마음가짐으로 쉴 새 없이 달렸다. 세 아이를 키우느라 몸과 뇌는 늘 풀가동이었다. 고된 하루의 연속이었지만 싫지만은 않았다. 모성애 가득한 엄마의 모습으로 일과를 마치면 미숙아로 낳았다는 죄책감도 덜 수 있었기 때문이다. 그래서 필사적으로 육아에 전념했다. 나 자신이 체력적으로도, 정신적으로도 소모되는지 모른 채 말이다. 그리고 이것이 번아웃의 시작점이었다.

번아웃에 가장 취약한 사람은 엄마다

육아 번아웃에 대한 중요한 사실을 알려 주는 자료가 있다. 컬럼비아 대학 연구팀이 임산부, 어린 아기를 둔 엄마를 대상으로 한 인터뷰의 내용이다. 연구팀은 인터뷰를 통해서 육아의 고충을 진짜보다 과소평가하는 사람이 누군지를 알게 되는데, 놀랍게도 육아의 고충을 간과하는 사람은 다름 아닌 육아 당사자인 엄마들이었다.

엄마들은 출산과 육아가 자신에게 엄청난 희생을 요구한다는 것, 그 때문에 자기 삶이 송두리째 바뀐다는 것, 그중에서도 아이의 생후 1년이 가장 혹독하다는 사실을 깊이 고찰하지 못했다. 왜 이런 결과가 나왔을까? 어쩌면 아무리 힘들어도 아이를 위해 기꺼이 감수하겠다는 엄마의 다짐에서 비롯된 게 아닐까?

번아웃 하면 과중한 업무에 시달리는 직장인이 먼저 떠오른다. 그렇지만 번아웃에 가장 취약한 사람은 사실 엄마다. 노동 강도만 보면 육아는 저강도에 속하는 일인데 번아웃에 쉽게 노출된다니, 이해가 잘 가지 않는다. 이에 대해『부모 번아웃』의 저자 모이라 미콜라이자크는 엄마가 번아웃에 가장 취약한 이유를 설명한다.

번아웃에 취약한 부류의 특징은 크게 두 가지다. 하나는 자신의 업무에 엄청난 정성을 쏟았지만 그만큼의 보상을 받지 못하는 사람들, 또 다른 하나는 의사, 상담가처럼 누군가를 돕는 일에 종사하여 감정의 소진이 높은 사람들이다. 여기서 중요한 사실을 알아챘는가? 그렇다. 부모는 이 두 가지에 모두 해당한다. 부모야말로 자식을 돌보는 일로 지쳐 버리지만 쏟은 에너지만큼의 보상을 받지 못한다. 육아도 고강도의 회사 업무 못지않게 감정, 에너지 소진이 크고 보상이 적은 일이다. 다시 말해 '엄마'는 번아웃에 가장 취약한 직책이다.

나는 이 사실을 몰랐다. 아이들을 잘 키울 수 있다는 근자감으로 똘똘

뭉쳐 있었다. 당연히 내 예상은 보기 좋게 빗나갔다. 육아의 육 자도 모르면서 마음만 앞서 갔으니 당연한 결과였다. 육아는 좌절의 연속이었다. 아무리 애써도 힘든 일투성이였다. 그리고 그 모든 문제의 근본 원인은 아이는 셋인데 엄마는 하나라는 것이었다.

산책하다가 아이가 놀이터를 가리키면 다른 엄마들은 "그래, 가자."라며 놀이터로 발걸음을 옮긴다. 그러나 나는 우리 아이들에게 이렇게 말했다. "지금은 엄마 혼자라서 놀이터에 못 가. 다음에 아빠, 할머니랑 있을 때 가자." 놀이터 같은 곳에서 아이들과 놀아 주려면 어른이 최소 두 명은 있어야 했다. 어디로 튈지 모르는 아이들을 나 혼자서 데려갈 수는 없었다.

아이가 두 팔을 벌리면서 울면 보통 엄마는 안아 주기 마련이다. 그러나 나는 "지금은 안 되는데…."라며 말끝을 흐리면서 장난감, 간식으로 아이들의 관심을 돌리려고 애썼다. 누군가를 안아 주면 다른 아이들도 안아 줘야 하는데 셋이 만족할 때까지 안아 주는 것은 내 체력으로 불가능했다. 이것 또한 어른들이 많아야 가능한 일이었다.

집에서 세 아이와 있노라면 눈코 뜰 새 없이 바빴다. 밥을 먹다가도 누구는 물 달라고 하고, 누구는 반찬을 더 달라 하고, 누구는 쉬 마렵다고 했다. 기저귀에 응가하는 것도 팬티에 실수하는 것도 한 명씩 차례대로 돌아가면서 했다. 뒤처리를 끝내면 다른 아이가 "엄마, 응가했어."라고 말했다. 다시 뒤처리를 끝내고 나면 또 다른 아이가 "엄마, 나 응가했어."라고 말했다. 나 혼자서 아이 셋을 돌보는 것은 여간 고된 일이 아니었다.

오랜만에 온 가족이 다 같이 모인 날이었다. 남편도 일찍 퇴근하고 친정

부모님도 오셔서 아이들을 각자 한 명씩 맡았다. 나는 첫째를, 남편은 둘째를, 할아버지는 셋째를 안았다. 모두 까꿍 놀이, 비행기 놀이를 하면서 재밌게 놀고 있었다. 그러나 나는 첫째를 안은 채로 커튼 뒤에 숨어 있었다. 첫째를 안으니 자꾸만 눈물이 났기 때문이다.

오랜만에 안은 첫째는 전보다 많이 무거워져 있었다. 이렇게 크는 동안 엄마가 한 번도 못 안아 줬다니. 첫째는 엄마 품이 얼마나 고팠을까. 엄마에게 얼마나 안기고 싶었을까. 나를 보며 해맑게 웃는 첫째 얼굴을 볼 때마다 눈물이 자꾸만 났다.

아이들에게 해 주지 못한 것이 너무나 많았다. 다행히 아이들은 그 순간의 아쉬움을 금방 잊는 듯했다. 하지만 나는 그러지 못했다. 아이들에게 무언가를 못 해 줄 때마다 미안함과 죄책감을 가슴 속에 쌓아 두었다.

엄마는 다 내팽개치고 싶지만 그럴 수 없다

아이는 엄마에게 무한한 삶의 기쁨을 주지만 동시에 끝없는 엄청난 스트레스를 준다. 육아 번아웃이 무서운 이유가 이것이다. 육아는 힘들지만 아이를 부정할 수는 없고, 아이 때문에 너무 힘들지만 차마 미워할 용기는 나지 않는, 그래서 결국 화살을 자신에게 돌리는 게 엄마들이었다.

육아는 밑 빠진 독에 물 붓기 같았다. 아무리 물을 부어도 독은 채워지지 않았다. 좋은 엄마가 되고 싶었지만 도저히 좋은 엄마가 될 수 없었다. 놀아 주고 안아 주는 것처럼 사소한 것 하나라도 제대로 하지 못했다. 그렇다고 무언가를 해낼 기운조차 남아 있지 않았다. 점점 멘탈은 약해졌고 결국 탈진 상태에 이르렀다.

번아웃은 곳곳에 흔적을 남겼다. 더러운 집은 스트레스가 쌓인 집이라던데, 집안 곳곳의 지저분한 공간은 내 마음이 얼마나 복잡한지를 보여 주었다.

부모 노릇에도 염증을 느끼고 있었다. 시부모님 앞에서 아이들이 대판 싸워도 나는 그냥 멍하니 보고만 있었다. 백 번도 마주한 아이들 싸움에 더는 개입하고 싶지 않았다. 어차피 쉽게 달래지지도 않을 것이고 또 싸울 게 뻔하니까.

다행인 사실은 육아 번아웃도 언젠가는 반드시 끝난다는 것이다. 지긋지긋한 육아 집중기를 벗어나면 엄마의 삶에도 균형이 찾아온다. 하지만 매일 전쟁인 엄마들은 이 말이 전혀 와닿지 않는다. 아이들 울음소리만 들어도 이렇게 힘이 빠져나가는데, 어떻게 더 버티라고.

내가 아이들을 키우면서 가장 그리웠던 때는 달콤했던 신혼 때가 아니었다. 뭐든지 내 마음대로 할 수 있었던 처녀 때도 아니었다. 내가 간절히 돌아가고 싶었던 때는 조산기로 병원에 입원했을 때였다. 아무것도 하지 않고 누워만 있던 그때로 돌아가고 싶었다. 매일 밤 아이들을 재우고 나면 당장 내일 아침을 걱정했다. 눈 뜨자마자 벌어지는 전쟁 같은 일상. 내 모든 것을 뒤흔드는 육아 속에서 번아웃은 피할 수 없는 것이었다.

엄마의 삶에 보상은 없었다. 오로지 고된 육아 노동뿐이었다. 모든 것을 놓아 버리고 싶었지만 차마 놓을 수가 없었다. 애쓴다고 나아지는 것도 없었다. 그렇게 나는 육아를 하면서 조용히 무너져 갔다.

2장

숨 쉬기 위해 책을 펴다

01

독서로 현실에서 도망치다

육아에서 벗어나기 위해 책을 펼치다

"엄마는 여기 화장실 문밖에 있을게. 너희끼리 욕조에서 물놀이하고 있어."

세쌍둥이의 에너지가 절정인 오후, 나는 아이들을 욕조에 넣었다. 아이들은 크레파스, 장난감으로 신나게 물놀이를 했다. 그러는 동안 나는 화장실 문밖에 앉아 책을 읽었다. 이 정도 거리가 딱 맞다. 욕조에서 물이 튀어도 책에 닿지 않는다. 아이들 행동반경 안쪽이라 위험이 감지되면 빨리 개입할 수 있다. 이렇게 아이들끼리 안전하게 놀아야지만 나는 잠깐이나마 책을 볼 수 있었다.

육아를 하면서 어떻게든 책을 읽고 싶었다. 그러나 원하는 만큼 책을 읽기에는 터무니없이 시간이 부족했다. 어린이집을 보내기 전에는 더더욱 부족했다. 온종일 가정 보육을 했던 때에 내게 허락된 자유 시간은 세 명이 동시에 낮잠, 밤잠을 잘 때뿐이었다. 나는 어떻게든 나만의 시간을 만들려고 갖은 애를 썼다.

셋째가 돌 즈음에 난시 판정을 받았다. 나는 아이들에게 미디어를 보여주지 않으려고 노력했다. 대신 물놀이, 촉감 놀이로 나 없이 아이들끼리도 잘 놀 수 있는 환경을 만들었다. 운이 좋으면 아이들 눈을 피해 부엌 구석에서 웅크려 책을 읽을 수도 있었다. 그렇게 하면 짧게는 5분, 길게는 15분 동안 책을 읽을 수 있었다.

하지만 여기에는 치명적인 단점이 있었다. 바로 배보다 배꼽이 크다는 것. 5분 동안 책을 읽기 위해 채소를 주면, 난장판이 된 거실을 각오해야 했다. 15분 동안 책을 읽기 위해 물놀이를 시키면 세 명을 수건으로 닦고 기저귀, 옷을 입히는 중노동을 해야 했다. 그럼에도 나는 그 잠깐의 시간을 벌기 위해 무진 애를 썼다. 어떻게든 책을 읽기 위해서였다.

내가 그렇게 필사적으로 책을 읽은 이유는 현실에서 도망치기 위해서였다. 세 아이를 돌보는 일에는 끝이 없었다. 먹이고 놀리고 씻기다 보면 하루가 금방 가 버리곤 했다. 아이들끼리 자주 싸워서 이런저런 방법을 다 써 봤지만 우는 일은 줄어들지 않았다. 아무리 애써도 매 순간 힘든 결말이 뻔히 보였다. 매일 하는 육아인데도 좀처럼 나아지지 않는 상황을 계속 마주하는 건 힘든 일이었다. 하지만 나는 엄마였다. 죽을 때까지 아이들의 엄마. 고로 내가 육아에서 벗어날 방법은 없었다.

하지만 책으로는 가능했다. 아이들 곁에 떨어져 있을 수는 없어도, 잠시나마 내 현실을 잊을 수는 있었다. 아이들의 온갖 짜증에 시달리다가도 책을 읽다 보면 그 세계로 푹 빠졌다. 소설 속 주인공이 슬프면 나도 슬펐다. 행복한 결말을 맞으면 함께 기뻐했다. 책 속 인물들의 감정이 자연스럽게 나에게도 연동된 것일까. 육아로 얼룩진 감정은 어느새 다른 감정으로 전환돼 있었다. 그렇게 부정적인 감정에서 벗어나면 좀 전까지 나를 괴롭혔던 울음소리도 쉽게 잊을 수 있었다.

책 속 인물들과 나누는 감정 공유는 그 자체만으로도 힐링이었다. 그들의 이야기를 읽고 있노라면 집안일이나 반찬 메뉴 등 현실 고민에서 벗어날 수 있었다. 그때만큼 세상은 철저하게 나만의 세계였다. 엄마가 아닌 오롯이 내가 되는 시간. 책만 있다면 나는 어떤 상황이든 벗어날 수가 있었다.

독서로 현실에서 벗어나고자 했던 사람들은 나뿐만이 아니었다.

베스트셀러 『멘탈을 바꿔야 인생이 바뀐다』의 저자이자 대한민국 상위 1%들의 멘탈 전문가인 박세니는 어린 시절 아버지의 가정폭력에서 벗어나기 위해 책을 읽었다. 그는 어릴 때 아버지의 심기를 건드리면 따귀는 물론이고 발길질까지 당해야 했다. 아버지의 폭력이 끝나면 바로 책을 집어 들었다. 책을 펼친 이유는 하나였다. 그가 처한 상황과 단절되고 싶었기 때문이다. 그에게 책은 완벽한 방패나 다름없다고 한다.

영국의 성공한 소설가인 '알렉스 휘틀'은 2019년 8월 BBC와의 인터뷰에서 이렇게 말했다.

"보육원 생활은 정말 끔찍했어요. 허클베리 핀이 일상의 소란에서 벗어나게 해 주는 탈출구였죠. 밤 9시나 9시 반이 되면, 작은 촛불을 켜고 책 속으로 파고들었어요."

이들에게 독서는 단순한 취미가 아니었다. 감당하기 힘든 현실을 벗어날 수 있는 유일한 탈출구였다. 어렸던 그들에게 현실을 바꿀 힘은 없었다. 하지만 책을 통해 현실을 버틸 수는 있었다. 그뿐만이 아니었다. 그들은 성인이 돼서 사회에서 큰 성공을 거머쥐었다. 현실을 잊기 위해 읽었던 책들이 인생의 든든한 자양분이 된 것이다.

독서로 삶의 곤경을 이겨 내고 큰 성공까지 거머쥔 유명인들은 정말 많다. 현실로부터 확실하게 벗어날 수 있는 것으로 책만 한 게 또 있을까?

책을 통해 현실을 바라보는 시선을 바꾸다

"책을 읽으라고? 됐어, 그냥 핸드폰이나 할래."

"이 만화책 진짜 재밌어. 글자보다 그림이 많으니까 읽기도 쉽잖아. 딱, 두 장만 읽어 봐. 재밌어서 아까 힘들었던 게 생각이 안 나."

"힘든 걸 잊는 걸로 치면 차라리 핸드폰이 낫지. 재밌는 게 얼마나 많은데."

어느 날 아이들을 재우다가 지친 남편에게 만화책을 권했다. 만화책으로 힘든 일상을 벗어나 잠시나마 숨통이 트이길 바라는 마음에서였다.

하지만 남편은 책을 거부했다. 사실 그럴 만도 하다. 퇴근하고 돌아오면 남편은 회사에서 바닥난 에너지를 쥐어짜 내 아이들과 놀아 주었다. 그뿐이랴, 세 명을 목욕시키고 잠도 재웠다. 아이들이 자고 나면 남편은 말 그대로 소진 상태. 그런 그에게는 무언가에 집중하는 것 자체가 부담스러웠으리라. 결국, 남편은 아무 생각 없이 할 수 있는 핸드폰 게임을 택했다.

현실을 벗어나는 것은 독서보다 핸드폰이 더 쉽고 빨라 보인다. 책을 읽으려면 글자에 집중하고 해석하는 능동적인 노력이 필요하다. 하지만 핸드폰은 손가락 몇 번 까딱하면 자극적인 콘텐츠가 넘쳐 난다. 게다가 내 취향에 맞는 콘텐츠까지 알아서 보여 주지 않는가. 이 정도면 핸드폰의 압승 같다. 과연, 정말 그럴까?

무언가에 지쳤을 때 핸드폰으로 휴식을 취해 본 사람이라면 알 것이다. 할 때는 정말 재밌지만 하고 나면 스트레스는 해소되지 않은 그 찝찝한 느낌. 그런데 독서는 다르다. 책을 덮고 나면 전에는 없던 에너지가 충전되어 있다. 머릿속도 훨씬 개운하다. 책을 읽을 때마다 느끼는 일이었지만 늘 신기했다. 나는 그저 재밌게 읽었을 뿐이었다. 책을 읽으면서 오히려 뇌를 더 썼다. 그런데 왜 재충전이 되는 걸까?'

"6분만 책을 읽으면 스트레스가 68% 감소한다."

15년 1월 영국 서섹스대학교 인지 심경 심리학과 데이비드 루이스 박사팀은 독서가 스트레스 해소에 가장 효과적이라는 연구 결과를 발표했다. 커피 마시기, 음악 감상, 게임 등 다른 방법들을 제치고 독서가 1위를 차지한 것이다.

독서를 하면 걱정거리를 잊을 수 있다. 자연스럽게 근육 긴장이 풀어지고 심박 수가 낮아진다. 그렇다고 현실 회피만 하는 것은 아니다. 책을 읽으면서 자연스럽게 고민의 해결 방법을 모색하게 된다. 책을 읽으면 잡념에 빠지는 것 같지만 실은 피하고 싶던 현실을 제대로 마주 보게 한다. 그러면 동요된 감정이 수그러들고 해결 방법이 떠오르기 시작한다. 연구 진행자인 데이비드 루이스 박사는 연구 결과에 대해 이렇게 말했다.

"독서는 현실에서 탈출하고 싶은 욕구를 잘 충족시켜 준다. 무슨 책을 읽는지는 중요하지 않다. 다만, 작가가 만든 상상의 공간에 빠져 일상의 스트레스와 걱정에서 탈출할 수 있으면 된다."

사람들은 점점 책을 안 읽는데 독서가 스트레스 해소에 최고라니. 이외의 결과다. 정말 6분만 책을 읽으면 스트레스가 반의반으로 줄어들까? 미심쩍을 수 있겠지만 이것은 사실이다. 내가 배보다 배꼽이 더 크다는 것을 알면서도 책을 읽은 이유니까 말이다.

몇 분이라도 책을 읽고 나면 마음의 여유가 생겨났다. 부정적으로만 보였던 것들도 이전과는 다르게 보였다. 아이들이 가구 틈새에 끼워 넣은 파프리카 청소도 할 만했다. 물놀이 후 옷 입히는 중노동도 감수할 수 있었다. 아이들의 짜증 섞인 울음소리에 '또 왜?!'가 아닌 '장난감이 잘 안 돼서 속상했어?'라고 말할 수 있었다. 나는 책을 읽으면서 많은 위기를 넘겼다.

나는 일상에 숨은 자투리 시간을 찾기 시작했다. 최소 5분이면 충분했다. 아이들이 얌전히 간식을 먹을 때, 장난감 가지고 잘 놀 때 등 시간의 빈틈을 노렸다. 말이 안 통하는 아이들 세 명을 돌보면서 책을 읽기란 쉽지 않았다. 그렇지만 최소 5분을 찾으려고 노력했다. 육아에 지친 나에게 책만 한 도피처는 없었기 때문이다.

육아로 무너진 나를 다시 세워 준 독서

"저는 하나 키우는 것도 힘든데 어떻게 셋을 키워요? 비결이 뭐예요?"

밖에서 만난 엄마들이 나에게 세쌍둥이를 키우는 육아 비결을 물을 때가 있다. 그때마다 얼마나 민망했는지 모른다. 나도 육아에 허덕여 하루하루가 엉망진창인데. 비결이라니, 말도 안 되는 말이었다. 그런데 전쟁 같던 내 일상이 책과 함께 평온해지면서 생각이 조금 바뀌었다. 나도 엉망이지만 그럼에도 세쌍둥이 육아를 '버틴' 비결을 묻는다면 그것은 독서였다고 말이다.

첫째가 이불에 똥을 쌌다. 치울 겨를도 없이 둘째가 바닥에 물을 엎었다. 똥과 물을 닦는 동안 첫째와 셋째가 말도 안 되는 이유로 싸운다. 불과 5분 만에 이 모든 일이 벌어지다니. 그럴 때면 나는 어김없이 부엌 식탁 앞에 앉아 책을 읽는다.

"엄마 잠깐만 책 좀 읽을게. 모래시계가 다 떨어지면 부엌에서 나갈 거야."

나는 5분짜리 모래시계를 뒤집어 놓고 책을 읽는다. 아이들은 닫힌 부엌 안전문에 매달려 무어라 말한다. 그렇지만 나는 책에 집중한다. 책을 읽다 보면 나를 압도했던 스트레스가 스르르 풀린다. 좀 전까지 휘몰아쳤던 감정이 차분해진다. 그렇게 이성을 되찾으면 아이들에게 해야 할 것, 하지 말아야 할 것이 구분된다.

"엄마! 모네이게(모래시계) 떠러져떠요!"

모래시계가 다 떨어지면 다시 아이들에게 소환된다. 마음의 응어리가 다 풀린 것은 아니지만 아까보다는 훨씬 낫다. 그래, 다시 버텨야지. 아이들이 밤잠 잘 때까지 버텨야지. 나는 육아에 지칠 때면 책으로 도망쳤다. 그러나 현실로 돌아올 때는 늘 재충전돼 있었다.

엄마에게는 엄마만의 공간과 시간이 필요하다. 책은 내게 이 두 가지를 선사했다. 책을 보는 그 순간만큼은 나는 온전히 내가 될 수 있었다. 책은 나의 도피처이자 안식처였다.

"가장 발전한 문명사회에서도 책은 최고의 기쁨을 준다. 독서의 기쁨을 아는 자는 재난에 맞설 방편을 얻은 것이다." – 랄프 왈도 에머슨

02

『귀멸의 칼날』에서 초심을 찾다

내 인생 책은 『귀멸의 칼날』

"『카프카 단편집』을 읽고 나서 사물을 보는 시선이나 상상력 등의 전환점이 되었어요."

– 가수 이적

"『칼의 노래』는 인생 최고의 책. 한계에 부딪힐 때마다 자신을 끝없이 일으켜 세운 이순신 제독의 모습이 생생합니다. 어떤 페이지를 펼쳐도 제 상황에 대입해 제 이야기로 다시 써 내려갈 수 있었어요."

– 외과의사 이국종

다독가로 알려진 유명인들의 인생 책들이다. 이들은 위 책들을 통해서 삶의 용기와 지혜를 얻었을 것이다. 그리고 고난과 역경을 인생의 전환점으로 바꿨으리라. 나에게도 그런 책들이 여럿 있다. 그중에서 한 권의 책을 꼽는다면 단연 『귀멸의 칼날』이다. 세쌍둥이 육아로 지친 나를 위로해 준 책. 말도 안 되는 상황을 마주할 때마다 버틸 수 있게 해 준 책이다.

일본은 물론, 우리나라에서도 높은 인기를 얻은 애니메이션 〈귀멸의 칼날〉의 원작 만화책, 혈귀와 귀살대가 싸우는 그 판타지 만화책 『귀멸의 칼날』이 맞다. 만화책이 인생 책이라니. 어쩌면 조금은 황당해할지도 모르겠다. 인생 책이라 하면 고전처럼 잘 알려진 책이 대부분이니까 말이다. 아니, 장르를 떠나 글자가 많은 책이 보통이니까 말이다.

하지만 나에게는 이 만화책이 인생 책이다. 『귀멸의 칼날』은 엄마로서 혼란스러울 때마다 항상 제자리로 돌아오도록 도와주었다. 팍팍한 일상에서도 가족의 행복을 잊지 않게 해 주었다. 힘들 때마다 위로도 해 주었다.

아이들은 사랑하지만 육아는 괴롭다

어느 성탄절 날 안타까운 뉴스 소식을 들었다. 이른 새벽 한 아파트에 화재가 발생했다. 일가족은 불길을 피하려고 베란다에서 뛰어내렸다. 다행히도 엄마와 두 아이는 목숨을 건졌다. 돌도 안 되는 아기는 이불에 칭칭 동여매져 아빠 품에 안겨 있었기에 무사할 수 있었다. 하지만 어린 딸을 안고 뛰어내린 아빠는 크게 다쳐 생명이 위독했다. 온 가족이 아빠가 일어나길 바랐지만 아빠는 그날 가족 곁을 영원히 떠나 버렸다.

그 기사를 보는데 가슴이 먹먹해져 왔다. 아이들 나이가 우리 아이들과 비슷해서 그런지 남 일 같지가 않았다.

"만약에 우리가 그런 상황이었다면, 우리는 어떻게 했을까?"

"당연히 아이들부터 먼저 살려야지. 뒤에서 불이 오는데 아이들 말고는 아무 생각도 안 날 거야."

남편 말이 맞다. 뒤에서 불이 덮쳐 오는데 내 목숨이 대수랴. 아이들부터 살려야지.

"그렇지만 남겨진 가족은 너무 슬플 거야…."

"그렇겠지…. 그래도 만약 내가 아이를 살리고 죽었다면 나는 다행이라고 생각할 거야."

내가 죽더라도 자식이 살았다면 그걸로 됐다는 남편의 말. 어쩌면, 그 아빠도 같은 마음이 아니었을까. 남겨진 가족에게는 너무나 미안하지만 그럼에도 어린 딸을 살렸으니 후회는 없다고 말이다. 부모라면 응당 다 같은 마음일 것이다. 자신을 희생해서라도 지키고 싶은 게 자식이니까 말이다.

나 또한 그 마음을 너무나 잘 안다. 엄마가 되고 나서 중요한 순간에는 항상 아이들이 먼저였으니까 말이다. 임신 때 아무리 힘들었어도 아이들이 뱃속에서 건강하게 잘 자란다면 무슨 일이든 버틸 수 있었다. 빨리 제왕절개 하지 않으면 죽을 수도 있다는 말을 들었을 때도 아이들을 더 품어야 한다는 생각뿐이었다. 세 명 모두 미숙아로 태어나 갑상샘저하증 진단을 받았을 때는 하늘이 무너져 내렸다. 그만큼 너무나 소중한 아이들이었다.

그렇지만 나는 마음과는 다르게 아이들에게 자꾸 화를 내고 있었다. 건강하게만 자라 달라고 기도했던 마음들도 금세 잊었다. 그토록 바랐던 것이 나에게 다 있지만 행복하지가 않다. 내 모습은 앞뒤가 안 맞았다. 아이들을 진심으로 사랑하는데 아이들에게서 벗어나고 싶었다.

"빨리 자야지! 벌써 한 시간째야!"

그날도 결국 참지 못하고 셋째에게 화를 내 버렸다. 무슨 이유인지 셋째는 쉽게 잠들지 못했다. 셋째도 얼마나 힘들겠느냐마는, 나는 아이를 이해할 여력이 없었다. 그날 둘째는 새벽 6시 반에 일어나서 아이들을 다 깨웠다. 일찍 깼으니, 낮잠이라도 길게 자면 좋으련만. 아이들은 평소보다 낮잠을 적게 잤다. 그럼 밤잠이라도, 빨리 자면 좋으련만. 아까 잠든 첫째, 둘째와는 달리 셋째가 도무지 자질 않는다. 시간은 벌써 10시가 훌쩍 넘었다.

늘 이런 식이다. 셋 중 한 명은 브레이크를 걸었다. 첫째, 둘째가 밥을 잘 먹으면 셋째가 안 먹었다. 첫째, 셋째가 잘 놀면 둘째가 사고를 쳤다. 둘째, 셋째가 잘 씻으면 첫째가 안 씻겠다고 울었다. 밥 먹이기, 씻기기, 재우기 등 어느 하나 쉬운 게 없었다. 세 명이 동시에 말 잘 듣는다는 건 기적 같은 일이었다. 그리고 그런 행운은 거의 일어나지 않았다.

이건 정말 너무한 거 아닌가. 세 명이 돌아가면서 울고 사고 치는 육아에서 끝은 없었다. 내가 바라는 건 큰 게 아닌데. 너무 힘들면 잠깐만 쉬고 싶을 뿐이었다. 하지만 세쌍둥이 육아에서는 그것조차 욕심이었다. 그런 생각이 들면 너무 억울했다. 그러면 얼마 안 가 자신을 질책했다. 아이들이 건강하게 자라는데 뭘 더 바라는 거야. 아이들이 건강하게 돌아왔으면 힘든 육아도 각오했어야지. 그렇게 내 머릿속은 늘 시끄러웠다. 억울함과 미안함과 죄책감이 뒤엉켰다.

『귀멸의 칼날』에서 얻은 깨달음

그럴 때면 나는 『귀멸의 칼날』을 펼쳤다. 사람을 잡아먹는 혈귀와 그런 혈귀를 막는 귀살대의 목숨을 건 사투. 생사가 오가는 이야기와 자극적인 그림 때문일까. 『귀멸의 칼날』은 다른 책에 비해 감정 전환이 빨리 됐다. 잠깐만 읽어도 현실의 복잡한 감정을 금방 잊을 수 있었다.

> "행복은 계속 이어질 거라고 믿었다. 쉽게 믿었던 행복이 파괴되고 나서야 행복은 얇은 유리 위에 놓여 있다는 사실을 깨달았다."
>
> –『귀멸의 칼날』 중에서

만화책 속 등장인물들은 대부분 사랑하는 사람을 잃었다. 부모를 잃거나 자식을 잃거나 형제를 잃거나 동료를 잃었다. 수십 명 되는 등장인물 중에서 사연 없는 사람이 없을 정도다. 사랑하는 가족을 떠나보내고 슬픔에 잠긴 이들, 살아남은 이들이 서로 의지하며 사는 모습들, 비록 만화지만 죽음을 맞이하는 그들의 모습은 나에게 묵직한 무언가를 던졌다. 그중에 부모로서 깊은 생각을 하게 했던 이야기는 어린 혈귀인 '루이'의 가족 이야기다.

루이는 어린 나이에 혈귀가 되기로 한다. 그저 선천적으로 병약한 몸 대신 강한 몸을 가지고 싶다는 어린 마음에서였다. 혈귀가 된 루이는 바람대로 강한 육체를 얻는다. 하지만 그 대가는 잔혹했다. 사람을 잡아먹지 않고서는 더는 살 수 없게 된 것이다.

루이 부모는 어린 자식이 식인하는 모습을 지켜볼 수가 없었다. 그래서 아들을 죽이고 자신들도 자살함으로써 죗값을 치르기로 한다. 부모는 제 손으로 자식을 죽여야 한다는 사실에 고통스러워한다. 하지만 루이는 너무 어렸다. 자신을 죽이려는 부모에게 배신감을 느끼고 부모를 살해한다. 엄마, 아빠가 옆에서 죽어 가는데도 루이는 아무렇지도 않았다. 하지만 엄마의 미안하다는 유언을 듣고 뒤늦게 부모 마음을 알게 된다.

엄마는 숨이 멎을 때까지 건강하게 낳아 주지 못해서 미안하다는 말만 되풀이한다. 아들이 자신을 죽였는데도 자신 때문에 아들이 혈귀가 된 거라고 자책한 것이다. 루이는 뒤늦게 후회했지만 죽은 부모를 다시 살릴 순 없었다. 루이는 부모를 그리워하며 수십 년 동안 사람을 잡아먹었다. 그러다 귀살대에게 죽음을 맞게 되는데, 그때 루이의 모습은 잔인한 혈귀가 아니었다. 그저 엄마, 아빠 품을 그리워하는 어린아이였다.

루이는 사후세계에서라도 엄마, 아빠를 보고 싶었지만 만날 수 없었다. 엄마, 아빠는 천국에 갔을 테지만 자신은 지옥으로 가야 하기 때문이었다. 무수한 사람을 죽인 당연한 죗값이었다. 그렇게 혼자 참회하던 중에 엄마, 아빠와 극적으로 재회하게 된다. 알고 보니 부모님은 천국에 가지 않고 사후세계에서 루이를 기다리고 있었다. 사랑하는 아들과 함께하기 위해서 지옥을 가기로 결심한 것이다. 루이는 부모 품에 안겨 속죄의 눈물을 흘렸다. 루이를 껴안는 부모의 표정은 자식을 용서하는 마음과 지옥에서까지도 지켜 주겠다는 각오가 느껴졌다.

아무리 픽션이라도 감정 몰입이 되면 더는 허구로만 남지 않는다. 루이 부모가 제 손으로 자식을 죽여야 했을 때는 보는 나도 가슴이 미어졌다. 루이만 혼자 남겨져 사람을 잡아먹을 때는 부모의 마음으로서 너무나 안타까웠다. 그러다가 루이와 부모가 서로의 마음을 확인하고 함께할 때는 묵직한 감동을 받았다.

『귀멸의 칼날』에서 다시 찾은 육아 초심

고된 육아를 하다 보면 내 진심이 묻힐 때가 많다. 먹이고 입히고 재우는 것만으로도 힘들어서 늘 불평하고 짜증을 냈다. 나 스스로는 또 얼마나 못나 보이던지. 그럴 때마다 읽은『귀멸의 칼날』은 힘든 임신, 출산기를 떠올리게 했다. 내 몸이 망가졌는데도 아이들에게 한없이 미안했던 마음. 어떻게든 나보다 아이가 먼저였던 절실한 마음. 기억을 더듬어 가다 보면 잊고 있던 내 진심을 마주할 수 있었다. '그래, 나도 그렇게 나쁜 엄마는 아니야.'라고 자신을 위로할 수 있었다. 그리고 다시 다짐했다, 내일은 아이들에게 더 잘해 줘야지. 아이들이랑 더 놀아 줘야지.『귀멸의 칼날』을 읽으면서 내 진심을 여러 번 마주했고 매 순간 위로받았다.

'죽음 앞에서 나는 어떤 부모인가.'

『귀멸의 칼날』은 늘 나에게 이런 질문을 던졌다. 자식을 위해 희생하고 용서하는 등장인물을 보면서 내 목숨보다 소중한 것이 무엇인지를 돌이켜 보게 했다. 질문에 대한 답을 찾다 보면 언제나 답은 하나였다. 그것은 바로 가족, 우리 아이들이었다.

"인간은 생명보다 가치 있는 무언가가 있다는 듯이 행동합니다. 그것은 과연 무엇인가요?"

–『야간 비행』 중에서

03

육아로 마주한 콤플렉스, 책으로 치유하다

엄마가 되자 콤플렉스가 늘었다

"엄마, 배 많이 아파?"

신나게 뛰놀던 아이들이 내 튼살을 보고는 깜짝 놀랐다. 배 전체를 덮은 튼살이 아이들 눈에는 상처로 보였나 보다. 아이들은 걱정스럽게 물었지만 당황한 나는 황급히 배를 가려 버렸다. 내가 봐도 흉한 튼살을 누군가에게 보여 주는 것은 내키지 않았기 때문이다.

출산하고 나서 많은 사람이 나보고 대단하다고, 튼살은 엄마가 잘 버텨서 생긴 훈장이라고 했다. 그러나 아무리 훈장이라고 한들 깊게 팬 주름들은 보기 흉했다. 나는 아이들에게까지 내 튼살을 꼭꼭 숨겼다.

엄마가 되고 나니 숨기고 싶은 것들이 자꾸만 드러났다. 튼살, 새치 같은 외모는 물론이고 성격, 요리, 살림 등 부족하다고 느껴지는 모든 것들이 콤플렉스로 변해 버렸다. 나도 나를 긍정적으로 보고 싶었지만 방법을 몰랐다. 결국, 콤플렉스만 계속해서 늘어날 뿐이었다.

자신을 통제할 수 있고 원하던 기대치에 부응할 수 있다면 자기 자신을 긍정적으로 바라볼 수 있다. 하지만 육아에서 무언가를 통제한다는 것은 불가능한 일이었다. 점점 육아에 지쳐 갔고 내 속도 곪아 갔다. 조급증, 열등감은 심해지고 자존감은 바닥을 쳤다. 마음이 병드니 아이 셋을 키우는 일이 잘될 리가 없었다. 병든 마음은 육아를 망쳤고 망친 육아는 다시 내 마음을 병들게 했다. 그런 악순환이 반복되면서 숨기고 싶었던 콤플렉스들이 자꾸만 늘어 갔다.

출산하고 몇 개월 뒤 이유식을 시작하자 형편없는 요리 실력은 콤플렉스가 돼 버렸다. 원래 요리에 소질이 없지만 신혼 때까지만 해도 별문제가 없었다. 맞벌이라 평일에는 요리할 일도 별로 없었고 주말에는 요리를 좋아하는 남편이 도맡아 했으니까 말이다. 그런데 엄마가 되니 상황이 완전히 바뀌어 버렸다. 아이들이 밥을 잘 먹느냐, 안 먹느냐는 내가 요리를 어떻게 하느냐에 달려 있었다. 음식이 맛없으면 아이들은 밥을 안 먹을 테고 그런 일이 반복되면 키, 몸무게도 잘 늘지 않을 게 뻔했다.

애들 밥을 못하는 엄마가 되고 싶진 않았다. 요리를 못한다고 매일 음식을 사 먹일 수도 없는 노릇이었다. 그래도 하는 만큼 느는 게 요리라길래 없는 시간 쪼개서 정성스레 음식을 만들었다. 하지만 워낙에 소질이 없어서 그런지 음식 맛은 좀처럼 나아지지 않았다. 아이들은 내가 한 음식을 자주 남겼고 아빠 요리를 더 잘 먹었다. 나는 아이들이 내가 한 음식을 뱉을 때마다, 남은 음식을 음식물 쓰레기통에 버릴 때마다 요리에 자신감을 잃어 갔다.

그러던 어느 날, 어린이집에서 소풍 날 도시락을 보내 달라는 알림장이 왔다. 겨우 손에 익은 반찬들로 집밥을 요리해 먹이는데 도시락이라니. 큰 일이었다. 머릿속에 온갖 시나리오가 펼쳐졌다. '아이들이 내 도시락을 안 먹으면 어쩌지? 친구들이 싸 온 음식은 예쁘고 맛있는데 내가 싼 음식은 맛없으면 어쩌지?' 소풍 날 도시락까지 안 먹는 일만큼은 피하고 싶었다. 결국, 나는 남편에게 도움을 청했고 남편이 아이들 도시락을 대신 싸 주었다.

내 요리 실력은 남편의 도움으로 숨길 수 있었지만 도시락 사건은 빙산의 일각이었다. 내가 나를 긍정하지 못하고 마음속의 결핍을 채우지 못하니 이런 일은 계속해서 나타났다. 사소한 실수에도 예민하게 반응했고 나의 치부를 드러내기를 극도로 꺼렸다.

엄마에게는 자신이 괜찮은 사람이라고 느끼는 것이 굉장히 중요하다. 절대적인 양육 능력이 아니라, 주관적으로 괜찮은 사람이라고 느끼는 것. 나는 나 자신에게 괜찮은 사람이라고 다독이지 못했다. 내 안의 결핍도 스스로 채우지 못했다. 그러자 어느새 나는 콤플렉스 덩어리가 돼 버렸다.

외면해 온 콤플렉스를 독서로 마주하다

내게는 '괜찮아.'라는 말 한마디가 절실했다. 내 행동, 내 감정에 대해 수치심, 죄책감을 느낄 때마다 '이건 큰 문제가 아니야. 정말 괜찮아.'라는 말이 듣고 싶었다. 마치 답정너처럼 말이다. 나 자신의 근간이 흔들릴수록 끊임없는 공감과 위로를 갈망했다.

하지만 현실 속에서 나에게 무한한 위로를 해 줄 사람은 없었다. 친구와 수다를 떨어도 응어리가 남았고 퇴근한 남편을 붙잡을 수도 없었고 철없이 친정엄마에게 넋두리할 수도 없었다. 그래서 나는 책을 집어 들었다. 나처럼 괴로운 사람들을 직접 찾기 시작했다.

책에는 나와 비슷한 고민을 한 사람들이 넘쳐 났다. 육아 관련 책만 펼쳐도 애 키우느라 지친 엄마들 이야기가 수두룩했다. 잠 안 자는 아기에게 화를 낸 엄마는 나뿐만이 아니었다. 육아 스트레스를 참고 참다가 냉장고에 토마토를 던져 버린 엄마도 있었다. 부엌 청소를 미루다가 싱크대에 곰팡이가 폈다는 엄마도 있었다. 우울증으로 힘들어하는 엄마는 두말할 것도 없었다.

비록 에피소드의 엄마들과 직접 이야기를 나누진 않았지만 그들의 이야기를 읽는 것만으로도 동질감이 느껴졌다. 누군가에게 말로 하소연을 하지 않아도 이미 내 고통을 완벽하게 표현한 구절을 읽으면 마음의 상처가 치유되는 것 같았다. 나보다 앞서 육아를 했던 엄마들의 이야기에서도 많은 위로를 받았다. 육아 고충을 피할 수 없다 해도 무조건 참아야 하는 것이 아님을 알려 주었고 엄마 자신을 먼저 챙기라는 조언도 해 주었다.

누군가의 진솔한 이야기는 상처받은 이의 마음을 치유한다. 방송인 김제동이 진행했던 프로그램인 〈김제동의 톡투유〉가 이를 증명한다. 〈김제동의 톡투유〉는 유명한 연예인이 아닌 평범한 방청객들의 이야기로만 진행되는 토크쇼다. 그런데도 차기작 프로그램이 나올 정도로 꽤 인기가 많았다. 사람들이 서로의 아픔을 나누고 위로하는 '치유'가 바로 인기 비결이었기 때문이다.

프로그램 방송 콘셉트는 대부분 이러하다. 한 방청객이 자신의 고민을 고백한다. 프로그램 패널의 전문가들은 방청객에게 실질적인 조언을 해 준다. 비슷한 고민을 했거나 해결한 경험이 있는 또 다른 방청객들이 자신의 이야기를 들려주기도 한다. 방송 자체가 고민을 털어놓고 위로를 건네주는 식으로 진행되는 것이다.

내가 독서로 위로를 받은 것도 이와 같았다. 책에는 저자의 고민과 힘든 순간을 이겨 낸 과정, 독자를 향한 위로가 진솔하게 담겨 있다. 그런 책을 읽고 나면 짓눌렸던 감정들이 사르르 풀리곤 했다. 책은 늘 내 편이었고 내 하소연을 묵묵히 들어 주었으며 원하는 만큼 위로를 해 주었다.

독서는 위로만 주는 것으로 끝나지 않았다. 나 자신을 돌아보고 더 나은 해결책을 찾도록 했다. 사실 자신을 성찰한다는 것은 굉장히 괴로운 일이다. 자신의 치부, 단점을 마주하려면 큰 용기와 인내가 필요하기 때문이다. 공자가 자신의 잘못을 뉘우치고 스스로 꾸짖는 사람을 보지 못했다고 한 이유도 그만큼 자신의 부족한 점을 인정하기 힘들기 때문이다.

그런데 독서로 자신을 직면하는 것은 고통스럽거나 부끄럽지 않았다. 누군가가 대놓고 나의 낮은 자존감, 게으름, 불안에 관해 이야기했다면 불편했겠지만 책은 나 혼자 읽는 것이었기에 불편하지 않았다. 그뿐만이 아니었다. 다른 사람들도 나처럼 비슷한 고민과 결점이 있다는 것을 알게 되면서 내 부족한 점을 받아들일 수 있는 용기도 생겼다. 독서는 상처를 직접 건드리지 않았지만 나 자신을 정확하게 직면하게 했다. 나는 책을 읽으면서 자신을 괴롭히는 것을 멈추고 내게 필요한 것들이 무엇인지, 그것들을 어떻게 얻을 수 있는지를 알아낼 수 있었다.

한때 극심한 스트레스로 생긴 조급증이 내 일상을 갉아먹었었다. 육아로 늘 시간에 쫓기다 보니 3분이면 데워 먹을 카레도 몇 분을 못 기다리고 바로 부어 먹기 일쑤였다. 그만큼 조바심이 심했었다. 시간에 쫓기는 버릇은 점점 심해졌고 시간을 쓴 만큼 어떤 성과가 나와야 한다는 강박까지 생겼다. 그 강박 때문에 집에서 살림하고 육아하는 시간이 무의미하게 느껴졌고 아무런 경제적 활동을 하지 않는 자신이 초라하게 느껴졌다. 남들과 비교하며 아무것도 하지 않는 것을 불안해했지만 막상 무슨 일을 하면 집중하기가 어려웠다.

그때 내가 읽은 책은 『당신의 뇌는 서두르는 법이 없다』였다. 알고 보니 조바심은 반복되는 실패로 생긴 무기력의 또 다른 모습이었다. 나는 육아에 치여 자신을 믿지 못했고 이것이 조급증으로 이어진 것이었다. 자기 불만이 강할수록 각별한 관심이 필요한데 정작 나는 나를 몰아세우고 있었다.

콤플렉스는 내 안의 숨겨진 모습을 인정하고 진짜 나를 받아들일 수 있는 기회다

내 콤플렉스들은 충족되지 않은 욕구에서 비롯된 것들이었다. 콤플렉스를 해결하려면 내 결점을 다그칠 것이 아니었다. 오히려 결핍을 더 적극 인정하고 받아들여야 했다. 얽혀 있던 콤플렉스들을 하나씩 풀어 갈수록 나를 잠식했던 열등감에서 조금씩 헤어 나올 수 있었다. 그리고 나는 조금씩 더 나은 사람이 되고 있었다. 그러자 문득 이런 생각이 들었다. '어쩌면 육아는 진짜 나를 알고 더 성장할 기회가 아닐까?'

세계적으로 유명한 방송인, 오프라 윈프리에게는 말 못 할 비밀이 있었다. 어린 시절 성폭행 피해자이면서 미혼모였다는 사실이다. 오프라는 자신의 과거를 꼭꼭 숨겼지만 한 친척의 폭로로 온 세상에 드러나게 된다. 오프라는 자신의 삶을 비관했지만 한편으로는 더는 숨기지 않아도 된다는 해방감도 느꼈다. 그리고 과거가 드러난 것을 기회 삼아 과거의 상처를 치유하려고 노력했다. 그 결과 모두가 아는 것처럼 치욕스러웠던 과거는 오프라의 역경을 이겨 낸 이야기가 되어 그녀를 더욱 빛나게 해 주었다.

> "비밀이 폭로되자 나를 묶고 있던 속박이 풀렸습니다. 수치심을 품고 사는 것만큼 무거운 마음의 짐이 또 있을까요? 자신의 상처를 극복하고 진짜 자신이 어떤 사람인지를 알게 되면 비로소 그 지혜 안에 머무를 수 있습니다."
>
> – 오프라 윈프리

나의 치부를 마주한 순간은 그 괴로움에서 해방될 기회다. 여기에는 고통이 따르고 그것을 견디기 위한 인내와 용기도 필요하다. 만약 엄마라면 이 과정에서 더 많은 노력이 필요하다. 아이를 키우는 것은 자신의 밑바닥이 낱낱이 드러나는 일이기 때문이다. 나도 피할 수 없었다. 육아는 내 민낯을 끝없이 들춰 냈다. 취약점, 결핍, 이기적인 모습까지. 사랑하는 아이를 키우면서 진짜 내 모습은 다 까발려졌다.

나는 이 과정을 독서와 함께했다. 독서는 내가 좋은 엄마라는 것을 확인하기 위한 몸부림이었다. 육아로 마음이 요동쳐도 책 속에서 가슴에 와닿는 구절을 찾아 자신을 다독였다. 책을 읽을수록 내 안의 엉킨 상처들도 하나씩 아물어 갔다. 내 결핍을 채우는 데 필요한 것들을 알아 가면서 자아가 다시 세워지고 있었다. 아이가 커 가고 읽은 책이 쌓여갈수록 조금씩 변해 갔다. 육아는 나의 콤플렉스를 들추는 일이었다. 그리고 독서는 내 콤플렉스를 치유하는 과정이었다.

"한 시간 독서로 누그러지지 않는 걱정은 없다." – 몽테스키외

04

죽음을 생각하니 행복이 보였다

엄마가 되고 죽음에 대해 생각하다

'신생아 사망 위험은 쌍둥이는 단태아의 9배, 세쌍둥이는 37배나 된다. 영아 사망 위험도 쌍둥이는 단태아의 6배, 세쌍둥이는 19배나 되는 것으로 나타났다. 쌍둥이 사망률은 점차 낮아졌지만 세쌍둥이 사망률은 좀처럼 개선되지 않았다. 태아 수가 많을수록 선천이상 등 태아의 합병증 위험이 증가하기 때문이다.' – 가톨릭대 서울 산모병원

만약 내가 단태아 엄마였다면 저 연구 결과는 하나의 기사에 불과했을 것이다. 하지만 나는 세쌍둥이 엄마였다. 삼둥이 세계에 발들인 이후로 쌍둥이 관련 기사만 보면 촉각을 곤두세웠다.

세쌍둥이는 만출 기준이 35주다. 최대한 배 속에 있어도 조산인 셈. 하지만 이조차도 어려운 게 현실이다. 세쌍둥이 산모들의 평균 임신 기간은

33주가 안 된다. 임신 32주가 넘으면 자궁 내 태아 사망률이 높아지기 때문이다. 여기에 산모, 태아의 건강 문제까지 더해진다면, 30주를 버티는 것도 위험천만한 일이 된다.

이런 이유로 세쌍둥이 아기들은 너무나 빨리 세상에 나온다. 그렇지만 아기들은 뱃속에서 못다 한 성장을 씩씩하게 해 나간다. 열심히 몸무게를 늘리고 숨 쉬는 연습을 한다. 그 모습이 얼마나 고맙던지…. 그렇게 모든 아기가 건강하게 집으로 돌아가면 좋겠지만…. 적지 않은 아기들이 하늘나라로 소풍을 간다. 아기를 떠나보낼 수밖에 없는 부모들은 자식을 가슴에 묻는다.

엄마가 되기 전에는 일상에 치여 살았다. 아침이 되면 아무 생각 없이 출근해서 정신없이 일하다가 퇴근했다. 집에 가서는 TV, 핸드폰으로 시간을 보내다가 졸리면 잤다. 하루살이가 따로 없었다. 그랬던 내가, 세 아이를 품고 낳고 기르면서 달라지기 시작했다. 그중에서 가장 큰 변화는 죽음에 대한 생각이 깊어졌다는 것.

여러 계기가 있었다. 처음에는 출산 직후 아이들과 생이별했을 때 느꼈던 감정 때문이었다. 병원에 입원해 있는 아이들을 잠깐이라도 보는 게 소원이었다. 혹시나 무슨 일이 있는지 불안해서 미칠 것 같았다. 매일 울었다. 아이들이 곁에 없다는 허망함과 무력감. 절절하게 느꼈던 그리움. 보고 싶다는 감정만큼 간절한 것도 없다는 것을 깨달았었다.

한 달이 넘어서 아이들은 건강하게 퇴원했지만 생이별했을 때의 감정은 쉽게 잊히지 않았다. 일상을 지내다가도 문득문득 떠올랐다. 그러다 또 다른 세쌍둥이 아기가 소풍을 갔다는 소식을 들으면 어김없이 생생하게 되살아났다. 그런 일들이 반복될수록 이별, 그리움, 슬픔에 대한 감정에 익숙해졌다. 그리고 자연스럽게 죽음에 대한 의문이 들기 시작했다.

'죽음으로 영원히 헤어지면 얼마나 괴로울까? 혹시 내가 느꼈던 그리움, 괴로움과 아주 조금은 비슷하지 않을까?' 나는 결코 사랑하는 사람을 떠나보내야 했던 이들의 심정을 이해할 수 없다. 그 고통은 감히 내가 헤아릴 수 있는 고통이 아니라는 것을 잘 알기 때문이다. 그렇지만 죽음에 대한 의문들은 머릿속에서 떠나질 않았다.

죽음은 늘 우리 곁에 있었다

누군가의 숨이 멎는 순간을 본 적이 있는가. 내가 본 죽음은 한 의료 다큐멘터리에 담긴 어린 환자가 숨이 멎는 장면이 유일하다. 비록 영상이었지만 환자의 임종 장면은 죽음이 우리 삶과 가까이에 있다는 것을 상기시켜 주었다.

다큐멘터리 영상 속에서 교통사고를 당한 초등학생 남자아이가 병원으로 실려 왔다. 아이는 머리를 심하게 다쳐 매우 위중한 상태였다. 의식이 돌아올 확률도 희박했다. 그러나 부모님은 실낱같은 희망을 놓지 않았다. 자식을 포기한다는 건 상상조차 할 수 없는 일이었다. 아이도 부모 마음을 안 걸까? 아이 상태는 조금씩, 아주 조금씩 나아지기 시작했다. 불행 중 다행이었다.

화면이 아이가 누워 있는 병실로 바뀌었다. 분위기가 심상치 않았다. 부모님과 친척들이 모두 아이의 병실로 모여 있었다. '무슨 일이지? 좀 전까지만 해도 아이가 조금씩 나아진다고 그랬는데?' 그때였다. "아, 멎었어…." 친척들 사이에서 탄식이 흘러나왔다. '삐—' 소리와 함께 심장박동이 멈췄다. 순식간에 벌어진 일이었다. 급하게 온 의사가 상황을 파악하기도 전이었다. 그렇게 아이는 부모 곁을 떠났다.

아이의 죽음은 순식간에 일어났다. 불과 몇 초 전까지만 해도 살아 있던 아이였다. 그런데 갑자기 떠나 버렸다. 찰나의 순간에 영원히 가족 곁을 떠나 버렸다. 죽음은 삶에서 멀리 떨어져 있다고 여겼는데 아니었다. 죽음은 삶과 너무나도 가까이 맞닿아 있었다.

일본 작가, 무라카미 하루키는 죽음은 삶의 반대가 아닌 일부라고 했다. 삶과 죽음은 늘 함께한다. 살아 있다면 언젠간 죽는다는 뜻이고 나도 마찬가지였다. 죽음을 생각하니 자연스럽게 내 삶을 돌아보게 됐다. '나는 언제 죽게 될까? 갑작스러운 죽음을 맞이한다면 무엇을 후회할까? 그렇다면 나는 어떻게 살아야 하지?'

죽음에 대한 질문은 꼬리에 꼬리를 물었다. 그리고 그 답을 찾기 위해 죽음에 관한 책들을 찾아 읽었다. 의사, 특수청소부가 쓴 에세이, 삶에 대한 근본적 질문을 던지는 인문서, 전쟁 관련 소설과 만화책 등 가리지 않았다.

비록 책이었지만 다양한 죽음을 보았다. 준비된 죽음, 억울한 죽음, 허망한 죽음…. 죽음을 받아들이는 사람들의 모습도 다 달랐다. 삶부터 죽음에까지 이르는 일대기도 다양했다. 그래서 그런 걸까? 어느 순간에 인생을 보는 시야가 전보다 넓어져 있었다. 삶의 태도도 조금씩 달라지고 있었다.

죽음을 행복을 재정의한다

한번 상상해 보자. 만약, 내가 오늘 교통사고로 죽는다면, 마지막으로 무엇을 할 것인가? 어떻게든 가족 목소리를 듣기 위해 필사적으로 전화할 것이다. 운 좋게 아이들의 목소리를 듣는다면 얼마나 괴로울까…. '엄마'라고 부르는 아이들의 목소리를 상상하는 것만으로도 아찔하다. 어떻게 이 아이들을 두고 가지…. 남편에게는 미안한 마음뿐이다. 먼저 가서 미안하지만 정말 사랑하고 고맙다고 말해야지. 엄마, 아빠는 내가 먼저 가서 너무 슬퍼하겠지? 그래도 엄마, 아빠는 남은 생 가족들이랑 잘 살다 왔으면 좋겠는데….

상황에 몰입하자 그렇게 저릴 수가 없었다. 떠오르는 건 오직 가족이었다. 돈이나 재산이 아니었다. 남겨진 가족에 대한 미안함, 슬픔뿐이었다. 그러자 이내 안도감이 들었다. 지금 내가 살아 있어서 다행이라고, 아이들도 남편도 부모님도 다 내 곁에 있어서 정말 다행이라고 말이다.

죽음을 마주하면 삶의 우선순위가 뒤바뀐다. 나에게 시간이 얼마 없으니 사사로운 것들이 걸러진다. 비싸고 갖고 싶었던 것들은 부질없어진다. 반면에 당연하게 여겼던 것들이 더없이 소중해진다.

신기한 것은 죽기 전에 후회하는 것이 다 비슷하다는 것. 국적, 나이, 성별을 불문하고 전 세계 사람들의 대답이 비슷하다. 그들의 대답을 모아 보면 겨우 몇 가지로 수렴된다.

첫째, 돈만 생각하며 살아온 것.
둘째, 사랑하는 사람과 많은 시간을 보내지 못한 것.
셋째, 진짜 원하는 것을 하면서 살지 못한 것.

건강하면 아쉬울 게 없다. 오히려 못 가져서 못 해서 불만이다. 하지만 좋은 삶은 많이 가진 삶이 아니다. 내 삶을 가치 있게 하는 것도 이미 내가 가지고 있는 소소한 것들이다.

삶과 죽음, 그리고 행복은 붙어 있었다. 죽음에 대한 고찰 없이는 삶도 행복도 찾을 수 없다. 죽음을 마주하고 나서야 내 삶의 본질이 보인다. 살아야 하는 이유가 명확해진다. 행복이 무엇인지도 가려진다.

죽음 앞에서 후회 없는 삶을 살았다고 말할 수 있는 이는 얼마나 될까? 살면서 어떻게 죽을지 고민했던 사람이라면 모를까. 아마 많은 이들은 후회할 것이다. 그래서 나는 죽음을 늘 생각한다.

죽음을 생각하면 행복이 재정의된다. '만약 내가 오늘 죽는다면 무엇을 가장 후회할까?' 이 질문의 답이 내게 가장 소중한 것이었다. 가슴이 저리도록 후회가 밀려오는 것. 나를 슬프게 하는 것. 거기에 행복이 있었다.

"당장에라도 이 삶을 떠날 수 있는 사람처럼 살아라. 촛불은 꺼질 때까지 밝게 빛을 내뿜는다."

– 마르쿠스 아우렐리우스

05

관계에 대한 깨달음

독서광인 히틀러는 어쩌다 학살자가 돼 버렸나

히틀러식 독서법이라고 들어 보았는가? 제2차 세계대전을 일으키고 유대인 학살을 자행한 히틀러는 사실 독서광이었다. 그의 서재에 꽂힌 책들은 만 권이 넘었다. 히틀러 집에서 일하던 가정부들도 그가 틈날 때마다 독서를 했다고 증언할 정도였다. 그런데 독서란 지식을 넓혀 주고 통찰력을 길러 주는 가장 좋은 방법이 아니었던가? 독서를 즐긴 히틀러는 어째서 학살자, 독재자가 돼 버린 걸까?

그 이유는 히틀러의 잘못된 독서법에 있었다. 히틀러는 반유대주의, 극단적인 정치 성향을 띤 책처럼 자신의 신념과 같은 작가들의 책만 골라 읽었다. 그는 책을 읽을수록 자신의 비뚤어진 신념을 확신했다. 히틀러에게 독서는 깨달음의 확장이 아닌 자신의 편견을 합리화하는 수단에 불과했던 것이다. 이런 확증편향 독서는 히틀러의 악명을 높이는 데 일조했고 결국 히틀러는 역사에 길이 남을 위험한 인물이 돼 버렸다.

히틀러의 이야기는 확증편향이 독서와 관계에 미치는 악영향을 보여 준다. 아무리 독서가 유익해도 자기 생각에 갇힌 독서는 해로울 뿐이다. 그런 독서는 사유를 넓히지 못하고 잘못된 편견과 고정관념을 굳히게 한다. 사물이나 현상을 왜곡해서 바라보기 때문에 무엇이 옳고 그른 건지도 제대로 판단하지 못한다.

또한 편견과 아집이 사람과의 관계에 얼마나 치명적인지도 알 수 있다. 다양한 생각과 가치관을 무시하고 색안경을 낀 채 세상을 바라보면 인간관계에도 여러 문제를 겪게 된다. 히틀러가 유대인을 증오한 나머지 비극적인 대학살을 일으킨 것처럼 말이다.

만약 히틀러가 반유대주의 소설이 아니라 인류와 평등에 관한 책을 읽었다면 어땠을까? 제대로 된 독서를 통해서 자신의 편견을 깨고 다양성을 존중했다면 말이다. 어쩌면 역사 속 히틀러보다는 유대인을 더 포용했을지도 모른다. 물론 지나간 역사는 돌이킬 수 없지만 히틀러의 이야기가 확증편향의 무서움을 알려 주는 것은 분명한 사실이다.

확증편향은 육아에도 치명적이다

이런 확증편향은 육아에 굉장히 치명적이다. 육아는 누구 혼자서 아이를 키우는 것이 아니라 다른 사람과 함께하는 일이기 때문이다. 한 아이를 키우려면 온 마을이 필요하다는 아프리카 속담처럼, 육아는 부모는 물론이고 친정, 시댁, 심지어 어린이집 선생님들까지 함께 하는 공동의 과업이다. 그런데 엄마가 선입견을 품고 다른 사람들의 의견을 무시하면 어떻게 될까? 서로에게 상처를 남기는 것이 불 보듯 뻔하다.

하지만 나는 어리석게도 육아 확증편향에 빠지고 말았다. 친정엄마와 공동육아를 하면서 엄마의 육아법보다 내 육아법이 더 좋다고 착각했다. 엄마 세대의 육아법은 두루뭉술하고 고리타분하지만 내 것은 트렌드에 맞고 과학적 근거도 충분하다고 생각했다. 서로 다른 육아법으로 엄마와 부딪힐 때면 나는 히틀러처럼 책을 읽었다. 내 의견과 똑같은 사람들의 책을 위주로 읽고 내 고집을 굳혀 갔다. 독서가 내 삶의 구원이 아닌, 내 편견에 정당성을 부여하는 수단으로만 전락해 버렸던 때였다.

나는 아이들 먹는 것에 신경을 많이 썼다. 미숙아는 췌장이 약하다고 해서 짜고 단 음식을 최대한 피했다. 반면에 엄마는 건강한 음식도 좋지만 맛있고 즐겁게 먹는 것을 중요하게 여겼다. 나라면 주지 않았을 자극적인 음식들은 엄마는 자주 사 오셨다. 아이들과 마트에 가면 달고 짠 어른 과자를 자주 사 주셨다. 그럴 때면 나는 기분이 퍽 상했다.

나는 특수교사다 보니 아이들을 키울 때 자립과 자기주도적 태도를 중점에 두었다. 그래서 아이들에게 양치, 옷 입기 등의 일상 활동은 혼자 하게끔 가르쳤다. 하지만 세 명에게 모두 기회를 준다는 것은 번거롭고 성가신 일이었다. 나이 60을 바라보는 엄마에게는 더더욱 힘들었을 것이다. 엄마는 아이들이 혼자 하기 싫다고 어리광을 부릴 때면 아이들 옷을 대신 입혀 주었다. 때 되면 다 할 테니 지금부터 시킬 필요 없다고 말이다.

나는 엄마를 이해할 수가 없었다. 음식, 자립뿐만 아니라 미디어 시청, 훈육 등 사사건건 엄마와 부딪쳤다. 그럴 때면 내 육아법이 더 낫다고 확신했다. 육아 서적, 전문가들의 말만 들어 봐도 내 말이 옳다는 것을 금방 알 수 있었다. 내 육아법에 대한 근거나 논문도 수두룩했다. 이 정도면 내가 맞고 엄마는 틀린 게 아닌가? 어리석게도 그렇게 생각했었다.

내 확증편향은 우리 모녀 관계를 좀먹었다. 엄마는 분명 아이들의 주 양육자였다. 그러나 내 고집 때문에 낯설고 어려운 육아법을 따를 수밖에 없었다. 안 그래도 힘든 육아에 내 똥고집까지 견뎌야 했으니 얼마나 답답하셨을까. 그래도 엄마는 서운한 티를 내지 않으시려고 했다. 때때로 화도 내셨지만 늘 먼저 사과의 손을 내미셨다. 그렇게 나와 엄마는 육아를 함께 하면서 아슬아슬한 순간을 많이 넘겼다.

내 육아법이 늘 옳지만은 않다

나의 어리석음을 깨닫게 된 것은 친한 선생님들과의 모임에서였다. 모임 중에 내 또래 선생님은 결혼 준비로 스트레스를 받고 있었다. 자기 생각과 남자친구, 시댁과의 생각이 하나부터 열까지 다 달라서 맞춰 가기가 힘들다고 토로했다. 그러자 옆에서 듣고 있던 결혼 20년 차 선생님이 이렇게 말했다.

"지금 힘들어도 결혼 준비 정말 잘하고 있는 거야. 결혼 준비도 내 마음대로 되면 다 좋을 거 같지? 그렇지 않아. 결혼도 인생도 모든 일이 내 마음대로 되면 망해. 내 마음대로 안 된다는 것은 다행인 거야."

그 말을 듣고 있으니, 엄마가 떠올랐다. 나는 내 방식대로만 아이들을 키우고 싶었다. 초보 엄마라 사소한 것이 불안했고 아이들을 잘 키우고 싶다는 마음도 컸다. 그랬던 마음이 어느 순간 나도 모르게 엄마를 배척하고 있었다. 내 모습은 히틀러와 비슷했다. 히틀러가 세상을 마음대로 휘두르려고 했던 결과가 얼마나 참혹했던가. 어쩌면 나도 그런 전철을 밟는 게 아닐까? 나 때문에 우리 가족이 힘들어하는 것은 아닐까? 어쩌면 내가 옳다고 생각했던 것들이 틀릴 수도 있던 건 아니었을까?

그제야 나의 어리석음이 보였다. 아무리 친정엄마와 공동육아를 해도 엄마인 내 의견이 더 중요하다고 착각했다. 서로 의견이 다르면 내 육아법을 우선순위로 두었다. 엄마가 다른 방식으로 아이들을 대하면 육아의 일관성을 깨뜨린다고 불만을 품었다. 나는 나만의 육아 철칙을 고수하려고 애썼다. 하지만 철옹성처럼 철칙을 지킨다고 해서 육아가 나아지는 것은 아니었다.

내 마음대로 되면 망한다는 선생님의 말은 옳았다. 내 방법이 잘못된 것인 줄도 모르고 고집부리는 바람에 육아가 더 힘들어지기도 했다. 나와 엄마 사이의 묘한 긴장감 사이에서 아이들은 눈치를 보기도 했다. 이런 일들이 반복될수록 엄마와의 관계도 소원해지고 있었다.

나는 내 잘못을 인정했다. 초보 엄마인 나는 부족한 점이 많았다. 그런데도 엄마의 경험을 무시하고 책에 나온 육아 정보만 맹신했다. 정말이지 육아를 글로만 배우고 있었다.

나는 엄마의 육아법을 존중하기로 했다. 행여 엄마의 의견이 책 내용이나 또래 엄마들의 육아법과 달라도 일단 수용하기로 했다. 그리고 얼마 안 가서 내 다짐을 실천해야 할 일이 생겼다. 아이들 수면 교육에 대해서였다. 엄마와 나는 수면 교육으로 또다시 의견이 엇갈렸다.

나는 수면 교육을 하자는 입장이었다. 낮잠, 밤잠을 재울 때마다 세 명이 잘 때까지 옆에서 붙어 있는 게 여간 고역이 아니었다. 나는 엄마를 설득했다. 아이들에게 스스로 자는 법을 알려 주고 행여 울더라도 더는 내가 재워 주지 않는다는 것을 알려 주는 거라고 설명했다. 이 과정이 힘들겠지만 성공만 하면 모두가 더 편할 거라는 말도 덧붙였다.

그러나 엄마는 나를 말렸다. 그 이유는 아이들 성격 때문이었다. 예민하고 쉽게 불안해하는 아이들에게 수면 교육은 오히려 해가 될 거라는 게 엄마 의견이었다. 잠자는 것도 때 되면 알아서 잘 테니 좀 더 기다리자고 했다. 때 되면 다 한다는 것은 엄마의 오랜 육아 방식이었다.

나는 반신반의했다. 수면 교육에 관해 공부한 터라 수면 교육 방법과 장점을 알고 있었다. 엄마는 이를 모르는 것 같았다. 그렇지만 아이들이 불안해할 거라는 엄마의 말도 일리가 있었다. 이번에는 엄마의 말을 따랐다. 수면 교육이 나와 아이들에게 가져올 여러 장점이 머릿속에 떠올랐지만 잠시 덮어 두기로 했다.

엄마의 방식은 많은 인내심이 필요했다. 아이들이 스스로 잘 준비가 될 때까지 기다리되 혼자 자는 것에 대해 충분히 설명하고 격려해야 했다. 세 명의 성격, 적응 속도를 보면서 채근하지 않아야 했다. 나는 인내심을 갖고 아이들을 기다렸다. 그리고 오랜 시간이 흘러서야 아이들은 혼자서 잠들 수 있게 됐다. 세 돌을 좀 넘겨서 아이들에게 '잘 자'라고 인사하고 불 끄고 나올 수 있게 됐다.

"엄마, 애들이 이제 혼자서 잘 자. 자기들이 혼자 잔다고 엄마, 아빠는 방에서 나가 있으래."

"내가 기다리자고 했잖아. 아이들은 때가 되면 다 한다니까."

"역시, 우리 엄마가 육아 베테랑이네."

어느새 엄마와 나는 육아 메이트가 되어 있었다. 문제가 생기면 늘 엄마와 의견을 나누었고 엄마와 내 방법을 절충했다. 고단한 육아를 하면서 의기투합도 더 잘됐다. 육아가 힘든 날, 치맥을 먹으면서 스트레스를 푸는 것은 우리 모녀만의 힐링이 되었다.

육아에 대한 강박도 많이 줄어들었다. 엄마가 처음이라 요령이 없던 내게 친정엄마는 육아 선배로서 언제 힘을 빼야 하는지를 알려 주었다. 나는 엄마에게 의지할 수 있었고 엄마의 경험과 노련미는 내 불안을 해소해 주었다.

나중에야 안 사실이지만 수면 교육은 학계에서도 찬성, 반대 의견이 반반이라 무엇이 더 좋다고 말할 수 없다고 한다. 가정의 상황에 맞게 아이들을 재우는 것이 더 중요하다는 뜻이다. 만약 내가 내 생각만 정답인 줄 알고 밀어붙였다면 어땠을까? 엄마는 진을 빼며 우는 아이들을 안쓰러워했을 것이고 나는 그런 엄마를 또 못마땅해했을 것이다.

내 고집을 내려놓자, 가족들이 보이기 시작했다. 엄마는 어떤 생각을 할지, 아이들이나 남편이 내 생각으로 힘들어하지 않을지 되돌아보게 됐다. 서로의 생각을 공유하고 존중하는 것은 소중한 사람들과의 관계를 지키는 가장 지혜로운 방법이었다. 모든 것은 내 마음대로 할 수 없었다. 특히 육아는 더더욱 그랬다. 다만, 변할 수 있는 것은 오직 내 생각뿐이다.

아무리 검소한 사람이어도 가족들에게 절약을 강압적으로 강요하면 검소함은 인색함이 돼 버린다. 가족이라 해도 자기 생각만 강요하는 것은 바람직하지 않다는 뜻이다. 항상 내 생각이 정답도 아닐뿐더러 상대방의 생각은 내 마음대로 할 수 있는 것이 아니다. 이것이 모든 관계의 핵심이다. 그리고 엄마에게는 육아에서 관계의 행복을 찾는 열쇠이기도 하다. 내가 틀릴 수도 있다는 것을 인정하고 다른 관점에서 생각할 수 있어야 한다. 이것을 기억한다면 육아는 물론이고 어떤 관계에서든 더 많은 즐거움과 행복을 찾을 수 있다.

"자신이 틀렸을 때는 되도록 빨리 인정하라." – 데일 카네기

06

진짜 행복은 가까이에 있다

육아는 원래 재미있는 거라고?

하정훈 선생님: 원래 육아는 부모 혼자서 아이 여러 명을 키울 수 있어야 해요. 그것도 쉽고, 재밌게요. 외국 사람들만 해도 육아를 즐겁게 생각해요.
리포터: 두 아들을 키우는 입장에서 너무 생소해요. 정말 육아가 즐거울 수 있나요?
하정훈 선생님: 당연하죠! 육아가 안 즐거웠으면 인류가 멸망했게요?

삐뽀삐뽀 쌤으로 유명한 소아청소년과 하정훈 선생님의 인터뷰 내용 중 일부이다. 대화에서처럼 선생님은 육아는 원래 쉽고 재밌다는 것을 강조한다. 그러나 이 말에 동의하는 엄마가 얼마나 있을까. 인터뷰를 진행하던 리포터도 쉽게 공감하지 못했다. 세쌍둥이를 키우는 나도 도저히 이해할 수 없었다. 육아가 즐겁다니, 말도 안 되는 말이었다.

하지만 사람 말은 끝까지 들어 봐야 하는 법. 인터뷰를 더 보고 나서야 선생님의 진짜 말뜻을 알게 됐다. 선생님은 엄마들이 겪는 육아의 고충을 무시하는 게 아니었다. 핵심은 '육아는 힘들지만 그럼에도 얼마든지 즐겁고 기쁠 수 있다'는 것이었다.

뒤통수를 한 대 맞은 기분이었다. 내가 신혼 때 아이를 낳기로 한 이유는 가족의 행복을 원해서였다. 세쌍둥이 임신을 알았을 때도 힘들겠지만 분명 아이들이 주는 기쁨이 배가 될 거라 확신했었다. 그런데 육아를 직접 해 보니 행복이나 기쁨은 쉽게 느낄 수 없었다. 이런 고된 육아에 행복은 있을 수 없다고 불만만 가득했을 뿐이었다.

그런데 하정훈 선생님의 말을 듣고 나니 생각이 달라졌다. '어쩌면 세쌍둥이 육아도 즐겁게 할 수 있지 않을까? 힘들어서 미칠 것 같던 일상이 어쩌면 다르게 바뀔 수 있지 않을까?' 그런 희망이 들면서 육아가 즐겁다는 교수님의 말을 곱씹어 보았다. 교수님의 말에는 뼈가 있었다. 육아가 힘든 이유는 얼마든지 댈 수 있다. 하지만 육아가 즐겁지 않다면 그 이유는 나에게 있었다.

『맨발의 겐』에서 찾은 행복

내가 바뀌면 육아가 즐거워질 수 있다는 것을 알았다. 하지만 거기까지였다. 그 사실을 알았다고 해서 갑자기 육아가 행복해지진 않았다. 긍정적으로 생각해 보아도 힘든 점만 보였다. 어떻게 해야 육아가 즐거워지는 걸까. 그 답을 찾기 위해 오랫동안 고민을 했다.

그러다가 예상치 못한 곳에서 답을 찾았다. 바로 만화책 『맨발의 겐』에서였다. 『맨발의 겐』은 제2차 세계대전과 원자폭탄으로 지옥 같은 삶을 살아야 했던 사람들의 이야기다. 피폭자인 작가의 실화를 바탕으로 하기에 전쟁의 잔인함을 생생하게 보여 준다. 또한, 가족들과 평범한 삶을 함께 누리는 것이 얼마나 큰 행복인지도 알려 준다.

히로시마에 원자폭탄이 투하된 직후의 이야기를 읽던 중이었다. 겐은 폭탄이 투하된 곳 근처에 있었지만 천운으로 살아남는다. 어머니도 가까스로 살아남지만 다른 가족들은 폭격을 피하지 못한다. 아버지, 누나, 남동생은 무너진 집 더미에 깔린 채로 불에 타 죽게 된다. 이 모든 것을 지켜봐야 했던 어머니는 충격으로 조산을 하게 된다.

겐은 슬퍼할 틈도 없이 어머니와 갓 태어난 여동생을 위해 쌀을 구하러 나간다. 그러나 원자폭탄으로 모든 것이 타 버린 도시에서 쌀은 구할 수 없었다. 겐은 포기하지 않고 여기저기 동냥하다가 다른 도시까지 넘어가게 된다. 그곳에서 우연히 한 가족을 보게 되는데 결국 참았던 눈물이 터져 버린다. 가족들은 식탁 앞에 둘러앉아 화목하게 웃으며 밥을 먹고 있었다. 아이들이 엄마, 아빠 품에 안기고 서로에게 장난을 치고 있었다.

"좋겠다…. 식구들이 다 모여 즐겁게 밥을 먹고…. 내게도 저런 때가 있었는데 지금은 모든 것이 사라져 버렸어…."

겐은 그 자리에서 울면서 죽은 가족을 그리워한다. 방사능으로 머리털은 다 빠지고 옷도 찢어진 채였다. 아무리 우리나라를 빼앗은 일본이지만 원폭으로 모든 것을 잃은 사람들은 보니 불쌍한 마음을 숨길 수 없었다. 나는 어느새 겐에게 감정이입이 되어 있었다. 그런데 문득 이런 생각이 들었다.

'어? 저 가족의 모습은 우리 가족이잖아? 겐이 간절하게 바랐던 것이 나한테 있잖아?' 책에 몰입한 상태에서 떠오른 생각이었다. 겐의 입장에서 느꼈던 슬픔, 부러움과 함께 내 상황에 대한 안도감이 올라왔다. 우리 가족이 소중하게 느껴지는 순간이었다.

나는『맨발의 겐』을 읽으면서 전쟁을 간접적으로 체험하고 있었다. 전쟁의 잔혹함을 보면서 가족과 함께할 수 있는 평범한 것들이 소중한 것임을 깨우치고 있었다. 그 새벽에 한동안 멍했다. 정말 큰 충격이었다. 전쟁으로 모든 것을 잃은 사람들이 부러워하는 것을 나는 다 갖고 있었다. 너무나 당연하게 생각해서 책이 아니었으면 몰랐던 것들이었다. 책 속의 인물들에 비하면 나는 행복에 겨운 사람이었다.

> "직접경험보다 간접경험으로 핵심을 보는 경우가 많습니다. 특히 소설을 통한 간접 체험으로 삶의 문제를 더욱 예리하게 생각할 수 있습니다."
>
> – 영화 평론가 및 작가 이동진

이동진은 독서의 힘을 이렇게 설명한다. 소설을 읽으면 타인의 상황에서 간접경험을 하게 된다. 작가가 만든 설정 속에서 인물이 처한 상황의 한계를 경험하는 것. 그러면 작가가 의도한 문제의식이나 삶의 근본적 문제를 생각하게 된다. 그렇게 독자는 자신의 삶의 문제를 소설을 통해서 다양한 관점으로 생각할 수 있다.

내 고민은 '지루한 육아에서 행복을 찾는 것'이었다. 그 답은 책 속에 있었다. 행복은 정말 섬세한 감정이다. 뭐든지 세 번씩, 혹은 세 배씩 해야 하는 고된 육아에서도 긍정의 자세를 지켜야 했다. 내가 가진 것들이 당연하게 주어진 것이 아님을 늘 기억해야 했다. 작은 것에도 감사할 줄 아는 예민한 감각도 있어야 한다. 일상 속에 숨겨진 행복을 찾는 날카로운 시선도 필요했다.

이런 감정은 정신없는 육아 와중에 느끼기 힘들다. 하지만 나에게는 책이 있었다. 책을 읽을수록 일상에서는 체험할 수 없는 경험이 쌓여 갔다. 인물들의 상황과 감정에 이입하면서 내 세계를 넓혀 갔다. 인물들의 상황을 오가다 보면 일상이 당연하게 느껴지지 않았다. 그러면서 내 감정도 점점 풍요로워졌다. 독서를 통해 다양한 관점으로 행복을 찾을 수 있었다.

육아가 너무 힘들거나 아파서 부정적인 감정에 매몰될 때도 독서를 했다. 책을 읽고 나면 격한 감정이 차분해지곤 했다. 내 감정을 환기하는 데 책만큼 확실한 것도 없었다.

독서로 육아의 태도가 달라지다

생텍쥐페리의 어린 왕자는 행복해지려면 행복을 찾기 위해 눈을 뜨기만

하면 된다고 했다. 너무나 익숙한 것들에 꼭꼭 숨어 있어서 찾기 힘들 뿐, 사실 행복은 별 볼 일 없는 것들이다. 만약 사소한 것에서 행복을 찾는 법을 알게 된다면 행복은 차고 넘쳐 난다.

나만의 행복을 찾는 방법은 독서였다. 독서는 늘 내게 행복이 어디 숨어 있는지를 알려 주었다. 책을 읽으면서 감정이 풍요로워질수록 육아도 다르게 보였다. 힘들게만 느껴졌던 순간에서도 행복했던 순간이 하나둘씩 보이기 시작했다.

두통이 올 정도로 신경이 곤두서는 밥 시간에도 행복은 있었다. 아이들은 젓가락으로 집은 묵이 크다며 즐거워했다. 계란국에 들어간 달걀이 예쁘다며 인사도 했다. 나 혼자만 줄어들지 않는 밥을 보며 화를 냈을 뿐이었다. 셋이 잠을 안 자서 짜증 나는 순간에도 행복은 있었다. 아이들은 잠에 취한 와중에도 서로 예쁘게 〈섬 그늘 아기〉를 불렀다. 나 혼자 시간을 재면서 화를 삭이고 있던 것이다. 훈육으로 지친 순간에도 행복이 있었다. 누군가를 혼내면 늘 첫째는 "엄마, 갠차나? 기분 푸어."라고 위로해 주었다. 통통하고 자그마한 손으로 나를 쓰다듬는 손길. 왜 그땐 몰랐을까.

내가 찾던 행복은 아이들과 함께 감정을 나눈 순간들이었다. 정말 별거 없었다. 기분 좋을 때 함께 웃고, 화가 나고 슬플 때 서로 위로했던 순간들이 다 행복이었다. 행복은 가까이 있다던데, 정말 곁에 넘치게 있었다. 행복을 대단한 걸로 착각해서 바보처럼 몰랐을 뿐이었다. 그동안 나는 얼마나 많은 행복을 놓쳤던 걸까. 후회가 몰려왔다.

육아는 즐거운 일이다. 세쌍둥이 육아에도 즐거움, 행복이 곳곳에 숨어 있다. 내가 행복을 찾을 수 있는 눈만 있다면 세쌍둥이 육아도 얼마든지 행복해질 수 있었다. 행복은 정말 가까이 있었다.

"행복은 소소한 것들이 모여 이루어진다. 사랑스러운 입맞춤, 미소, 다정한 눈길, 진심 어린 칭찬, 즐겁고 따스한 느낌 등 소소하고 금방 잊히는 것들이 행복을 만든다." – 사무엘 테일리 콜리지

07

독서로 만나는 무수한 인생 선배들

오프라 윈프리는 어떻게 독서에서 구원받았나?

"종이 위에서 만나는 사람들과 느끼는 유대감은 나를 전율케 한다. 내가 그들을 잘 아는 것처럼 느껴지고, 그들을 통해 나 자신도 더 잘 파악하게 된다."

– 오프라 윈프리

오프라 윈프리의 어린 시절은 불우 그 자체였다. 그녀는 빈민가에서 군인 아버지와 미성년자 어머니 사이에서 태어난 사생아였다. 가족 중에서 그녀를 세심히 돌봐 줄 어른들은 없었다. 그녀가 9살 때 친척들에게 성폭행을 당했을 때도 마찬가지였다. 자신의 처지를 비관한 오프라는 방황을 일삼았다. 그러다 원치 않는 임신과 출산을 하게 되는데, 태어난 아기는 2주 만에 세상을 떠났다. 이때 오프라의 나이는 겨우 14살, 중학생밖에 안 되는 소녀가 겪기에는 너무나 버거운 일이었다. 그런데도 지금의 오프라는 버젓이 세계적인 방송인이 되었다. 어떻게 그녀는 그 많은 시련을 이겨낼 수 있었을까?

아픔을 딛고 다시 학교에 진학한 오프라는 독서에 몰두했다. 특히 헬렌 켈러, 안네 프랑크, 마야 안젤루의 책을 많이 읽었다. 모두 장애, 유대인 학살, 성폭행이라는 지독한 시련 속에서도 용기 있게 살아간 여성들의 이야기였다.

오프라는 자신처럼 기구한 운명 속에서도 꿋꿋이 살아간 여성들의 이야기에서 용기를 얻고자 했다. 그리고 그녀의 바람대로 세 여성은 어린 오프라에게 인생 멘토가 되었다. 비록 한 번도 만난 적은 없지만 이들은 책을 매개로 오프라에게 삶을 긍정하는 법을 알려 주었다. 열악한 환경에서도 더 나은 선택을 하는 법도 알려 주었다. 오프라는 책을 통해 위로를 받으면서 죄책감과 두려움에서 벗어날 수 있었다. 좌절 속에서 희망을 찾는 법을 알게 되었고 삶의 의욕도 되찾을 수 있었다. 그녀가 겪은 일은 자아와 삶이 뿌리째 흔들리는 일이었지만 독서 덕분에 삶의 고통에서 구원받을 수 있었다.

독서는 삶을 바꾼다

오프라의 인생은 그 자체로 독서의 힘을 증명한다. 이 정도면 '잘 살기 위해서 책을 읽어야 한다'는 말이 틀린 말이 아니었음을 인정해야 할 것 같다. 그렇다면 독서는 어떻게 우리의 삶을 더 나아지게 하는 것일까?

우리가 책을 읽어야 하는 이유는 삶이 던지는 질문의 답을 찾기 위해서다. 삶이 던지는 질문이란 가령 이런 것이다. 아이 엄마는 '아이를 이렇게 키우는 게 맞을까?', 직장인은 '나만 인간관계가 힘든 걸까?', 은퇴한 사람이라면 '앞으로 어떻게 노후를 보내야 할까?' 이처럼 삶이 던지는 질문은 지금보다 더 잘 살고 싶은 마음에서 파생되는 모든 고민을 뜻한다. 살아 있다면 누구나 가질 수밖에 없는 일상 속의 고민 말이다.

삶의 고민이 생겼을 때 그냥 흘려보내는 것과 더 나은 해결책을 찾기 위해 시도라도 하는 것은 하늘과 땅 차이이다. 명쾌한 해답을 찾지 못해도 괜찮다. 책을 읽으면서 진지하게 고민하는 것만으로도 전에는 몰랐던 깨달음을 얻을 수 있다. 그 이유는 독서는 혼자 끙끙대는 것이 아니라 훌륭한 저자들에게 고민을 털어놓고 답을 함께 찾아가는 과정이기 때문이다.

훌륭한 책의 저자들을 '앎의 거인들'이라고 부르는 문필가가 있다. 바로 40년 동안 책을 읽고 80권의 책을 집필한 장석주 작가이다. 그는 훌륭한 책을 읽는 것은 '앎의 거인들'의 비범한 능력과 지식을 빌려 세상을 바라보는 것과 같다고 했다. 독서를 통해 저자의 사유를 따라가다 보면 자신의 식견으로는 깨닫지 못했을 통찰력과 지혜들을 얻을 수 있기 때문이다

장석주 작가가 평생 책을 가까이 한 이유도 같은 이유였다. 그에게 독서는 그저 생업 수단이 아니었다. 모호하고 한 치 앞도 알 수 없는 인생에서 늘 길을 알려 주는 묘약이었다. 성현, 위인은 물론이고 이 시대에 성공한 사람들까지 얼마나 많은 거인의 가르침이 책에 담겨 있는가.

그중에서 내가 원하는 삶을 살았거나 살고 있는 사람을 만난다면 그것

은 인생 선배를 만난 것과 다름없다. 그들에게는 내가 알고 싶지만 모르는 지식과 지혜를 가지고 있다. 나에게 필요한 마음가짐과 사고방식이 무엇인지를 알려 주고 어떤 가치들을 삶의 우선순위로 두어야 하는지도 알려 준다. 그들의 가르침을 나의 고민에 적용해 보고 나의 가치관과 접목해 보면서 더 나은 선택을 할 수도 있다.

나의 멘토들도 책 속에 있었다

지금껏 인생이 새로운 국면을 맞이할 때마다 늘 책을 찾았다. 처음 겪어 보는 낯선 문제 앞에서 내가 할 수 있는 최선은 책을 읽는 것뿐이었다. 그렇다 보니 책장에는 꽂힌 책들은 지금껏 겪어 온 삶의 고민과 맞물려 있다. 가정, 교육, 경제, 삶과 죽음 등…. 고민이 다양한 만큼 책들의 장르나 주제도 정말 다양하다. 그리고 그 책들에는 언제나 내게 조언을 아끼지 않는 멘토들이 숨어 있었다.

책은 읽을 때마다 늘 새로웠다. 내가 어떤 상황에 부닥쳤는지, 어떤 고민을 하고 있는지에 따라서 같은 책이어도 늘 다르게 다가왔다. 나이가 들면서 세상 보는 눈도 달라지고 고민도 달라졌지만 책은 펼칠 때마다 시기적절한 조언과 위로를 주었다. 참 신기했다. 내가 어떻게 해야 할지 몰라 방황할 때면 책장에 꽂혀 있던 책은 어김없이 올바른 길을 알려 주었다.

"결혼생활은 사랑뿐만 아니라 무한한 인내와 용서가 필요한 일이야."

–『작은 아씨들』 중에서

신혼 때는 『작은 아씨들』을 즐겨 읽었다. 당시 나는 결혼하고 가정을 꾸리는 데 애를 먹고 있었다. 남편과 사소한 걸로 다투고 앙금을 품고 또 다투는, 철없는 나날의 연속이었다. 부모님께 정신적, 경제적으로 독립해서 가정을 꾸리는 게 얼마나 어려운 일인지를 몸소 깨닫고 있었다.

그때 만난 것이 『작은 아씨들』의 어머니인 마치 부인이었다. 비록 소설 속 인물이었지만 마치 부인은 내게 결혼생활의 본질을 명확히 알려 주었다. 바로 무한한 인내와 용서였다. 행복한 결혼을 위해서는 이 두 가지가 밑바탕 되어야 한다는 것을 나는 책을 통해 배웠다.

네 자매 중 맏이인 메그는 쌍둥이 육아의 고충과 남편에 대한 불만을 마치 부인에게 토로했다. 육아는 자기 혼자 다 하고 남편이 도와주지 않는다는 불만이었다. 이에 마치 부인은 메그에게 자신의 잘못을 인정하고 남편을 용서하라고 조언한다. 지금 당장은 어린 쌍둥이 육아가 중요해 보여도 장기적으로 봤을 때는 배우자와의 관계가 더 중요하다는 뜻이었다.

메그는 육아를 열심히 한 것이라고 억울해했지만 곧 자신의 잘못을 인정한다. 아이를 잘 키우겠다는 명목으로 육아에 집착하고 있었다는 것, 자신의 아집에 갇혀서 남편을 이해하지 못한 것, 그래서 남편에게 아빠의 자리까지 내주지 않았다는 것을 말이다.

메그의 이야기는 신혼부부라면, 혹 아이를 키우는 부부라면 공감할 만한 이야기다. 만약 현실에서 지인들에게 이런 고민을 털어놓았다면 사람들은 엄마 편을 들어주고 남편을 쉽게 비난했을 것이다. 그러나 마치 부인은 남편을 용서하라고 말한다. 아내 입장에는 꽤 억울한 조언이지만 틀린 말은 아니다. 행복한 결혼생활을 위한 첫 번째 조건이 배우자를 향한 존중이니까 말이다.

메그 이야기 외에도 소설 속 마치 부인의 말들은 가정을 꾸리며 삐걱대던 내게 많은 가르침을 주었다. 비록 소설이지만 150년 넘게 사랑받은 고전답게 삶의 교훈이 가득했다. 마치 부인이 자매들에게 건네는 조언은 21세기인 지금 꺼내 봐도 전혀 어색하지 않았다. 게다가 마치 부인은 작가 루이자 메이 올컷의 실제 어머니를 모델로 한 인물이었다. 가상 인물이지만 나는 마치 부인의 말에 귀 기울였고 그녀를 멘토로 여겼다.

> "양육에도 때가 있어요. 때를 놓치면 회복이 힘들어요. 엄마의 커리어도 중요하지만 좋은 부모가 되는 것도 가치 있는 일 중의 하나입니다."
>
> –『햇빛은 찬란하고 인생은 귀하니까요』 중에서

엄마 2년 차 때 나는 엄마의 역할과 내 꿈 사이에서 갈팡질팡하고 있었다. 내가 꼭 되고 싶은 게 작가라는 것을 알았는데 하필 그때가 아이들이 두 돌이 안 됐을 때였다. 한창 육아를 해야 하는 때에 글쓰기를 배운다면 아이들에게 손이 덜 가게 되는 상황이었다.

그때 만난 책이 패션 디자이너 밀라논나의 에세이『햇빛은 찬란하고 인생은 귀하니까요』이다. 워킹맘으로서 아이를 키워 본 밀라논나의 육아 이야기는 엄마의 책임과 내가 하고 싶은 일 사이에서 어떻게 균형을 잡는지 알려 주었다.

밀라논나에게는 인생의 대명제가 있다. 바로 나를 위해 산다는 것. 그녀는 '나의 자식, 나의 남편' 앞에 '나'가 붙는 이유는 내가 존재해야 자식도 남편도 있는 것이라고 말한다.

그랬던 그녀가 일생일대의 실수를 한 적이 있다. 나를 위해 살아야 한다고 목소리 높이던 그녀가 한 실수는 무엇일까? 바로 이탈리아 유학 공부를 위해 두 돌 된 아들을 한국에 두고 떠난 일이다. 패션에 열정이 남달랐던 밀라논나는 운 좋게 이탈리아로 유학을 갈 수 있는 기회를 얻는다. 그러나 당시에는 해외 출국이 까다로워 아들과 함께 갈 수 없었다. 어렵게 얻은 유학 기회를 포기할 수 없었기에 밀라논나는 아들을 한국에 두고 유학길을 떠난다. 하지만 그녀는 곧 아들을 두고 왔다는 끔찍한 죄책감에 시달린다. 길가에서 아들 또래의 아이만 봐도 눈물이 날 정도였다. 다행히 1년 뒤에 운때가 맞아 겨우 아들을 이탈리아로 데려올 수 있었지만 밀라논나는 그때의 일을 아직도 후회한다.

나는 밀라논나의 이야기를 곱씹다가 글쓰기 공부를 시작하기로 마음먹었다. 엄마의 책임만큼이나 내가 하고 싶은 일도 중요했기 때문이다. 육아와 글쓰기 공부 사이에서 내가 정한 우선순위는, 첫째가 아이들이고 둘째가 글쓰기였다. 아이들과의 시간을 보내야 한다면 글쓰기는 잠시 내려놓았다. 그러나 상황에 따라서 글쓰기에 더 집중할 수 있다면 육아에 대한 부담을 잠시 내려놓기도 했다. 이것은 오랜 시행착오 끝에 만든 나만의 기준이었다. 애들 보랴, 글 쓰랴 보통 일이 아니었지만 조금씩 육아와 내 일 사이에서 균형을 찾아 갈 수 있었다.

한 번뿐인 인생이기에 잘 살고 싶지 않은가

만약 인생을 여러 번 살 수 있다면 어떨까? 이런 삶, 저런 삶을 살다가 지금의 삶에서 힘든 순간이 오면 '저번 인생에서 썼던 방법은 좋지 않았으니, 이번에는 다른 방법을 써 보자.' 하는 여유를 보이며 지혜롭게 난관을 해결할지도 모른다. 그러나 인생은 한 번뿐이다. 모든 것이 처음이고 서툴 수밖에 없다. 한 번뿐인 인생이라서 더 잘 살고 싶은 마음도 강하다.

잘 사는 것에도 공부가 필요하다. 인생을 먼저 살아 본 이들의 경험과 교훈처럼 확실한 가르침이 필요하다. 그리고 이것을 가장 손쉽고 확실하게 얻을 수 있는 것이 책이다.

혹자는 책을 읽어도 달라지는 것이 없다며 독서의 힘을 간과하기도 한다. 완전히 틀린 말은 아니다. 독서가 가져오는 변화는 눈으로 확인하기 힘들기 때문이다. 변수투성이인 인생에서 독서라는 변인이 삶의 어떤 부분에 어떤 영향을 미쳤는지 설명하는 것도 난해하다. 그러나 확실한 것은 책에는 내가 현실에서 만날 수 없는 대단한 사람들의 지혜를 얻음으로써 지금보다 더 성장할 수 있다는 것이다. 그런 경험이 쌓이고 쌓이면 변화는 조금씩 나타난다.

책에서 만난 무수한 사람들은 늘 내게 조언과 위로를 아끼지 않았다. 그 많은 사람 덕분에 더 나은 선택과 행동을 할 수 있었고 조금씩 더 나아질 수 있었다. 책 속에서 만난 그들이 내게는 인생 선배였다.

"미련한 자는 자기 경험을 통해서만 알려고 하고, 지혜로운 자는 남의 경험도 자기 경험으로 여긴다."

– 제임스 A. 프루드

3장

노답 육아에는 철학이 필요해

01

육아 철학이 인생철학

가족과 함께 밥 먹을 때가 가장 행복한 순간이다

"밥 먹을 때 핸드폰은 절대 안 돼."

"지금 애들이 이렇게나 난리인데 조금만 보여 주자."

"우리가 힘들다고 핸드폰 보여 주면 앞으로도 계속 보여 주게 돼. 내가 애들 달래 볼게."

"매일 보는 것도 아니고 지금 잠깐 보는 거잖아. 조금만 틀자."

"안돼! 밥 먹을 때 핸드폰은 절대 안 돼!"

나는 고집스러울 정도로 식사 시간에 핸드폰을 허락하지 않았다. 외식 중에 아이들이 고성방가해도, 숟가락을 던질 때도 마찬가지였다. 통제 안 되는 아이들을 데리고 나갈지언정 핸드폰은 보여 주지 않았다. 내게는 가족과 밥 먹는 순간이 가장 행복한 순간이기 때문이다.

내게는 확고한 신념이 있다. 사람은 가족과 함께 밥 먹을 때가 가장 행복하다는 것이다. 이것은 스스로에 대한 깊은 고민과 여러 경험 끝에 체득한 행복의 비결이기도 하다.

결혼 2년 차, 나는 자녀 계획 문제로 심각하게 고민 중이었다. 아이를 낳자니 희생을 감수하면서 부모의 책임을 다할 자신이 없었다. 그렇다고 안 낳자니 아이가 주는 기쁨을 누리지 못한다는 것이 아쉬웠다. 어떤 선택을 하느냐에 따라서 얻는 것과 잃는 것이 극명히 달랐다. 나는 어떤 결정도 내리지 못하고 갈팡질팡했다.

출산에 대해 후회 없는 선택을 하려면 내가 어떻게 살고 싶은지를 정확히 알아야 했다. 부모로 사는 삶과 아이가 없는 삶 중 어떤 것이 내가 원하는 삶과 가까운지를 말이다. 나는 내 인생에 대해 여러 관점으로 고민해 보았다. 지금까지 어떻게 살았는지, 앞으로는 어떻게 살고 싶은지에 대해 끊임없이 자문해 보았다.

책도 닥치는 대로 읽었다. 다양한 사람들의 이야기가 담긴 에세이를 읽으면서 어떻게 살고 싶은지를 생각해 보았다. 내 안의 불안을 이해하기 위해 심리 관련 책도 많이 읽었다. 그런 과정을 거치면서 스스로 어떤 삶을 원하는지를 물었다.

오랜 시간이 흘러서야 비로소 내가 행복한 순간이 언제인지를 깨닫게 됐다. 바로 남편과 치킨을 먹을 때였다. 퇴근 후 남편과 치킨을 먹으며 TV를 보고 수다도 떨었는데 문득 이렇게만 살면 되겠다는 생각이 들었다. 남편과 맛있는 음식을 먹으면서 즐겁게 지낼 수 있다면 다른 것은 필요 없을 것 같았다. 행복은 가까이에 있다고 하는데 정말 너무나 가까이 있어서 나 자신도 꽤 놀랐었다.

내가 언제 행복한지를 알자, 아이를 낳고 싶다는 확신이 들었다. 사랑하는 남편과 치킨을 먹어도 이렇게 행복한데 내가 낳은 아이와 치킨을 먹으면 얼마나 행복할까 하는 생각이었다. 물론, 좋은 부모가 될 수 있을지, 아이를 위해 모든 것을 책임질 수 있을지 걱정도 들었다. 하지만 가족이 주는 행복을 생각하면 그런 고민은 오래가지 않았다. 아이와 함께하는 행복이 더 크다면 엄마의 책임과 희생도 받아들일 수 있었다.

행복에 관한 연구 결과에 따르면 사람이 가장 행복할 때는 사랑하는 사람과 음식을 먹을 때다. 심리학자들이 말하는 행복에 영향을 주는 두 가지 요소는 음식과 인간관계다. 인간은 생존에 유리할수록 행복을 느끼게끔 진화해 왔다. 그중의 하나가 바로 밥을 먹는 것이다. 살아남기 위한 필수 조건 중 하나가 배를 채우는 것이니까 말이다. 또한 인간관계에서 행복을 얻는 이유는 집단생활이 생존에 유리하기 때문이다. 즉, 사랑하는 사람들과 밥을 먹을 때가 가장 행복한 것은 우리 가족뿐만 아니라 모든 사람에게도 해당하는 이야기다.

부모의 신념은 육아에 고스란히 담긴다

이후로 나는 중요한 선택을 할 때마다 내 신념을 기준으로 삼았다. 세쌍둥이를 임신했을 때는 아이가 세 명인만큼 더 행복할 거라고 확신했다. 아이가 많을수록 가족과 함께 밥 먹는 기쁨도 배가 될 거라고 생각했다. 선택유산을 권유받았을 때 아이들을 품는 것을 최우선으로 생각한 것도 이런 이유에서였다.

내 신념을 기준으로 내린 선택은 후회가 적었다. 오히려 잘한 선택이었다는 것을 여러 번 확인할 때가 많았다. 행복의 기준이 정확하니 힘든 순간이 와도 오랫동안 방황하지 않았다. 가족들과 맛있는 음식을 먹고 나면 없던 힘도 다시 나곤 했다.

이런 경험이 반복되자 행복에 대한 신념은 삶의 이정표가 되었다. 나만의 기준이 확실하면 어떤 상황에서도 중심을 잡을 수 있다는 것을 깨달았다. 남들에게 덜 흔들리고 내 삶의 행복에 집중할 수 있다는 것도 알았다. 내 행복의 기준은 어느 순간 자연스럽게 인생철학이 된 것이다.

엄마가 되자 인생철학은 자연스레 육아 철학이 되었다. 내가 행복한 순간은 가족과 함께 치킨, 자장면을 먹을 때다. 남편과 치킨을 먹으면서 못다 한 이야기를 터놓을 때 이 사람이 내 동반자라는 것을 다시 느낀다. 아이들은 자장면이 맛있어서 콧노래를 부르거나 어깨춤을 추면 더는 바랄 게 없다. 이 순간들은 그 자체로 행복이었고 내가 살아가는 이유다. 그런데, 여기에 핸드폰이 끼어들다니, 있어서는 안 될 일이었다.

우리 아이들도 내가 느꼈던 감정들을 함께 느끼기를 바랐다. 엄마, 아빠가 자신들이 밥 먹는 모습을 보는 것만으로도 얼마나 큰 기쁨을 느끼는지를 알기 바랐다. 진짜 행복은 소소한 일상 속에 있다는 것도 알려 주고 싶었다. 온 가족이 함께 모이는 순간이 얼마나 소중한지도 알려 주고 싶었다. 그리고 이런 시간이 차곡차곡 쌓여 아이들 인생의 자양분이 되길 바랐다. 아이들이 자신의 삶을 펼치다가 어떠한 굴곡을 만나더라도 다시 일어날 수 있는 힘이 되어 주기를 진심으로 바랐다.

우리 부부의 노력으로 아이들은 식습관이 잘 잡혀 갔다. 아이들은 혼자 밥을 먹고 다 먹을 때까지 자리를 뜨지 않는다. 우리 부부 둘이 아이 셋을 데리고 외식도 가능하다. 물론 미디어의 도움은 필요 없다. 나의 바람처럼 우리 가족이 가장 행복한 순간은 함께 밥을 먹는 순간이 되었다.

만약 내가 나만의 철학이 없었다면 어땠을까? 난이도 상의 세쌍둥이 식습관 지도를 해낼 수 있었을까? 한 명이 숟가락 던지고 다른 두 명도 따라 던질 때면 그 상황을 못 견디고 핸드폰을 보여 줬을지도 모른다. 그러나 나는 늘 확신이 있었다. 이 고비를 넘기면, 내가 원하는 행복을 가족이 누릴 수 있을 거라고 말이다.

육아에도 철학이 필요하다

소아청소년과 전문의 서천석 교수는 육아서는 실용서가 아닌 철학서라고 말한다. 아이의 자아와 삶을 형성하는 데 있어서 부모의 가치관이 미치는 영향은 절대적이기 때문이다. 그러므로 부모는 사람과 삶에 대한 이해를 바탕으로 바람직한 가치관을 정립해야 한다.

누군가는 철학이 밥 먹여 주느냐고 반문할지도 모른다. 물론, 육아 철학이 아이를 밥 먹여 주고 재워 주진 않는다. 인생철학이 있어서 돈을 더 벌

수 있는 것도 아니다. 하지만 그럼에도 부모만의 철학은 중요하다. 오히려 육아는 혼돈 그 자체이기에 더더욱 필요하다. 만약 부모가 육아에서 중심을 잡지 못한다면 다른 사람들의 말에 휘둘릴 수밖에 없다. 그리고 그 결과는 부모와 자녀가 고스란히 감당해야 한다.

그렇다면 자기만의 기준이 확실한 부모는 어떤 모습일까? 나는 아슬아슬한 입시전쟁에서 자녀를 명문대에 보낸 최상위권 학생의 학부모가 아닐까 생각해 본다.

『학력은 가정에서 자란다』의 저자이자 대치동 입시 강사인 심정섭은 명문대 합격하는 입시 공식이 존재한다고 말한다. 바로 자녀의 인성을 최우선으로 가르치는 것이다. 인성 바른 아이가 공부를 잘하는 게 아니라 원래부터 공부를 잘하는 아이들이 인성도 좋은 것이 아니냐고 반문할 수 있겠지만 그렇지 않다. 실제로 명문대에 합격한 학생들의 사례를 보면 늘 인성을 중요시하는 부모님들이 있었다.

인성은 성적과 밀접한 관계가 있다. 흔히 인성이라고 하면 예절, 양심, 도덕성 등을 떠올리지만 비인지적 능력도 인성에 해당한다. 호기심, 자기조절 능력, 소통 능력, 회복 탄력성 등도 인간적 성품에 포함되는 것이다. 비인지적 능력은 지능 못지않게 학업 성적에 큰 영향을 미친다. 또한, 비인지 능력을 비롯한 인성은 부모의 가르침 속에서 기를 수 있다.

그러나 인성의 중요성은 쉽게 간과된다. 인성은 눈에 보이지도 않고 애매하지만 시험 점수는 등급, 등수까지 알려 주기 때문이다. 하지만 최상위권 학생의 학부모들은 자녀의 인성을 놓치지 않았다. 가족 간의 소통, 자녀를 향한 무조건적인 믿음, 감사하고 예의 바른 태도를 가르치려고 했다. 수능을 앞둔 자녀에게 '오늘 하루는 어땠니?', '너는 잘할 수 있어.'라고 순수하게 응원하는 게 가능할까 싶지만 이들은 모두 했다. 그들은 대학보다 아이의 인생이 더 중요하다는 자녀교육관이 확실했기 때문이다.

최상위권 학생의 학부모들에게 인성은 좋은 대학을 가기 위한 수단이 아니라, 자녀 교육의 목적 그 자체였다. 자녀와의 관계, 아이들의 인생을 중요하게 생각했기에 대입을 앞두고 조급해하지 않았다. 심적으로 여유가 있었고 무수한 불안 속에서도 흔들리지 않았다.

아슬아슬한 입시 경쟁 속 부모들은 흔들리기 딱 좋다. 옆집 아이와 비교하고 우리 아이만 뒤처질지도 모른다는 불안함을 다스리기란 쉽지 않기 때문이다. 그렇기에 최상위권 부모들의 입시 사례는 아이를 키우는 데 있어서 부모의 기준이 얼마나 중요한지를 보여 준다.

육아 철학이 곧 인생철학이다

자식을 키우는 과정에서 부모의 삶의 방법론이 그대로 드러난다. 육아는 선택의 연속이다. 부모는 여러 선택지 중에서 심사숙고하여 최선의 선택을 한다. 이때 부모는 알게 모르게 자신의 무수한 신념을 아이에게 전달한다. 지금껏 살아오면서 쌓아 온 경험, 지식을 근거로 아이를 위한 최선의 선택을 하는 것이다. 그 결과 부모가 삶에서 중요하다고 생각하는 가치를 바탕으로 육아의 틀이 만들어진다. 그렇기에 부모의 육아 철학은 인생철학과 다름없다.

철학은 대단한 것이 아니다. 내 인생에서 중요한 가치가 무엇인지를 알고 그것들을 바탕으로 삶의 우선순위를 정하는 것이다. 그리고 그 가치체계를 기준으로 판단을 내리고 행동을 하는 것이 자신만의 신념대로 사는 것이다.

육아에는 정답이 없다. 아니, '정답이 없다'는 말보다는 다양한 가치관이 공존하고 육아 정보가 넘치는 요즘에는 '육아는 노답'이라는 말이 더 맞을 듯싶다. 그렇기에 부모가 중심을 잡지 못하면 육아는 흔들릴 수밖에 없다. 하지만 망망대해에서 나침반이 있으면 길을 잘 찾아갈 수 있는 것처럼 육아에서도 나침반이 필요하다. 나만의 인생철학, 육아 철학이 확실하다면 불안한 육아에서도 중심을 잘 잡을 수 있다.

줏대가 없으면 흔들린다. 그렇기에 나에게 되묻지 않을 수가 없다. '나는 어떻게 살고 싶은가, 내 아이는 어떻게 살길 바라는가.'

"옳고 그름은 태어나면서 곧바로 깨닫는 것이 아니다. 몸소 공구하고 갈고닦아 하루아침에 스스로 깨닫는 것이다." – 임제의헌

02

나를 찾으면 죄책감이 가벼워진다

돌잔치 때 터진 눈물

"돌잔치 때 엄마들은 아기 성장 동영상을 보면 눈물이 난대. 우리도 눈물이 날까?"

"아니~ 울 정신도 없을 거 같은데?"

우리 부부의 예상대로 돌잔치는 대환장 파티였다. 새벽 6시부터 일어나 애들을 먹이고 씻기고 달래느라 정신이 없었다. 겨우 돌잔치 장소에 도착하니 곧바로 돌 사진 촬영에 들어갔다.

돌 사진에는 엄마, 아빠가 아기를 안는 사진이 꼭 들어가야 한단다. 나는 첫째를, 남편은 둘째, 셋째를 계속 안으며 포즈를 취했다. 심지어 남편은 세 명을 동시에 안아서 찍기도 했다. 촬영에는 친정, 시댁, 친척들이 총동원됐다. 어른들 열댓 명이 아기 세 명 앞에서 온갖 재롱을 부렸다. 우리 부부도 계속 아이들을 안고 웃었다. 촬영은 우리의 한계가 어디까지인지를 테스트하는 것 같았다.

돌잔치 시작도 전에 우리 가족은 진을 다 뺐다. 나는 팔다리가 후들거렸다. 남편은 온몸이 땀범벅이었다. 계속 울다 지친 아이들도 졸기 일보 직전이었다. 남들은 성장 동영상을 보면서 눈물을 흘린다던데, 나는 멍을 때렸다. 속으로 이 모든 것이 빨리 끝나기를 바랐다. 드디어 모든 식순이 끝나고 돌잔치 막바지에 이르렀다. 사회자는 마무리 멘트로 정리를 했다. 속으로 만세를 불렀다.

"자, 이제 하객분들은 1년 동안 아이들을 건강하게 키운 엄마에게 '엄마 고생했어.'라고, 외쳐 주세요!"

"엄마, 고생했어~!"

모든 사람이 일제히 나에게 고생했다고 외쳤다. 전혀 예상치 못했다. 그 말을 듣자마자 눈물이 왈칵 쏟아졌다. 사회자가 한창 끌어올린 분위기에서 엄마가 울어 버린 상황이었다. 사회자와 하객들은 내가 울음을 그치기를 기다렸다. 하지만 한번 터진 눈물은 쉽게 멈추질 않았다.

그런데 이상하게도 사람들 앞에서 울면 울수록 마음속 응어리는 풀어져 갔다. 그렇게 한참을 울고 나니 스트레스도 뻥 뚫리는 기분이었다. 부끄럽다는 생각과는 다르게 마음은 무척 편안했다. 그동안 엄마로서의 죄책감에 시달려 외면했던 나의 해묵은 감정을 마주하는 순간이었다.

성실하고 헌신적인 엄마일수록 우울해지기 쉽다

임신 때부터 내 삶은 아이들을 중심으로 돌아갔다. 임신 중이었을 때는 갑자기 아이들이 나올까 봐 노심초사했다. 너무 빨리 태어났을 때는 내 탓이라며 매일 울었다. 아픈 아이를 낳았다는 죄책감은 진득했다. 어떻게 해야 이 죄책감에서 벗어날 수 있을까? 나는 육아에 올인하기로 했다. 임신을 제대로 못 했으니, 육아는 완벽하게 해야 한다는 생각에서였다. 참으로 어리석은 생각이었다. 그러나 나는 세쌍둥이를 키우면서 나를 갈아 넣지 못해서 안달이었다.

어른들이 단유하라고 할 때도 끝까지 버텼다. 미숙아에게는 모유가 더 좋지 않은가. 나 때문에 미숙아로 태어났는데 내가 아프다고 단유하면 쓰레기가 될 것 같았다. 그러나 잠도 못 자는 상황에서 모유 수유는 불가능했다. 어느 순간부터 모유 양이 줄더니 자연스레 단유가 되고 있었다. 그 와중에도 모유를 좀 더 먹이기 위해 단유 약이나 크림을 사용하지 않았다. 나는 젖몸살은 다 겪었으면서도 모유를 못 먹였다는 또 다른 죄책감에 시달렸다.

가족들은 내 몸부터 챙기라고 했지만 어림도 없었다. 그 시간에 아이들과 한 번이라도 더 놀아 주어야 했다. 내 시간을 쪼개서 육아서로 공부도 했다. 어떻게든 잘 먹이고 찌워야 한다는 생각에 유아식도 기를 쓰고 만들었다.

이렇게 아이들에게 온 정성을 쏟았으니 내 마음은 좀 가벼워졌을까? 절대 아니었다. 오히려 아이들이 나를 향해 환하게 웃을 때마다 미안해서 견딜 수가 없었다. 못난 엄마인데도 아이들은 천진난만하게 웃음을 지으며 내게 안겼다. 나는 아이들이 주는 사랑을 받기가 버거웠다. 엄마의 자격이 없다고 여겼기 때문이다. 아이들이 아프기라도 하면 수치스러워 견딜 수 없었다. 왜 아픈지 원인을 따져 가며 모든 책임을 나에게 돌렸다.

노력한 만큼 육아가 수월해지는 것도 아니었다. 늘 불가능한 완벽의 육아를 고집했기 때문이다. 게다가 나는 초보 엄마였다. 처음 하는 육아를 잘할 리가 없었다. 그래서 늘 엄마로서 자질을 의심했다. 세 아이를 낳아 놓고서 잘 못 키우는 무능한 엄마라고 여겼다. 열심히 노력했지만 좋은 엄마가 될 수 없다는 생각에 내 존재가 하찮게 느껴졌었다.

엄마는 일부러라도 자신을 챙겨야 한다

사람의 에너지는 우선순위가 높은 일 한두 가지밖에 쓸 수 없다. 그런데 아이가 태어나면 육아가 모든 일의 우선순위가 돼 버린다. 엄마들이 육아에 모든 에너지를 쏟는 이유다. 자연스러운 현상이지만 육아 때문에 엄마의 에너지가 모두 소진되면 엄마의 자아까지도 잃어버릴 수 있다. 매우 위험한 상황이다. 엄마가 아이를 방치하는 것도 문제지만 엄마가 자신을 방치하는 것 또한 큰 문제다.

다행히도 내게는 돌잔치가 터닝 포인트였다. 하객분들이 내게 '엄마 수고했어.'라고 해 준 말에서 생각지도 못한 위로를 받았다. 나는 내 노력을 인정받고 싶었던 것이다. 세쌍둥이 육아는 엉망진창이지만 그럼에도 정말

애 많이 썼다고 말이다.

돌잔치를 계기로 나는 지금까지 잘못된 육아를 해왔음을 깨달았다. 아이들을 위해서 자신을 갈아 넣는 육아가 얼마나 비효율적인지, 엄마의 정체성에 매몰돼서 나를 잃어버리는 육아가 얼마나 위태로운지를 말이다. 무엇보다도 내가 나를 아끼지 않아서 아이들이 주는 사랑조차 받아들이지 못하는 것이 얼마나 큰 비극인지도 알았다.

엄마가 된 지 1년 만에 나는 나를 돌보기 시작했다. 의식적으로 자신을 더 챙기려고 했다. 그러자 신기하게도 육아서에서 나를 향한 위로의 글들이 보이기 시작했다. 육아를 잘하기 위해 읽었던 책에서 엄마를 향한 위로가 가득하다는 걸 처음 알았다.

『엄마표 책육아』를 쓴 지에스더 작가는 이렇게 말했다.

"잠도 못 자고 먹지도 못하며 아이를 돌보는 나를 대견하게 여기자. 나는 잘하고 있다. 모르면 공부하고 실수하면 툴툴 털고 다시 일어나면 된다."

『아이에게 주는 감정 유산』의 저자 이남옥 교수는 부모의 마음을 중요시했다.

"내가 받은 상처를 물려주지 않겠다는 마음, 아이를 위해 좋은 부모가 되겠다는 마음에서 이미 당신은 좋은 부모가 될 준비가 되었습니다."

『어떻게 말해줘야 할까』의 저자 오은영 박사님도 한마디 거들었다.

"사람은 잘하는 것도 있고, 못하는 것도 있습니다. 못하는 것은 불편하지 않을 정도로 고치며 살면 됩니다."

엄마는 자신을 인정하는 법을 알아야 한다

나는 엄마로서의 죄책감에 나 자신을 가뒀다. 나 자신을 엄마의 정체성과 동일시해서 서툰 육아만으로 스스로를 깎아내렸다. 그러나 육아는 아이만 키우는 것이 아니었다. '엄마로서의 나'도 찾아 가며 함께 크는 과정이었다. '엄마'는 내가 가진 여러 정체성 중 하나였다. 이것은 출산과 동시에 처음 맡는 역할이니 서툴 수밖에 없다. 지극히 자연스러운 성장 과정이다. 이 과정에서 엄마는 자신을 사랑하고 건강하기 위해 노력해야 한다.

아이들이 커 갈수록 나의 엄마 경력도 조금씩 쌓여 갔다. 엄마의 역할에 익숙해질수록 나 자신을 인정하는 방법도 알아 갔다. 이제 나는 어떤 대단한 육아를 하지 않아도 스스로를 대단하다고 인정할 수 있다. 또한, 스스로를 보듬는 요령도 생겼다. 힘든 상황에서 나를 자책하는 생각이 떠올라도 스스로 'STOP' 할 수 있다.

'나는 세쌍둥이를 품고 낳았잖아. 게다가 이렇게나 세쌍둥이 육아를 해내고 있잖아. 나니까 이 정도나 한 거야. 나니까 이렇게 애들을 키울 수 있는 거야.'

아이들을 사랑하는 마음과 노력만큼은 내가 제일이다. 내가 가진 단점도 많지만 괜찮다. 부족한 점은 부족한 대로 인정하면 그만이다. 뭔가를 자주 빠뜨리고 요리를 못해도 고치려고 노력하면 그걸로 충분하다. 무언가를 개선하려고 노력하면 자연스럽게 나아지니 말이다.

아이들을 키우면서 덤벙대고, 실수하고, 단점도 쉽게 고쳐지지 않아도 예전보다 마음의 짐을 쉽게 털어놓을 수 있게 됐다. 그리고 어떻게 해야 더 나아질 수 있을까 생각도 할 수 있다. 내가 나의 모습을 찾으니 달라진 변화였다.

내가 나다워질 때 육아가 좋은 방향으로 흘러간다. 엄마일수록 '육아'에 집착하기보다는 나에게 집중하는 시간이 필요하다. 육아를 못해도, 스스로가 못나 보여도 나 자신을 깎아내려서는 안 된다. 나를 잃어버리면 육아에서도 길을 잃게 된다. 엄마는 언제나 '나'여야 한다.

"내 이름의 벽으로 가두어 버린 이가 감옥 안에서 눈물 흘리고 있습니다. 나는 벽을 쌓아 올리느라 항상 분주합니다. 벽이 하늘로 나날이 높아 갈수록 나는 그 어두운 그늘에 가린 참된 존재를 보지 못합니다. 나는 이 커다란 벽을 자랑스럽게 여기고 내 이름에 작은 구멍이라도 생기지 않도록 흙과 모래를 반죽해 그 벽에 바릅니다. 그리고 그것에만 온통 주의를 기울이느라 나의 참된 존재를 잃어버립니다."

– 타고르

03

아이와 함께하는 지금이 내 인생의 황금기

왜 오드리 헵번은 전성기에 할리우드를 떠났을까?

"먼 훗날 내 인생을 되돌아볼 때, 내가 찍은 영화는 생각이 나는데, 나의 아이들에 대한 추억이 별로 없다면 그것만큼 슬픈 일은 없을 거예요. 아이의 성장 과정을 지켜보는 것보다 더 기쁘고 보람된 일은 없어요. 여러분도 기억하세요. 아이들이 자라는 것을 보는 기회는 그때 한 번뿐이라는 걸요."

– 오드리 헵번

영화배우 오드리 헵번은 가족을 매우 소중히 여겼다. 가족과 함께 사는 집은 그녀에게 천국이나 다름없었다. 가족과 함께하는 소박한 일상 또한 그녀에게 행복 그 자체였다.

하지만 오드리는 영화 촬영에 들어가면 집에 자주 들어오지 못했다. 너무 바빠서 몇 달 동안 집을 비운 적도 많았다. 그녀는 바쁜 촬영으로 아이와 떨어져 지낼 때면 무척 괴로워했다. 아이 얼굴을 볼 수도, 직접 돌봐 줄 수도 없었기 때문이다. 전화로 안부를 물으며 그리움을 달래 보았지만 죄책감을 떨칠 수 없었다.

오드리 헵번은 여배우와 엄마의 역할 사이에서 균형을 잡기 위해 많은 노력을 기울였다. 그러나 바쁜 스케줄 속에서 아이를 챙기기란 쉽지 않았다. 결국, 그녀는 둘째 아들이 태어나자, 할리우드를 떠나기로 결심했다. 그때는 여배우로서 한창 전성기를 누릴 때였다. 그리고 이후로 9년 동안 할리우드에서 오드리 헵번은 볼 수 없었다.

커리어의 정점일 때 영화계를 떠난다는 것은 쉬운 결정이 아니다. 특히나 인기로 먹고사는 유명인이라면 더더욱 어려운 결정이다.

그러나 오드리 헵번은 자기 삶에서 가장 중요한 것이 무언지를 정확히 알고 있었다. 바로 가족이었다. 그녀에게는 커리어를 쌓는 것보다 가족과 함께 지내는 시간이 더 소중했다. 가족과 함께 맛있는 음식을 먹는 것, 가족과 함께 재미있는 TV 프로그램을 보는 것. 이런 소소한 일과에서 기쁨을 만끽했고 더할 나위 없이 행복해했다.

화려한 부, 명예가 눈앞에 있으면 욕망에 이끌리기 쉽다. 삶에서 가장 중요한 것들도 하찮게 여겨진다. 그래서 많은 사람이 욕망에 눈이 멀어 인생을 허비하기도 한다.

그런 점에서 오드리의 선택은 매우 현명했다. 그녀는 돈과 명성을 얻기 위해 일생의 단 한 번뿐인 아이들과 함께하는 시간을 포기하지 않았다. 그리고 훗날 오드리는 이때의 선택을 인생 최고의 선택이라고 했다. 영화배우로서는 전성기였을지 몰라도 엄마로서 아이들과 함께하는 시간은 인생의 황금기라는 것을 일찍이 깨달았던 것이다.

인생의 황금기는 쉽게 누릴 수 없다

인생의 황금기는 인생에서 가장 행복한 시기를 뜻한다. 황금기는 사람마다 다르다. 엄청난 성공과 명예를 얻었을 때일 수도 있고, 삶의 지혜를 깨닫게 되는 노년기일 수도 있다. 그렇다면 내 인생의 황금기는 언제일까? 두말할 것 없이 아이들과 함께 지내는 시간이다. 우리 부부는 임신했을 때부터 아이들과 함께할 시간을 기대했다. 일로 바쁘더라도 아이들과의 시간을 최우선으로 생각하자고 약속했다.

감사하게도 나는 세쌍둥이 임신으로 9년의 육아휴직을 받았다. 공무원은 육아휴직 규정에 따라 자녀 1명당 3년의 육아휴직을 받을 수 있는데 나는 교사이기에 한꺼번에 9년을 받은 것이다. 아이들과 함께할 수 있는 시간을 이렇게나 많이 받다니. 9년의 육아휴직은 엄마로서 최고의 선물이었다.

하지만 세계적인 스타였던 오드리 헵번과는 달리 우리 부부는 월급쟁이였다. 육아휴직을 하면 외벌이로 줄어드는 수입을 각오해야 했다. 육아휴직 첫해부터 5인 가족 외벌이 생활은 만만치 않았다. 신생아 때 아이들은 하루에 분유 1통을 거뜬히 먹었다. 남들은 한 달 동안 먹는다는 키즈 영양제가 10일이면 사라졌다. 기저귀, 로션, 샴푸 등 육아용품을 대용량으로 사도 금방 떨어졌다. 우리 부부는 생활비를 절약하기 위해 더 부지런해져야 했다. 신혼 때는 당연하게 즐겼을 것들도 포기해야 했다.

세쌍둥이 육아 자체도 너무 고된 일이었다. 친정엄마가 많이 도와주었어도 힘든 건 매한가지였다. 게다가 나이 든 친정엄마와 똑같이 육아를 분담할 수는 없었다. 어쨌든 육아는 엄마인 내 몫이었기 때문이다. 하루 세 끼, 간식을 챙겨 먹이는 것만으로도 벅찬데 놀아 주기, 배변 훈련, 샤워 등 할 일이 빽빽했다. 아이들과 함께 행복한 시간을 보낸다는 것은 쉽지 않은 일이었다.

1년마다 학교에서 휴직 연장 여부를 물어볼 때마다 고민했다. 앞으로 들어갈 육아 비용을 생각하면 복직을 해야 할 것 같았다. 내가 받는 육아 스트레스도 만만치 않았다.

하지만 나는 늘 육아휴직을 선택했다. 하루가 전쟁 같았어도 그날 찍은 아이들 사진만 보면 힘이 났다. 사진 속 아이들의 예쁜 모습만 보면 나도 모르게 웃음이 났다. 이 시기가 힘들더라도 그냥 보내 버리면 후회할 것 같았다. 아이들과 함께하는 시간은 돈으로도 살 수 없는 귀한 시간이라는 걸 직감적으로 느꼈다.

아이들은 평생 할 효도를 태어나서 3년 동안 다 한다는 말이 있다. 아이들과 함께하는 시간을 온몸으로 겪어 보니 정말로 내 인생의 황금기였다. 나를 보고 활짝 웃는 아이의 미소는 그 자체만으로도 벅찬 감동을 준다. 아이가 말랑하고 포동포동한 손으로 나를 쓰다듬어 주면 이 사랑스러운 손길을 영원히 간직하고 싶다. 때로는 장난 가득한 눈빛으로, 때로는 사랑스러운 눈빛으로 '엄마' 하고 부르면 내가 엄마라는 게 새삼스럽게 행복해진다. 아이와의 추억에서 얻은 행복은 영원히 닳지 않는다. 그래서 사람들은 나이가 들어서 이때를 황금기라고 회상하나 보다.

순간의 행복을 만끽하는 것으로도 황금기의 기쁨을 누릴 수 있다

하지만 3년의 휴직 끝에 복직을 결정했다. 맘 같아선 육아휴직을 더 연장하고 싶었지만 더는 복직을 미룰 수 없었다. 노트북, 핸드폰에 담긴 아이들과의 방대한 추억을 보고 있으면 아쉬움이 더 커졌다. 육아휴직 동안 힘들기는 했어도 내겐 인생의 황금기였다. 하지만 일을 시작하면 이전만큼 아이들과 함께 시간을 보낼 수 없었다. 내 인생의 황금기도 이렇게 끝이 나는구나 싶어서 꽤 울적했었다.

아쉽지만 나도, 아이들도 복직 준비를 해야 했다. 나는 아이들을 어린이집에 보내기로 했다. 복직하면 어린이집에 다녀야 하는데 그 전에 미리 적응시키기 위해서였다. 그런데 아이들 첫 등원 날짜가 정해지자, 남편은 그 날 연차를 쓰겠다고 했다.

"얘들 다음 주부터 어린이집에 가는 거지? 그날 연차 써야겠네."

"연차를 뭐 하러 써? 나랑 엄마 둘이 등원 준비할 수 있어."

"얘들 처음 등원하는 모습은 봐야지! 하원하고 나서 아이들이랑 놀아 주고. 그날 사진도 많이 찍을 거야."

남편은 회사 일로 바빠서 급한 일이 아니면 연차를 잘 쓰지 못한다. 그런데 어린이집 첫 등원 날만큼은 아이들과 함께 있고 싶다고 했다. 그 찰

나의 등원 순간을 보기 위해 남편은 며칠을 야근해서 하루를 겨우 뺐다. 등원 전날 야근한 남편은 그야말로 녹초였다. 다음 날 아침에도 겨우 일어날 정도로 피곤해했다. 하지만 아이들 손을 잡고 첫 등원을 할 때는 정말 행복해 보였다. 하원하고 돌아온 아이들과 어린이집에 대해 재잘재잘 이야기 나눌 때도 얼굴에 웃음이 떠나질 않았다.

나는 복직을 앞두고 이런저런 일들을 걱정했다. 아이들과의 시간이 줄어드는 것과 워킹맘으로서의 고충을 생각하니 심란했다. 그런데 남편의 모습을 보니 아이들과 어떻게 시간을 보내야 하는지 조금은 알 것 같았다.

아이들과 함께하는 시간은 생각보다 짧다. 아이들이 빨리 크거니와 부모도 육아가 힘들어서 아이가 주는 기쁨을 쉽게 놓치기 때문이다. 게다가 맞벌이처럼 부모의 여러 사정이 겹치면 아이와 함께하는 시간 자체도 부족해진다.

그렇다고 속절없이 흘러가는 시간을 아쉬워만 할 수는 없다. 소중한 시간인 만큼 그 시간을 붙잡기 위해 노력해야 한다. 바쁜 일상에서도 시간을 쪼개어 아이와 함께 추억을 쌓아야 한다. 아이와의 시간을 충실하게 보내고 순간의 기쁨을 만끽할 수 있어야 한다. 아이들과 함께하는 시간이 인생의 황금기라는 것을 생각한다면 이 정도 노력은 기꺼이 할 수 있지 않을까.

아이의 성장 과정을 보는 것은 부모만이 누릴 수 있는 특권이다. 그렇기에 아이들과 함께하는 매 순간들이 인생의 황금기다. 이 시간은 한번 지나가면 절대 돌아오지 않는다.

"아이들과 꽃, 내겐 그게 인생 그 자체였고 삶의 의미였어요."

– 오드리 헵번

04

부모의 책임감은 돈에서 나올까?

자식을 많이 낳으면 무책임한 걸까?

"어? 이 세쌍둥이 엄마, 넷째 낳았네? 와, 진짜 대단하다."

SNS를 통해 다른 세쌍둥이 엄마의 넷째 소식을 알았다. 사진 속 엄마는 출산한 지 얼마 안 돼서 힘들어 보였다. 그럼에도 엄마, 아빠 얼굴에는 세상을 다 얻은 듯 행복이 가득했다. 네 아이를 잘 키우겠다는 각오도 느껴졌다. 어찌나 대단하고 존경스럽던지. 그러나 친구는 무책임한 부모라며 비난했다.

"세쌍둥이를 낳고 또 넷째를 낳았다고? 너무 무책임하네. 애들은 벌써 모든 것을 넷으로 나눠야 하잖아. 부모님 사랑도 그렇고, 물건도 그렇고. 나중에 살림까지 빠듯해져서 애들 갖고 싶은 것도 못 해 주면 어떡해. 친구들은 다 있는데 자기만 없으면 얼마나 상처를 받겠어."

"이 가족이 돈이 많은지 적은지 우리가 어떻게 알아? 그리고 아이를 많이 낳으려면 부모가 무조건 돈이 많아야 한다는 거야? 만약 이 가족이 부자였으면, 애 키우는 데 돈 걱정 없을 테니까 애국자라고 칭찬받았겠네?"

친구는 자신의 의견을 굽히지 않았다. 돈이 없는 부모는 무책임하다는 말도 서슴지 않았다. 친구와 대화하면 할수록 나는 기분이 점점 상했다. 만약 우리 집도 가난했다면 돈도 없으면서 애만 많이 낳았다고 생각할 것 같았다. 하지만 친구의 의견은 틀린 말이 아니었다. 자식을 키우면서 돈이 많이 들어간다는 건 나도 잘 알고 있었으니까 말이다.

가난한데도 애만 줄줄이 낳은 흥부는 무책임한 부모의 표본이다. 어린 아이들도 착하고 돈 없는 부모보다 바빠도 돈 많은 부모가 좋다고 할 정도다. 부모에게 다른 부족한 점이 있을지언정 돈만큼은 넉넉해야 한다. 모든 것을 돈으로 매개하는 자본주의 세상에서 경제적 무능함은 비난의 대상이다. 특히 부모에게는 더욱 가혹하다. 사회 분위기가 이렇다 보니 '가난하면 아이를 낳지 말아야 한다.', '낳음당했다.'와 같은 말이 심심치 않게 들린다.

청소년 소설 『죽이고 싶은 아이』는 이런 사회상을 잘 나타낸다. 소설에는 부자 주연과 가난한 서은이가 등장한다. 주연이는 부유한 가정에서 태어나 부족함 없이 자랐다. 원하는 것, 하고 싶은 것을 모두 다 할 수 있었다. 하지만 부모님은 물질적 지원만 해 줄 뿐 딸에 관한 관심은 전혀 없다.

사랑받지 못한 주연이는 애정에 목말라 한다.

반면 서은이는 주연이의 단짝으로 집이 가난하다. 원래는 평범한 가정이었지만 아빠가 교통사고를 당해 병원비로 생활이 어려워졌다. 그러나 엄마는 서은이에게 많은 것은 못 해 줘도 사랑만큼은 넘치게 주었다. 서은이도 그런 엄마의 마음을 알기에 가난을 불평하지 않았다.

그러던 어느 날 서은이가 학교에서 시체로 발견된다. 유력 용의자는 단짝 친구 주연이었다. 주연이는 무죄를 주장하지만 부모님은 딸의 말을 믿어 주지 않는다. 오히려 아빠는 딸의 범죄로 자신의 커리어를 망칠까 봐 전전긍긍이다. 엄마도 딸을 변호하기는커녕 비난만 할 뿐이다.

서은이 엄마는 딸을 잃고 학교 앞에서 절규한다. 딸의 죽음에 대한 어떤 단서라도 찾기 위해 지나가는 사람들을 붙잡고 도와 달라며 울부짖는다. 그러나 사람들은 그런 서은이 엄마를 손가락질한다. 가난하면 아이를 낳질 말았어야지, 왜 애를 낳아서 고생만 시켰냐고. 무책임한 부모라고 욕을 해 댔다.

대비되는 두 가족을 보여 주면서 『죽이고 싶은 아이』는 독자들에게 돈과 가족에 대한 날카로운 질문을 던진다. 자식을 사랑하지 않아도 돈만 많으면 괜찮은 부모인 걸까? 중산층이었어도 갑자기 가난해지면 무책임한 부모가 되는 걸까? 가난해서 무책임한 부모라면 그 가난의 기준은 무엇일까? 부모와 자식 간에는 돈이 전부가 아닌데 무엇이 그 본질을 흐리는 걸까?

돈에 가려진 가족에 대한 사랑

인지 심리학자 김경일은 『창의성이 없는 게 아니라 꺼내지 못하는 것입니다』에서 우리나라의 가족주의와 그에 관한 심리에 대해 설명한다. 사람에게는 두 가지 자아가 있다. 하나는 자기 자신을 생각하는 '나'에 대한 자아다. 다른 하나는 가족 등의 공동체를 생각하는 '우리'에 대한 자아다. 이 두 가지 중에서 어떤 자아를 떠올리느냐에 따라 내면에 작동하는 심리 기제가 달라진다.

'나는 어떻게 살고 싶은가?'처럼 '나'에 대한 질문을 들으면 원하는 것을 먼저 떠올린다. '행복하게 살고 싶다.', '즐기면서 살고 싶다.'처럼 말이다. 그런데 '우리 가족은 어떻게 살고 싶은가?'처럼 '우리'에 대한 질문을 들으면 나쁜 것을 피하고 싶은 마음이 강해진다. '돈 걱정 없이 살고 싶다.', '나쁜 일 없이 평화롭게 살고 싶다.'처럼 말이다. 이런 반응은 전 세계 어느 나라 사람에게 물어도 똑같이 나타난다.

특이하게도 우리나라는 '우리'에 대한 자아가 강하다. 우리 남편, 우리 아내, 우리 아이들처럼 '우리'라는 말을 많이 쓰는 것만 봐도 알 수 있다. 우리나라는 다른 나라에 비해 안 좋은 것을 피하고 싶은 동기가 더 강한 것이다. 목숨보다 소중한 가족에 대한 것이라면 이런 마음은 더욱 강해진다.

자본주의 세상에서 아이를 키우려면 돈이 필요하다. 그러다 보니 부모의 진짜 책임감이 돈에 묻힐 때가 많다. '가난하면 애를 낳으면 안 된다'는 말도 그중에 하나다. 그런데 이 말에는 여러 가지 마음이 담겨 있다. 가난해서 겪을 수밖에 없었던 돈에 대한 상처들. 돈이 없으면 아이를 키우기 힘들어져 버린 사회에 대한 원망. 돈 앞에서는 어찌할 수 없다는 무력감 등의 감정이 복잡하게 얽혀 있다.

그리고 그런 부정적 마음 사이에 또 다른 진심이 숨어 있었다. 바로 내 자식에게만큼은 가난을 물려주지 않겠다는 마음, 내 아이만큼은 행복하게 키워 주고 싶다는 마음이다. 어쩌면 사람들이 부모의 경제적 책임을 강조하는 것도 이런 이유에서일지도 모르겠다. 자식에게는 어떠한 결핍과 불행도 주지 않겠다는 마음이 강한 나머지 돈에 대한 불안도 함께 생겨난 것은 아닐까. 가난하면 애를 낳으면 안 된다고 말하는 사람들도 자식에 대한 책임감을 다른 방식으로 표현하는 걸지도 모르는 것이다.

다시 내 친구의 이야기를 더 들어 보자. 알고 보니 친구에게는 돈에 대한 상처가 있었다. 초등학교 때 형편이 어려워 학급비가 밀렸는데 선생님이 친구들 앞에서 '이렇게 돈 안 내면 학교 못 다닌다.'라고 말해 버렸다는 것이다. 20년도 더 된 이야기인데도 친구는 그때 느꼈던 창피함, 억울함, 선생님에 대한 원망의 감정을 또렷이 기억했다.

친구와 더 이야기를 해 보니 가난은 무책임하다는 말이 사실은 돈에 대한 불안에서 비롯된 것임을 알 수 있었다. 친구도 자식을 키우는 부모로서 자식에게만큼은 자신이 겪었던 상처를 주고 싶지 않았던 것이다. 다만 친구는 돈이 있으면 그런 불행을 모두 다 막을 수 있다고 생각하고 있었다.

나는 친구에게 내 이야기를 들려주었다. 공교롭게도 나는 친구와 비슷한 경험이 있었다. 내가 초등학생이었을 때 우리 집도 여유가 없었다. 한

번은 수학여행을 앞둔 내게 부모님은 안 가는 게 어떠냐고 조심스레 물으셨다. 어쩔 수 없이 수학여행은 가지 않기로 했는데 문제는 선생님께 안 가는 이유를 말하는 것이었다. 돈이 없다는 말은 못 하고 이런저런 이유로 둘러대니 선생님은 반 친구들 앞에서 이렇게 말했다. "돈이 없어서 못 간다는 거지?" 어찌나 부끄럽던지, 그때의 기억이 또렷한 걸 보면 나에게도 큰 충격이었나 보다.

친구와 이런저런 이야기를 해 보니 나에게도 돈에 대한 안 좋은 기억이 꽤 많다는 것을 알았다. 돈 문제로 사람들 앞에서 망신을 당하기도 했고, 하고 싶은 것을 못 해서 속상한 적도 많았다. 그런데 신기한 것은 내가 그런 기억을 상처로 여기지 않았다는 것이다. 왜 그런가 골똘히 생각해 보니 우리 부모님 덕분이라는 것을 알았다.

우리 부모님은 나와 동생을 키우면서 고생을 많이 하셨다. 고된 일도 많이 하셨고 그 때문에 몸도 많이 상하셨다. 그렇지만 우리 남매 앞에서 돈에 대해 불평하거나 부부싸움을 한 적은 없었다. 늘 검소하게 사셨고 주어진 상황에서 당신들이 할 수 있는 일들을 최선을 다해 묵묵히 하셨다.

특히 아빠는 나와 동생에게 돈에 대한 상처를 주지 않으려고 많이 애쓰셨다. 아빠는 늘 장롱에 비상금을 숨겨 두셨다. 그리고 필요할 때마다 내게 꺼내 쓰라고 하셨다. 친구들과 먹고 싶은 것이 있거나 사고 싶은 게 있으면 쓰라고 말이다. 내가 급한 일이 생겨 비상금을 쓰면 아빠는 잘했다고 하셨다. 그것만으로도 나는 아빠의 마음을 충분히 알 수 있었다. 부모님이 우리를 위해 얼마나 애쓰고 미안해하는지를 말이다.

부모의 책임은 돈이 아닌 사랑이다

나는 어릴 때의 기억을 떠올려도 화가 나거나 슬프지 않다. 그러나 내 경험을 모두 일반화할 수 없다. 친구만 봐도 여전히 상처가 아물지 않았으니까 말이다. 친구는 나에게 이렇게 물었다.

"상처인지 아닌지는 사람마다 달라. 너는 괜찮다지만 아이들은 돈 때문에 상처받을 수 있잖아. 그땐 어떡할 건데?"

맞는 말이다. 돈에 관한 기준은 사람마다 다르다. 나는 별거 아니라고 생각했던 것도 아이들에게는 큰 상처가 될 수도 있다. 갑자기 우리 집이 경제적으로 문제가 생기는 바람에 아이들이 고생해야 할지도 모른다. 사람 일은 모르는 거니까 말이다. 그러나 나는 만약 그런 일이 생겼을 때 어떻게 해야 아이들이 돈에 대한 상처를 덜 받을 수 있는지를 알고 있다.

나는 수학여행 경비로 상처받은 때를 떠올리면 부모님의 모습이 함께 떠오른다. 내게 미안해했던 부모님 표정, 피곤한 내색 없이 출근하는 부모님의 뒷모습 같은 것들이 말이다. 그러면 나를 걱정하고 아끼는 부모님의 마음이 느껴진다. 부모님이 내 걱정을 많이 했다는 것을 알고 나면 돈에 대한 부정적인 감정도 점점 사라진다. 안 좋았던 기억들도 '그땐 그랬지.'라며 털어 버릴 수 있게 된다. 돈에 대한 상처는 부모님의 사랑으로 얼마든지 치유할 수 있는 것이다.

책임이란 누가 이런 상황을 만들었는지 잘잘못을 따지는 것이 아니다. 문제를 해결하고 상황을 더 개선하기 위해 노력하는 자세와 행동들이 진짜 책임이다.

부모의 책임도 마찬가지다. 아이에게 무엇을 해 줄 수 있고 못 해 주는지를 재는 것이 아니다. 어떤 상황에서도 아이를 먼저 생각하고 더 나은 환경을 만들어 주기 위해 최선을 다하는 것이 부모의 책임이다. 넉넉지 않더라도 자식을 사랑하고 책임지려는 마음과 행동. 이것이 부모가 보여 줄 수 있는 진정한 사랑이 아닐까.

부모의 책임은 돈에서만 나오지 않는다. 풍족하게 키우지 못하더라도 아이를 사랑하고 부모의 역할에 최선을 다하는 것이 더 중요하다. 그리고 아이도 다 안다. 부모가 자신을 책임지려는 모습에서 부모의 진심은 분명 전해질 테니 말이다. 부모의 책임은 돈이 전부가 아니다. 나는 이것을 굳게 믿는다.

05

엄마는 원래 외로워

왜 아무도 엄마 마음을 몰라 주는 걸까?

"너 하지 말라고 그랬지?! 왜 이렇게 말을 안 듣는 거야!"

"아니, 애한테 왜 그렇게 화를 내. 애들이 어리니까 우리가 계속 알려 줘야지."

"당신은 퇴근하고 잠깐 애들 보니까 그렇겠지. 나는 하루 종일 애들이랑 있으면서 수십 번도 넘게 봤다고. 오늘만 그런 줄 알아? 어제도 엊그제도 저번 주도! 당신은 바닥에 흘린 물 닦고 젖은 옷 갈아입히는 것만 수십 번 넘게 하면 화 안 날 거 같아?!"

아이들은 화가 난 엄마를 피해 아빠 품에 안겼다. 남편은 놀란 아이들을 다정한 말투로 달래 주었다. 하지만 참다 참다 터진 내 심정은 이해하지 못했다. 오히려 내가 심했다는 표정만 지어 보일 뿐이었다.

너무 억울했다. 나도 아이들의 장난을 여유로운 마음으로 받아 주고 싶지만 그게 어디 쉬운가. 하루 종일 아등바등대며 아이들 챙기는 것만으로도 진이 빠진단 말이다. 애들한테 화를 안 내려고 '참을 인'도 수없이 새겼다. 그러나 피곤함이 몰려오는 저녁까지 인내심을 발휘하는 것은 무리였다. 아이들이 또 물을 흘리자 더는 참을 수 없었다. 결국, 큰 소리가 나왔고 나는 또 나쁜 엄마가 되었다.

엄마의 외로움은 가족을 향한 분노로 바뀐다

육아하면서 자기연민에 빠졌다. 처음에는 남편과의 비교로 시작했다. 우리는 함께 세쌍둥이 부모가 되었지만 나만 모든 것을 잃은 느낌이었다.

출산 후 변해 버린 체형은 돌아오지 않았다. 근육통, 이명도 심했다. 육아 스트레스는 말할 것도 없었다. 반면 남편은 그대로였다. 내가 임신, 출산의 고통에 몸부림칠 때도 남편의 건강은 그대로였다. 내가 집에서 애들만 돌볼 때도 남편은 전처럼 출근했다. 출산은 여자의 몫이니 어쩔 수 없다는 걸 알지만 괜히 심술이 났다.

나는 애들을 보느라 먹는 것, 화장실 가는 것도 맘대로 할 수 없었다. 그런데 남편은 회사에서 밥도 먹고 화장실을 다녀올 수 있었다. 2~3시간 걸리는 출퇴근 시간도 너무나 부러웠다. 그 혼자만의 시간을 내게 준다면 더 잘 쓸 자신이 있었다. 매일 퇴근하는 남편에게 점심 메뉴가 뭐였냐고 물었다. 온종일 일하느라 지친 남편은 부러움과 원망 섞인 아내의 하소연을 이해하지 못했다. 그렇다고 남편이 육아휴직을 할 수 있는 것도 아니었다.

내가 겪은 육아의 고충은 나만 아는 고충으로 남을 게 뻔했다. 그런 생각이 들수록 남편에게 서운함만 커졌다.

나는 혼자서 벽을 만들고 있었다. 세쌍둥이 육아를 해 본 사람이 없으니, 아무도 내 마음은 모를 거라고 생각했다. 동시에 이렇게 힘든데 화가 나는 게 당연하다고 불만을 합리화했다. 엄마가 돼서 느낀 외로움은 점점 분노로 변해 갔다. 나 빼고 모든 사람이 싫었다. 맘에 안 든다며 울기만 하는 아이들이 미웠다. 자기도 회사에서 일하고 왔다고 힘들다고 말하는 남편이 미웠다. 집안일로 잔소리하는 친정엄마도 미웠다. 그 누구도 나보다 더 힘들 순 없다고 생각했다.

하지만 이것은 나의 어리석은 착각이었다. 내가 힘들다고 불평했던 세쌍둥이 육아를 긍정의 힘으로 승화하는 엄마가 있었다. 개그우먼이자 세쌍둥이 엄마인 황신영이었다. SNS 영상 속 황신영의 에너지는 대단했다. 아이들 앞에서 노래를 열창하고 온몸을 흔들었다. 여러 소품으로 동요를 부르면서 아이들을 즐겁게 해 주었다. 아이들도 그런 엄마와 몸을 흔들면서 즐겁게 놀고 있었다.

나는 황신영이 개그 콘텐츠를 만들기 위해 아이들 영상을 찍는 거라고 생각했다. 세쌍둥이 육아가 얼마나 힘든데 저렇게 매일 춤을 추겠는가. 하지만 황신영의 마음은 진심이었다. 황신영의 개그에는 아이들에게 짜증을 내지 않으려는 노력이 깃들어 있었다.

"황신영 씨가 하이 텐션으로 육아하는 이유는 뭔가요?"

"아이들 앞에서는 최대한 짜증 내는 것을 안 보여 주고 싶어요. 엄마, 아빠의 좋은 모습만 보여 주고 싶고, 항상 웃음을 주고 싶어요. 그래서 많이 노력하고 있어요."

방송에서 황신영의 말을 듣고 뜨끔했다. 똑같이 세쌍둥이 육아를 하는데도 나와 황신영의 모습은 전혀 달랐다. 아이들이 밤늦게까지 안 자면 황신영은 아이들을 앞뒤로 업으며 노래를 불렀다. 세 명이 동시에 달라붙어도 짜증 한번 내지 않았다. 어떻게 그럴 수가 있을까. 나였으면 힘들다고 짜증을 냈을 법한 상황에도 황신영은 아이들과 놀아 주고 있었다.

물론 황신영과 나는 사정이 다르다. 황신영 남편은 세쌍둥이가 태어나자, 회사를 그만두고 육아에 전념한다. 게다가 황신영은 개그맨이라서 육아 영상도 찍어 올린다. 그러나 더는 그런 것들로 내가 힘들다고 변명하고 싶지 않았다. 황신영네 아이들이 엄마와 놀면서 해맑게 웃을 때마다 창피함이 몰려왔기 때문이다. 지금까지 나 때문에 아이들이 상처받은 건 아닐까 하는 걱정이 들었다.

육아가 힘들다고 해서 부모의 책임은 면제되지 않는다

"엄마가 너희 많이 사랑하는 거 같아, 조금 사랑하는 거 같아?"
"쪼끔…."

둘째는 나와 눈을 마주치지 않은 채 대답했다. 레고만 만지작거리는 작은 손에서, 그 작은 뒷모습에서 슬픔이 느껴졌다. 내가 힘들다고 아이들에게 화를 냈던 것이 아이들에게는 크나큰 상처였으리라. 나 자신이 진짜 못난 엄마라는 것을 인정하지 않을 수가 없었다.

나에게는 따끔한 일침이 필요했다. 더는 변명하지 못하도록 엄마의 책임을 직시해야 했다. 그래서 읽은 책이 법륜스님의 육아서『엄마수업』이었다.『엄마수업』에는 부모의 책임을 적나라하게 설명하는 글로 가득했다.

"세 살 이전까지는 밖에서 주어지는 대로 심성이 형성되기 때문에 이 시기의 책임은 전적으로 부모에게 있습니다."

"엄마들은 '왜 나만 피해를 봐야 하는가?' 하고 억울해합니다. 하지만 엄마의 권리를 따지다 보면 그 피해는 고스란히 아이에게 갑니다."

이 대목에서 솔직히 덮고 싶었다. 안 그래도 힘들어 죽겠는데 모든 게 다 내 책임이라고 하니 화도 났다. 스님이 우리 집에서 세쌍둥이 육아를 하면 이런 말 못 할 거라고 흉도 봤다. 하지만 속으로 구시렁대면서도 책을 끝까지 읽었다. 그 이유는 스님의 말은 전부 다 맞는 말이기 때문이다.

"육아가 힘들다고 제도나 남 탓만 해서는 안 됩니다. 개인적인 수행과 노력과 함께 제도적으로도 바꿔 나가면서 문제를 해결해야 합니다."

"부모의 책임을 부담스러워하고 자기 성질대로 사니까 과보가 따르는 겁니다. 부모 자식의 관계 속에서 자신의 존재를 이해하지 못하니 고통이 따르는 거예요."

엄마의 책임과 내 욕구가 충돌할 때마다 내 것을 포기하는 것을 억울해했다. 내가 아프고, 못 자고, 못 쉴 때마다 애꿎은 가족들에게 화를 냈다. 당연히 나의 힘듦을 공감받아야 한다고 생각했다. 엄마가 행복해야 아이가 행복하다는 말을 왜곡해서 나의 권리를 앞세웠다. 나는 몰랐던 것이다. 육아는 나를 내려놓는 일임을, 엄마는 원래 외롭다는 것.

책임에는 고독이 따른다. 나는 세 아이의 엄마로서 더 많은 책임에 따른 고독을 감수해야 했다. 남들보다 더 힘들더라도 엄마로서, 아내로서의 주어지는 더 많은 일을 해야 했다. 화가 난다고 누군가가 내 감정을 풀어 주기를 기다리는 것은 어리석은 짓이었다. 다른 사람을 비난하지 않고 스스로 반성하며 감정을 다스려야 했다. 가장 중요한 것은 나의 욕구보다도 아이들이 상처받지 않는 것이었다. 나는 나 자신을 더 내려놓기로 했다.

늘 그렇듯 육아와 집안일에 나의 모든 것을 쏟아 낸 날이었다. 아이들이 자면 낮에 못 했던 것을 다 할 수 있다는 생각으로 버티고 있었다. 그런데 너무 피곤한 나머지 아이들을 재우면서 나도 모르게 잠들어 버렸다. 눈을 뜨니 새벽 3시다. 이럴 수가. 커피를 마시면서 밀려오는 잠을 참고 꾸역꾸역 책을 읽었다. 남편은 그냥 자라고 했지만 이렇게라도 내 시간을 보내지 않으면 스트레스가 풀리지 않으니 어쩔 수 없다.

그런데 첫째와 셋째가 울면서 깨더니 나를 찾았다. 내가 눈 뜬 지 5분도 안 돼서였다. 한번 깬 아이들은 쉽게 잠들지 않았다. 또 억울함이 밀려왔다. 내 잠 줄여 가면서 쉬는 것도 못 하다니. 아니다, 냉정해져야 한다. 여기서 또 화를 내면 아이들이 상처받을 게 뻔했다. 올라오는 화를 참고 아이들을 토닥였다. 결국, 나는 아이들을 재우면서 또 자 버렸다. 다음 날 아침 눈뜨자마자 속상함이 밀려왔다. 나에게는 그런 자유 시간도 허락되지 않다니. 어쩔 수 없다. 세쌍둥이 엄마가 되면서 이런 일이 허다하다. 그런데 이런 나의 노력이 통했던 걸까. 시간이 흐르고 아이들에게 다시 물어보니 아이들은 한껏 웃으면서 대답했다.

"엄마가 너희 많이 사랑하는 것 같아, 조금 사랑하는 것 같아?"
"마니!"

엄마는 원래 외로운 존재다

살면서 겪은 경험에서 뜻밖의 교훈이나 가르침을 얻을 때가 있다. 나는 엄마가 되고 나서 하나의 교훈을 얻었다. '인생은 혼자'라는 것. 어른들은 일이 뜻대로 안 풀리거나 억울한 일을 당해도 그 상황에서 자신이 할 수 있는 것을 찾아서 하라고 했다. 육아도 마찬가지였다.

인생이 혼자인 것처럼 육아도 혼자서 감당해야 할 순간이 많다. 그때마다 화내거나 누군가와 싸워서 나를 합리화하기보다는 냉철하게 그 상황에서 더 나은 행동이 무엇인지를 생각해야 했다. 그렇다고 육아의 짐을 엄마에게 다 떠넘기라는 뜻이 아니다. 가족이나 주변 사람들이 도움이 필요 없다는 뜻이 아니다. 엄마로서 마주한 힘든 상황을 이겨 내려면 남들에게 의지하는 것보다 자신이 먼저 바뀌는 것이 더 확실하고 좋은 방법이라는 뜻이다.

그런 점에서 엄마는 분명 외롭다. 하지만 내 경험에 의하면 외로움과 서운함은 오래가지 않았다. 내가 노력한 만큼 아이들이 더 밝은 모습으로 나를 향해 환하게 웃어 주었기 때문이다.

신은 모든 곳에 있을 수 없기에 어머니를 만들었다는 유대인의 속담처럼 엄마의 사랑은 숭고하다. 맹목적이면서도 올바르고, 헌신하면서도 아무것도 바라지 않는다. 이 거룩한 사랑을 주어야 하기에 엄마는 외로울 수밖에 없다. 하지만 엄마는 괜찮다. 사랑하는 아이의 따뜻한 포옹과 웃음이 엄마의 외로움을 눈 녹듯 녹여 줄 테니 말이다.

06

정말 돈은 다다익선일까?

세쌍둥이는 육아 비용도 세 배

"어머님, 이 장난감은 너무 비싼 거 같아요."

"괜찮아, 우리는 애들을 자주 못 보잖니. 이번 크리스마스 때 애들에게 선물을 해 주고 싶었어."

"그렇지만 장난감을 한 개도 아니고 세 개씩이나 사야 하는걸요…."

아이들을 위해 기분 좋게 지갑을 열면 타격이 작지 않다. 그것을 알기에 어머님께 좀 더 저렴한 장난감을 사자고 말씀드렸다. 하지만 어머님은 모처럼 만난 손주들에게 좋은 선물을 해 주고 싶으셨다. 게다가 그날은 크리스마스였다. 시부모님은 아이들이 직접 고른 장난감들을 모두 사주셨다.

장난감 선물에 기뻐하는 아이들을 보면서 기분이 복잡미묘했다. 천진난만하게 웃는 아이들 모습이 너무 예쁘면서도 미안한 마음, 비싼 선물을 해 주신 시부모님께 감사하면서도 죄송한 마음이 들었다. 언제부턴가 나는 돈을 쓸 때마다 이상한 양가감정에 휩싸였다.

아이들은 임신 때부터 스케일이 남달랐다. 임신 바우처를 단태아 산모보다 두 배나 받았지만 몇 개월 안 가 다 썼다. 꼭 사야 하는 세쌍둥이 유모차는 100만 원이 넘었다. 식비는 말할 것도 없다. 필요한 것에만 써도 지출이 크니 자연스레 불필요한 소비를 줄였다.

옛말에 자식을 정말 사랑하면 부족하게 키우라는 말도 있지 않은가. 나는 그 말을 몸소 실천했다. 키즈카페, 문화센터를 가는 대신 시에서 운영하는 놀이센터나, 놀이터를 이용했다. 비싼 신상 옷보다는 시즌 지난 저렴한 옷들을 사 입혔다. 아이들에게는 밀가루 반죽, 채소 놀이처럼 장난감이 없어도 할 수 있는 놀잇감을 주었다. 늘 검소하게 살려고 했다. 하지만 점점 마음 한구석에는 이런 생각이 꿈틀거렸다.

'만약 돈이 더 있었다면….'

돈에 만족이란 없다

디즈니 영화 〈알라딘〉에서 지니는 소원을 빌려는 알라딘에게 이렇게 조언한다. 돈과 권력에 절대 만족이 없으니, 그쪽으로 소원을 빌지 말라고 말이다. 돈에 눈이 멀어 파멸한 역사가 얼마나 많던가. 그러나 지니의 조언은 역사에만 한정되지는 않는 것 같다. 육아에도 돈에 만족은 없었다.

돈이 있으면 할 수 있는 게 많다. 아이들과 여행도 더 많이 갈 수 있다. 나와 남편도 사고 싶은 것, 하고 싶은 것을 더 누릴 수 있다. 돈이 있으면 편하다. 어린이집 식판 서비스가 있다. 업체에서 매일 어린이집으로 깨끗한 식판, 수저를 보내 준다. 한 달에 만 원만 내면 매일 식판, 수저를 씻을 필요도, 아침마다 챙길 필요도 없다.

무언가를 절약하려면 그에 따르는 불편함, 힘듦을 감수해야 한다. 식비를 줄이기 위해서는 직접 장을 보고 손수 요리해야 한다. 사 먹는 음식이 더 간편하지만 비용을 줄이려면 나의 노동과 시간을 할애할 수밖에 없다. 육아용품에 들어가는 비용을 아끼려면 부지런히 중고 물품을 구해야 한다. 내가 찾는 중고 물품을 일일이 찾고 판매자에게 직접 구매해야 한다. 구매하기 버튼만 눌러서 새 물건을 사는 것에 비하면 정말 번거로운 일이다.

쓸 수 있는 돈은 한정적이다. 육아 비용이 대폭 늘면서 나와 남편이 물욕을 내려놓아야 했다. 내 욕구를 계속 억누르는 것은 꽤 우울한 일이다. 돈이 있다면 지금보다 더 나아질 것 같다. 그런 생각이 이어지자, 휴직이라 돈을 벌지 못하는 자신이 초라하게 느껴졌다. '돈이 좀 더 있었다면….' 나는 점점 돈에 휘둘렸다.

그러던 어느 날, 아기 한 명을 키우는 지인이 300만 원의 이유식 시판을 사서 먹인다는 소식을 들었다. 업체에서 매일 세 끼의 이유식을 배달해 주는 것인데 최소 구매 기준이 몇 개월 치라 한 번에 3백만 원의 큰돈이 나간다. 비싸지만 엄마들에게 인기가 많다. 영양도 맛도 좋은 음식으로 구성돼 있고 아이들이 잘 먹는다. 무엇보다 엄마가 편하다. 장 볼 필요도, 요리할 필요도, 설거지할 필요도 없다.

그 소식을 들었을 때 지인이 너무 부러웠다. 나는 요리에 회의를 느끼고 있었다. 내 요리 실력은 젬병인데 셋째는 입까지 짧다. 요리해도 아이들은 잘 먹지 않았다. 시판 이유식도 알아봤었지만 3인분의 음식을 사 먹이자니 비용이 만만치가 않았다. 그래서 늘 부엌 앞에서 힘들게 요리를 해 왔는데 지인은 나처럼 고생할 필요가 없었다. 지인뿐만이 아니었다. 비싼 시판을 먹이는 엄마들은 꽤 많았다.

시판을 사 먹이는 엄마들이 너무나 부러웠다. 반면에 그런 편리함을 누릴 수 없는 내 처지가 싫었다. 그러자 여태껏 억눌러 왔던 돈에 대한 감정이 터져 버렸다. 내가 힘든 이유는 돈이 없어서라고, 돈이 있으면 뭐든지 다 할 수 있다고, 나도 남편도 아이들도 더 편하게 지낼 수 있다고 말이다. 지금껏 외면했던 불편한 사실이 드러나는 것 같았다. 이 모든 것은 돈 때문이라고.

돈이 전부가 아니라지만 경제적으로는 풍족하길 바랐다. 돈이 더 있다면 내 하루가 더 윤택해질 것 같았다. 절약하기 위해 감수해야 하는 불편들이 싫었다. 어느새 내 행복과 불행의 기준은 돈이 돼 버렸다. 그래서 불행하다고 생각했던 와중에 문득 찾아온 행복은 오랫동안 잊히지 않는다.

날씨가 무척 좋은 날, 오랜만에 남동생 부부가 놀러 왔다. 친정 부모님과 함께 온 가족이 공원으로 산책을 했다. 어른들은 햄버거를 먹고, 아이들은 공원에서 뛰어놀았다. 아이들은 처음 먹어 보는 감자튀김 맛에 무척 놀라워했다. 예쁜 노을을 보면서 집으로 가는 길, 너무나 즐거우면서 아쉬웠다. 오늘처럼 다음에도 아이들과 재미나게 놀 수 있을 것 같다는 설렘으로 들뜨기도 했다. 나뿐만이 아니라, 온 가족이 함께 즐거웠던 날이었다. 그날의 만족감과 행복은 며칠이 지나서도 오래갔다.

이날의 추억이 오래 기억남은 이유는 돈과 행복에 대한 중요한 사실을 깨달은 날이기 때문이다. 행복의 비결은 내가 가진 것들로 즐거움을 누리는 방법을 얼마나 많이 아느냐에 달려 있었다. 돈이나 가진 것이 많지 않아도 내 삶을 얼마든지 즐길 수 있었다.

그날 우리 가족들이 즐거웠던 이유는 별거 없었다. 날씨가 좋았고 근처에 공원이 있었다. 가족들이 다 함께 있었고 햄버거도 있었다. 그날의 즐거움을 얻기 위해 우리가 쓴 돈은 햄버거값이 전부였다.

내가 가진 것에서 행복 찾기

『돈과 인생의 진실』의 저자인 일본의 돈 전문가 '혼다 켄'은 돈의 본질을 알아야 돈에 휘둘리지 않는다고 말한다. 그가 제시한 방법은 내가 풍족함을 느끼는 최저 라인을 찾는 것이다. 이것은 풍족함의 '임계점'이라고도 한다. '최소 이것만 있으면 나는 부자다.'라고 느끼는 지점이다. 자신의 임계점을 알고 유지할 수 있다면 돈으로 인한 불행은 얼마든지 줄일 수 있다.

그런데 문제는 이 임계점이 자신도 모르는 사이 올라간다는 데 있다. 한번 올라가면 쉽게 내려오지도 않는다. 새로운 것, 비싼 것에 길들어지면 평범한 것에서 만족을 느낄 수 없다. 작은 것에 만족하지 못하니 돈을 더 쓰게 된다. 또다시 돈으로 만족감을 얻으면 돈이 있어야 행복해질 수 있다고 생각한다. 그런 착각에 빠지는 순간 속절없이 돈에 휘둘리게 된다. 그러므로 돈이 만능인 세상에서 나의 임계점을 아는 것은 중요하다. 언제 올라갈지 모르는 임계점을 정기적으로 확인하고 계속 만족의 기준치를 낮추는 노력도 필요하다.

그렇다면 나의 풍족함의 임계점은 어디일까. 돈이 부족하다고 느낄 때, 최소한의 것으로 풍족함을 느낄 수 있는 것은 무엇일까? 하나씩 하나씩 제쳐 갔다. 명품, 자동차, 옷, 신제품 전자기기, 그 밖의 내 취향의 물건들. 다 아니었다. 이런 것들은 있으면 좋지만 없으면 못 살 정도도 아니었다. 상황이 여의찮다면 얼마든지 포기할 수 있었다.

그렇게 하나씩 제쳐 가자 딱 두 가지만 남았다. 가족과 함께 먹는 음식, 그리고 책이었다. 이 두 가지는 내 풍족함의 최저 라인이자 내게 가장 큰 기쁨을 가져다주는 것들이었다.

힘들 때 가족들과 치킨을 먹으면 힘든 것도 훌훌 털어 버릴 수 있었다. 자장면을 좋아하는 아이들이 자장면을 먹고 싶다고 했을 때 시켜 줄 수 있는 것처럼 뿌듯한 순간도 없다. 게다가 책은 내 삶의 일부였다. 지친 일상에서 벗어나 나를 치유해 주는 책이 없다는 것은 상상할 수도 없다.

그러나 역시나 풍족함의 임계치를 유지하는 것은 어렵다. 매달 빠져나가는 보험비, 대출금이지만 볼 때마다 놀란다. 늘 절약하지만 청구된 카드값에는 내 노력의 흔적은 보이지 않는다. 한 번에 쑥 빠져나가는 돈들을 볼 때면 5인 가족이라는 게 다시금 실감이 난다.

지인의 가족이 제주도로 여행을 간단다. 세쌍둥이를 데리고 비행기를 탈 엄두도 안 나지만 일단은 부럽다. 우리 아이들도 제주 바다에 가서 뛰어놀면 얼마나 좋아할까. 머릿속에 우리 가족 여행 경비를 상상해 본다. 적지 않은 경비다. 나중에 제주도로 갈 때 경비를 줄이기 위해 꽤 발품을 팔아야 할 것 같다. 그러자 돈이 있었으면 하는 생각이 또다시 스멀스멀 올라온다.

돈이 만능인 세상에서 누구나 돈에 흔들린다. 특히나 엄마들은 더더욱 그렇다. 엄마는 아이에게 모든 것을 해 주고 싶다. 경제적으로 더 풍족했다면 생활비 걱정 없이 아이에게 더 많은 것을 해 주었으리라. 그러면 아이도 더 많은 즐거움을 맛볼 수 있겠지.

하지만 전혀 그렇지 않다. 아이들도 어른들처럼 풍족함의 임계치가 있다. 매일 사탕을 3개씩 먹던 아이가 1개를 먹으면 즐거워하지 않는다. 비싼 장난감만 가지고 놀다가 저렴한 장난감을 받으면 실망하기도 한다. 아이들도 작은 것에 만족하는 법을 배워야 하는 것이다.

아무리 가진 게 많아도 현재에 만족하지 못한다면 불행할 수밖에 없다. 그렇기에 가진 것에 만족하는 것은 엄청난 능력이다. 내게 주어진 것들로 즐거움을 누릴 수 있다면 그것은 평생의 행복을 잡은 것과 다름없다. 남들과의 비교로 없는 것을 부러워하지 않고 돈의 만능주의에 빠지지 않으니 즐거운 일이 얼마나 넘쳐 나겠는가.

돈은 쓰면 쓸수록 사람을 불안하게 만든다. 그러나 자신만의 풍족함의 기준을 세운 사람은 돈에 휘둘리지 않는다. 엄마도 아이도 마찬가지다.

"욕망이 작으면 작을수록 인생은 행복하다. 이 말은 낡았지만 결코 모든 사람이 다 안다고 할 수 없는 진리다."

– 톨스토이

07

불안은 또 다른 선물이다

제대로 알면 육아 불안이 줄어든다

"오은영 박사님은 아이 키우면서 안 불안해하셨을 것 같아요."

"저는 육아 잘할 것 같죠? 사실 저도 제 아들 키우면서 많이 불안했어요."

천하의 오은영 박사님도 아이를 키우면서 불안했다니. 우연히 본 박사님의 인터뷰에서 뜻밖의 위로를 받았다. 육아하면서 불안하지 않을 엄마가 있을까. 그만큼 엄마에게 불안은 너무나 당연한 감정이다.

육아는 불안 그 자체다. 내 배 아파 낳은 자식이지만 그 속마음을 알다가도 모르겠다. 아이가 커 갈수록 육아는 점점 더 어려워지기만 한다. 거기다 나도 몰랐던 내면의 상처, 무의식의 두려움이 자꾸만 들춰진다.

그런데 만약 여기에 엄마의 성격마저 예민하고 불안하다면? 한 아이를 키우는 게 아니라 여러 명을 키워야 한다면? 그야말로 혼돈 그 자체일 것이다. 이것은 내 이야기다. 평소에도 걱정, 불안을 안고 사는 내가 기질, 성격이 다 다른 세 아이를 키우려니 미칠 노릇이었다.

하지만 이런 내게도 마음이 평온했던 시기가 있었으니, 바로 어린이집 적응 기간이었다. 우리 아이들은 어린이집에 적응하기까지 꼬박 한 달이 걸렸다. 아이들은 '어린이집' 말만 들어도 울었다. 매일 아침마다 통곡하며 내 다리에 매달렸다. '엄마 없어서 울 거야.', '할머니랑 있을 거야.'라고 별별 이야기를 다 했다. 잠자리에 들 때면 어린이집 안 갈 거라고 나에게 신신당부했다. 하지만 나는 아이들의 그런 모습에도 평온을 유지했다. 왜냐하면, 이 모든 것이 적응 과정이라는 것을 알았기 때문이다.

나는 특수학교에서 새 학기마다 학교에 적응해 가는 장애 아동들을 많이 봤다. 장애 아동은 일반 아동보다 학교에 적응하는 데 더 오랜 시간이 필요하다. 이런 이유로 특수교육에서는 새 학기가 시작되는 3월을 학교 적응 기간으로 본다. 이때 교사들은 장애 아동이 새로운 학교 일과에 적응할 수 있도록 지도하는 데 중점을 둔다.

일반 아이들도 새 학기 적응에 스트레스를 받는 것처럼 장애 아동들도 새로운 환경과 일과를 낯설어한다. 하지만 규칙적인 일과를 반복하면 대부분 잘 적응한다. 등원 때 울던 아이도 엄마랑 헤어지고 교실에 들어가면 잘 지내는 모습도 많이 봤다. 그렇게 한 달의 시간이 지나면 대부분 장애 아동은 학교생활 적응을 마친다.

특수학교와 어린이집은 다르지만 적응 과정은 비슷할 거라고 생각했다. 그래서 아이들이 울면서 떼를 써도 크게 동요하지 않았다. 혹시 원에서 무슨 일이 있었나, 하는 걱정도 들지 않았다. 그리고 내 예상대로 아이들은 한 달의 시간이 흐르고 나서야 적응을 마쳤다.

만약 내가 아이들의 적응 과정을 몰랐다면 어땠을까? 엄마를 떼 놓는다는 미안함에 마음이 흔들렸을지도 모른다. 아이들이 엄마의 동요를 눈치채서 적응 기간이 더 오래 걸렸을지도 모르는 일이다.

정신의학과 전문의 정우열은 엄마의 불안이 발생하는 이유를 두 가지로 설명한다. 익숙하지 않은 상황일 때, 그 상황에 적응해야 할 때. 이 두 가지는 육아와 완벽하게 일치한다.

신생아 때 수유 방법을 몰라서 헤맨다. 갑자기 설사라도 하면 어디가 아픈 건지 걱정이 몰려온다. 6개월이 지나면 이유식이 고민이다. 입자는 어디까지가 적당한 건지, 간이 너무 센 건 아닌지 헷갈린다. 아이가 좀 더 크면 떼쓰는 걸로 고민이다. 훈육은 또 어떻게 해야 하는 걸까. 첫째는 어찌해서 키웠으니, 둘째는 좀 수월하면 좋으련만. 둘째는 첫째와 또 다르다. 셋째는 셋째라서 또 다르다. 만약 나처럼 갑자기 애가 세쌍둥이라면 처음부터 정신 줄을 놓게 된다. 이렇듯 육아는 매 순간이 낯설다. 엄마에게 육아는 불안의 연속일 수밖에 없다.

하지만 불안이 무조건 나쁜 것은 아니다. 미국 시인 에머슨은 두려움은 언제나 무지에서 샘솟는다고 말했다. 육아도 똑같다. 엄마의 불안도 무언가를 모르는 데서 오는 것이다. 다시 말해, 불안해하는 것에 대해 알면 불안이 해결된다는 뜻이다. 그렇다면 무엇을 알아야 할까? 육아를 구성하는 두 가지 축에 대해 알면 된다. 바로 아이와 엄마 나 자신이다.

엄마는 내 아이를 잘 파악해야 한다

삐뽀삐뽀 쌤이자 소아청소년과 전문의인 하정훈 선생님은 엄마들에게 육아 공부의 필요성을 강조한다. 육아는 변수가 너무나 많다. 아이는 상황이 조금만 달라져도 예측을 벗어나기 때문이다. 만약 엄마가 아이의 행동을 몇 수 넘어서 볼 수 있다면 상황은 나아진다. 엄마에게 육아 공부가 필요한 이유다.

육아는 정확히 아는 것이 힘이다. 엄마는 아이와 육아 전반에 대한 지식을 쌓기 위해 육아 전문가들이 쓰거나 추천하는 책을 읽을 필요가 있다. 예습은 더 좋다. 발달 과정을 미리 알면 엄마 큰 도움이 될 것이다. 그러나 검색 육아는 오히려 역효과다. 파편적인 지식만 모이면 혼란을 일으킬 가능성이 높다.

육아의 난이도는 엄마가 아느냐, 모르느냐로 달라졌다. 내게 둘째 아들 육아가 그러했다. 둘째 아들은 난해한 아이였다. 온종일 뛰어다녀도 부족한지 집안 곳곳을 기어올라 다녔다. 신이 나면 소리를 지르면서 장난감으로 인형을 마구 두들겼다. 그러면서도 예민하기는 또 엄청나게 예민했다. 둘째는 자신만의 옷 고르는 기준이 있었고 웨건도 늘 앉는 자리에만 앉아야 했다. 사소한 것에도 자신만의 질서가 있었고 그것이 어그러지면 견디질 못했다.

그런 둘째를 볼 때마다 걱정과 불안이 솟구쳤다. 둘째에게 어디에 문제가 있는 걸까? 혹시 소아 ADHD는 아닐까? 아니면 내가 잘못 키우는 걸까? 돌발 행동이 많은 둘째는 어른들에게 가장 많이 혼났다. 어른들에게 혼날 때면 둘째는 무언가 억울해하면서 서러워했다. 그런 모습을 보니 뭔가가 잘못됐다는 직감이 들었다.

나는 둘째의 성향을 파악하기 위해 관련 육아서를 수십 권 읽었다. 남편과 함께 육아 강연도 다녀오고 가족회의도 많이 했다. 그렇게 둘째에 대해 알아본 결과 결론은 이러했다. 원래 그렇게 태어난 아이였다, 둘째는 산만하고 공격성이 다분한 전형적인 아들이었다. 거기다가 둘째의 예민한 성격까지 더해지니 둘째를 다루는 것이 어렵게 느껴졌던 것이다.

이후로 둘째의 육아법에 변화를 주었다. 통제를 줄이고 자율과 허용의 범위를 넓혔다. 둘째가 신이 나서 온갖 난리법석을 떨어도 해를 끼치지 않는다면 내버려두었다. 예민한 성격을 고려해서 문제가 일어난 사후의 대처보다 예방하는 것에 초점을 두었다. 떼를 쓸 때 어떻게 훈육해야 할까가 아니라, 어떻게 해야 낯선 상황을 받아들일 수 있을지를 고민했다.

둘째를 이해하고 육아법을 바꾸니 이전보다 훨씬 나아졌다. 기존에 있었던 둘째에 대한 육아 고민도 많이 사라졌다. 둘째도 엄마가 자신을 알아준다는 느낌을 받았는지 이전보다 더 밝아진 모습이었다. 나와 둘째의 애착이 더 단단해진 것은 두말할 것도 없었다.

엄마는 자신에 대해 잘 알아야 한다

모든 엄마는 자녀에게 무한한 사랑을 주고 싶어 한다. 그러나 정신분석적으로 엄마의 사랑에는 엄마의 불안, 욕망, 죄책감이 숨어 있다. 의도치 않게 무의식적으로 엄마의 부정적인 감정까지 전달되는 것이다. 부모가 자녀에게 지나치게 공부를 강요하거나, 자신의 상처가 대물림되는 경우가 그러하다. 부모의 불안을 자녀에게 투영하면 서로에게 상처만 남길 뿐이다. 그렇기에 엄마는 자신의 불안에 대해 잘 알아야 한다.

나는 육아를 하면서 나도 몰랐던 내면의 불안을 여럿 발견했다. 나는 우리 아이들에게 공부 스트레스를 주지 않겠다고 다짐했었다. 공부로 힘들어하는 청소년들이 안타까웠고 인생은 성적보다 중요한 것이 훨씬 더 믿었다. 하지만 TV에서 상위 1% 영재, 똑똑한 연예인 자녀만 보면 부러움을 숨길 수가 없었다. 내 생각과 마음은 따로 놀고 있었다. 이것은 불안의 신호였다. 내 마음속에 풀지 못한 문제가 남아 있다는 신호.

나에게 질문을 던졌다. 왜 공부 잘하는 아이들이 부러운 걸까. 무엇이 걱정되는 걸까. 자문을 계속하자 지금껏 외면하고 있던 불안을 마주하게 됐다. 사실 나는 아이들이 공부를 잘하기를 바랐다. 왜? 그래야 이 험한 세상을 잘 살 확률이 높으니까.

우리나라만큼 공부로 성공의 길이 잘 다져진 나라도 없다. 고학력이 넘쳐나 학벌 상향 평준화가 되어 수저 계급론이 나오기는 하지만 그럼에도 대학은 중요하다. 취업할 때 대학 간판은 여전히 유효하다. 지방대보다는 명문대가 갈 수 있는 길이 훨씬 많다. 삶의 경험치가 쌓인 부모들은 본능적으로 알고 있다. 아이가 공부를 잘해야 인생이 조금은 편해진다는 것을.

만약 내가 공부에 대한 불안을 몰랐다면 나도 모르게 아이들에게 공부 압박을 줄 게 뻔했다. 나는 내 불안을 다스려야 했다. 그러기 위해서는 성적과 학벌이 우리 인생에서 어디까지 영향을 미치는지를 제대로 알아야 했다.

서울대학교 국제대학원 이수형 교수는 『대한민국의 학부모님께』에서 학벌과 사회적 성공은 늘 비례하지 않다고 밝혔다. 흔히들 일류 대학을 나와야 좋은 직장을 가질 수 있다고 생각하지만 여기에는 잘못된 오류가 숨어 있다. 좋은 대학을 나왔기 때문에 좋은 직장을 가질 수 있는 것이 아니다. 좋은 대학에 합격할 정도로 지적 능력, 가정환경, 네트워크를 갖췄기에 좋은 직장까지 다닐 수 있었던 것이다. 즉, 대학은 성공의 변수가 아니다.

부모의 불안을 잘 들여다보면 결국 대학입시에 목매는 이유도 좋은 직장을 얻기 위해서다. 좋은 회사에 들어가 잘 먹고 잘 살기 위해서 말이다. 이 사실을 알고 나면 성적에 대한 부담을 조금은 내려놓을 수 있다. 이수형 교수는 자녀 교육의 최종 목표는 대입이 아닌 직업이어야 한다고 강조한다. 아이가 자신의 재능과 주체성을 발휘할 수 있는 직업을 말이다.

내 지인들만 봐도 학벌은 사회적 성공을 보장해 주지 않았다. 좋은 대학에 갔지만 적성이 안 맞아서 이직만 계속 하는 경우도 많았다. 진로를 찾지 못해 방황하다 도피성 대학원에 진학해서 전공과 상관없는 쪽으로 취업한 사람도 있었다.

반면, 대학 간판은 남들보다 달리지만 능력으로 인정받아 대기업에 다니는 사람도 있었다. 자신의 비전이 뚜렷했고 꾸준히 공부해서 그쪽 분야에 인정받은 친구가 있는가 하면, 고졸인데도 또래보다 돈도 훨씬 많이 벌고 즐겁게 일하는 친구도 있었다.

주변 지인들 사례와 전문가의 의견을 종합해 보면 대학은 인생에서 전부가 아니었다. 좋은 대학 간판이 해가 되진 않지만 성공과 만족스러운 삶의 절대 조건은 아니었다. 중요한 것은 자신의 적성을 찾고 그것을 일과 삶에 접목하는 것이다. 그것이 사회적 성공은 물론이고 인생을 즐길 수 있는 비결이었다.

엄마가 되자 불안은 피할 수 없었다. 정답 없는 육아에서 불안은 엄마가 반드시 겪어야 하는 또 다른 진통이었다. 그렇지만 나는 조금씩 불안이라는 감정과 친해지고 있었다. 불안은 나쁜 게 아니었다. 나의 불안 때문에 아이들을 세심하게 관찰하고 알아 갈 수 있었다. 불안이라는 신호에 귀 기울이자, 내가 성장하는 기회도 생겼다. 그렇게 나의 불안은 조금씩 걷혀 갔다. 그러자 불안이 남긴 선물들이 보였다. 바로 나와 아이들 사이의 끈끈한 유대감과 애착이었다.

엄마에게 불안은 선물이다

"불안은 신이 인간에게 준 선물이에요. 걱정과 불안이 있어야 나를 보호하고 대비할 수 있어요."

– 오은영 박사님

불안에 직면하면 새로운 길이 보인다. 내 무의식에 새겨진 불안이 무엇인지 알 수 있고, 나를 둘러싼 문제들의 근본적인 원인도 규명할 수 있다. 내 아이의 성향, 기질도 알 수 있다. 가족의 불안과 성향을 알고 나면 우리 가족이 자주 겪는 문제 패턴도 알 수 있다. 이를 바탕으로 해결책을 찾고 가족의 규칙을 만들어 갈 수 있다. 그러면 가족 간의 사이는 돈독해질 수밖에 없다.

불안은 엄마의 마음과 행동을 움직이는 강한 원동력이다. 불안 덕분에 아이를 더 알려는 계기가 만들어지고, 그 과정에서 엄마 자신에 대해서도 정확히 파악할 수 있다. 불안은 가족에 대해 더 알아 갈 기회다. 그런 의미에서 불안은 엄마에게 내려 준 또 다른 선물이다.

08

스트레스와 스트렝스는 한 끗 차이

스트레스 최고점을 찍다

육아 스트레스 검사에서 스트레스 수치가 99%가 나왔다. 엄마가 받을 수 있는 스트레스 최대치를 받고 있었다. 또다시 일상에서 벗어나기 위해 읽을 책을 찾고 있었다. 그러다 어떤 책 제목이 내 눈길을 잡아끌었다. 『아픔에서 더 배우고 성장한다 – 스트레스를 스트렝스(strength)로 바꾸는 방법』

엄마처럼 스트레스를 힘으로 바꿔야 하는 사람이 또 있을까. 육아하면서 받는 스트레스는 무한이다. 하지만 다 풀기란 불가능에 가깝다. 그런데 이 스트레스를 힘으로 바꿀 수 있다니. 만약 그렇다면 나는 초인적인 힘을 만들 수 있을지도 모른다. 책을 더 읽어 보았다. 에필로그에 쓰인 작가의 말을 몇 번이나 반복해서 읽었다.

"하늘 아래 해결하지 못할 일은 없다. 이 책을 통해 더는 두려운 스트레스가 아니라 설레는 스트레스가 되어 한결 즐거운 일상을 살 수 있게 되길 바란다."

'하늘 아래 해결하지 못할 일'이라 하면 보통 파산, 사기, 생사를 오가는 사고 등을 떠올린다. 누가 봐도 인생을 뒤흔드는 큰 사건이고 가장 힘든 일들. 나에게는 '육아'였다. 세쌍둥이를 키우는 것은 늘 내가 감당할 수 있는 한계를 넘는 일이었다.

사건 · 사고는 늘 동시다발적으로 터졌다. 몇 분 안에 온갖 일들이 터지면 두통이 몰려왔다. 스트레스가 극에 달했을 때는 숨도 잘 안 쉬어졌다. 동화책을 읽는 것도 몇 번이고 숨을 가다듬어야 했다. 아이들 말소리조차 큰 자극이 돼서 귀마개가 없으면 버티기 힘들었다. 남들은 다 하는 육아라지만 내게는 '하늘 아래 해결하지 못할 일'이었다.

그런 나에게 작가의 말은 따뜻한 위로였다. 마치 내 스트레스가 더는 나를 괴롭히지 않길, 아이들과의 일과가 즐거운 일상이 되길 바라는 메시지 같았다. 눈물이 맺혔다. 내일 아침은 오늘보다 조금 더 나아지길, 그런 마음으로 책을 읽어 나갔다.

아무리 힘든 상황에도 긍정적인 면은 반드시 있다

『아픔에서 더 배우고 성장한다』에서 이서원 가족 상담사는 스트레스를 스트렝스로 바꾸는 원리를 다음과 같이 설명한다. 스트레스는 감정이다.

그리고 똑같은 상황이어도 어떻게 상황을 해석하느냐에 따라 느끼는 감정이 다르다. 사건을 부정적으로 생각하면 분노가 일면서 스트레스를 받는다. 반대로 긍정적으로 생각하면 평정심을 유지하면서 상황을 객관적으로 바라볼 수 있다. 스트레스가 줄어드니 마음의 여유를 가지고 더 나은 선택을 할 수 있다.

즉, 육아 스트레스를 스트렝스로 바꾸려면 발상의 전환으로 문제 상황을 다른 관점으로 바라보는 것이 핵심이다. 긍정적으로 바라보는 것도 좋고, 아예 새로운 프레임으로도 보는 것도 좋다.

그런데 발상의 전환은 엄마의 육아 스트레스 감소뿐만 아니라 자녀 교육에도 긍정적인 영향을 미친다. 『아이는 무엇으로 자라는가』의 저자이자 가족 심리학자의 일인자로 불리는 버지니아 사티어의 설명에 의하면 부모의 사고방식은 자녀의 훈육에 중요한 역할을 한다. 부모가 자녀의 문제 행동을 부정적으로 해석하면 문제 행동은 소거의 대상이 된다. 그러나 문제 행동을 다른 관점으로 바라보면 돌발 상황은 학습의 기회가 된다.

예를 들면, 아이들이 사고 칠 때 부모의 반응에 따라 아이의 자존감이 달라진다. 부모가 사고를 처벌 대상으로만 보면 아이는 자존감에 의문을 품게 된다. 자신의 실수에서 비난, 처벌만 받으면 자신을 쓸모없는 존재라고 생각하기 때문이다. 문제를 어떻게 해결해도 아이들에게는 수치심, 상처를 남긴다.

반면 사고를 학습의 기회로 삼으면 자존감이 올라간다. 부모가 배움의 기회로 생각하면 충분한 의사소통으로 잘못을 교정할 수 있기 때문이다.

이런 분위기에서 부모의 가르침은 자연스럽게 학습으로 이어진다.

나는 육아하면서 가장 힘들었던 순간들을 다르게 바라보기로 했다. 갑작스러운 돌발 상황을 배움의 장으로 바꾸기로 한 것이다.

나의 가장 큰 스트레스는 아이들의 싸움이었다. 아이들은 서로의 장난감을 자주 뺏었다. 옳고 그름을 모르고 갖고 싶다는 마음뿐이니 당연했다. 뺏고 뺏기고 울고불고 난리가 났다. 사람의 본능 중 하나가 공격욕이라던데 어린아이들의 싸움을 볼 때마다 그 말이 진짜임을 매번 확인했다.

어차피 매일 싸운다면 차라리 함께 노는 방법을 알려 주기로 했다. 어린이집 선생님이 반 아이들에게 함께 노는 방법을 가르치는 것처럼 말이다. 집에 아이가 셋이니 하나의 학급이라고 생각하는 것도 나쁘지 않을 것 같았다. 나는 '함께 노는 규칙'을 만들어서 아이들이 때마다 가르쳐 주었다. 규칙은 세 가지였다. 장난감 달라고 물어보기, 장난감을 주기 싫으면 '다 놀고 줄게.'라고 말하기, 장난감을 못 놀아도 화내지 말고 기다리기였다.

간단한 규칙이었지만 스트레스는 확실히 줄어들었다. 전에는 아이들 울음소리만 들어도 짜증만 났었다. 그 상황을 어떻게든 벗어나고만 싶었다. 그런데 규칙이 생기고 나니 다투는 상황을 회피하지 않게 되었다. 아이들이 다툴 때마다 가르칠 수 있는 것들을 생각했다. 해결책이 보이니 육아도 조금씩 나아질 거라는 긍정적인 생각도 할 수 있었다.

밥을 먹을 때도 배움의 장으로 적용했다. 14개월 전까지는 내가 아이들 밥을 떠먹였다. 아이들이 너무나 작게 태어나서 밥이라도 많이 먹이고 싶은 마음에서였다. 하지만 매일 세끼를 다 떠먹이는 건 보통 일이 아니었다. 하루에 숟가락질만 100을 넘게 해야 했다.

그래서 이번에도 전략을 바꿨다. 어차피 내가 힘들어서 못 먹인다면 자기 주도로 먹이기로 말이다. 영국 육아 전문가 질 래플리는 2015 발표한 육아 논문에서 아기는 스스로 밥을 먹으면서 고도의 뇌를 쓴다고 밝혔다. 웩슬러 지능검사에서 상위 2%의 자녀를 둔 최은아 선생님은『자발적 방관 육아』에서 자녀의 학습 비결을 자기 주도 이유식으로 꼽기도 했다.

하지만 자기 주도 이유식은 너무나 힘들었다. 부엌은 순식간에 초토화가 되었고 먹는 것보다 흘리는 게 많았다. 그래도 아이들이 스스로 밥을 먹는 것을 배운다고 생각으로 꾸준히 시도 했다.

힘든 순간마다 무언가를 계속 가르치려고 노력했다. 그러자 아이들이 변하기 시작했다. 뻭고 울기만 했던 아이들이 스스로 규칙을 지키면서 놀기 시작했다. 규칙이 있다는 것을 아니 무작정 떼쓰는 것도 줄었다. 밥도 스스로 잘 먹는다. 이제는 하이체어나 의자가 없어도 제자리에 앉아서 잘 먹는다. 맨바닥이어도 식탁만 있으면 돌아다니지 않고 혼자 밥을 먹는다.

'피할 수 없다면 즐겨라.'라는 말은 고리타분하고 꼰대스러운 말이다. 그러나 육아 스트레스를 직격탄으로 맞으면서 이 말이 옳다는 걸 인정할 수밖에 없었다. 만약 내가 모든 상황에서 불평만 했다면 이런 경험은 하지 못했을 것이다.

엄마의 생각이 바뀌면 육아 스트레스가 스트렝스로 바뀐다

일본의 정신과 의사가 쓴 『정신과 의사 TOMY가 알려주는 1초 만에 고민이 사라지는 말』이라는 책이 있다. 제목에서 풍기는 뉘앙스가 마치 고민을 없애는 어떤 비책이라도 알려 줄 것 같은 느낌이다.

그러나 고민이 사라지는 비법은 간단했다. '고민 해결'에 초점을 두지 않고 '고민에 대한 발상' 자체를 바꾸는 것이었다. 앞서 이서원 상담사의 말과 비슷하다. '고민 해결'에 초점을 두면 꼭 해결해야 한다는 생각에 심적 부담이 생기고 해결도 늦춰진다. 그 대신 고민에 대한 관점을 바꾸면 생각보다 문제가 쉽게 풀린다.

육아도 마찬가지다. 엄마가 문제를 바라보는 생각만 달리하면 어떤 상황에서도 긍정의 면을 찾을 수 있다. 긍정의 부분을 찾을 수 있다면 해결책도 모색할 수 있다.

아이들이 또 사고를 치는가? 그렇다면 '또 사고 치네!'가 아니라 '무엇을 몰라서 저런 행동을 하는 걸까?' 생각해 보자. 아이에게 무엇을 가르쳐야 하는지가 보일 것이다. 그러면 어느새 엄마의 분노 에너지는 아이에게 무엇을 가르치려는 긍정적인 에너지로 전환되어 있을 것이다. 아이들이 사고를 안 쳤으면 좋겠다는 고민도 어느 순간에 사라져 있을 것이다.

사람은 스트레스에 직면했을 때 나타나는 반응에 따라 크게 두 가지 유형으로 나뉜다. 자신의 상황을 불평만 하고 스트레스에서 더 스트레스를 받는 사람. 혹은 스트레스를 기회로 이용해 더 큰 사람으로 성장하는 사람. 아마 대부분의 엄마라면 후자가 되길 바랄 것이다.

육아가 너무 힘들다면 힘든 상황을 새로운 관점으로 바라보자. 생각과 시선을 달리하면 스트레스를 스트렝스로 바꿀 방법은 무궁무진해진다. 이 사실을 알고 나면 엄마에게는 이전에는 몰랐던 새로운 육아가 펼쳐질 것이다.

"인생의 10%는 당신이 경험하는 것이고 90%는 그것에 대한 반응이다."

– 익명

09

연년생, 쌍둥이 아니라고요

아이가 평균을 벗어나면 엄마는 불안하다

"누나에 아들 쌍둥이구나. 연년생 같은데 엄마가 힘들겠어. 큰딸이 엄마 잘 도와줘야겠네.

"아, 아녜요. 얘네들 세쌍둥이예요."

"정말? 세쌍둥이는 처음 보네! 여자애가 커서 연년생인 줄 알았지."

두 돌 되기 전부터 아이들은 연년생, 쌍둥이로 오해를 많이 받았다. 체격이 가장 큰 첫째를 큰딸로, 그보다 작은 둘째, 셋째를 쌍둥이 동생으로 본 것이다. 실제로 영유아 건강검진을 받으면 또래를 기준으로 몸무게가 첫째는 90%, 둘째는 50%, 셋째는 늘 20% 아래였다. 첫째, 셋째를 나란히 세우면 같은 개월 수의 아이로 보이지 않았다. 거기다 세쌍둥이가 흔한 것도 아니었다. 사람들은 '설마 세쌍둥이겠어?'라는 생각으로 아이들을 연년생, 쌍둥이로 보았다.

나는 그런 오해를 받을 때마다 속상했다. 또래보다 한참 작은 셋째가 맘에 걸렸기 때문이다. '왜 셋째만 크지 않는 걸까? 다른 아이들은 잘 크는데 왜 셋째만 작은 걸까? 내가 잘못 키우는 걸까?' 이런저런 생각이 들면서 점점 불안해졌다.

내 아이가 평균에서 벗어나면, 특히 평균 이하라면 엄마는 불안해진다. 다른 아이보다 뒤처진다는 생각에 온갖 걱정이 밀려온다. 그래서 나는 셋째를 '평균 범주'에 넣기 위해 아이와 씨름했다.

셋째의 까다로운 입맛에 맞춰 반찬을 준비하는 것은 기본이었다. 1시간 넘게 붙잡아 먹여도 보고 엄하게도 해 보고 살살 달래도 보았다. 그러나 아무리 애써도 셋째가 거부하면 더는 먹일 방도가 없었다. 그렇게 셋째는 늘 또래보다 작았다.

나는 내 마음을 몰라 주는 셋째가 야속했다. 정성껏 준비한 반찬을 뱉으면 속이 상했다. 첫째, 둘째를 가리키며 저렇게 먹어야 한다고 나무라기도 했다. 키즈 카페나 길거리에서 또래 큰 아이와 속으로 비교하기도 했다. 엄마로서 못난 짓을 참 많이도 했었다. 결국, 나는 대학병원 정기진료에서 교수님께 쓴소리를 듣고 말았다.

"아이들 모두 잘 크고 있네요. 다음 진료 때 이어서 보도록 할게요."

"네. 그런데 교수님, 첫째, 둘째는 잘 먹는데 셋째가 안 먹어서 걱정이에요. 셋째가 몸무게도 안 늘고요. 괜찮은 걸까요?"

"아이들 비교하지 마세요. 셋째는 아주 잘 크고 있습니다. 첫째도 둘째도 잘 크고 있어요. 첫째는 첫째, 둘째는 둘째, 셋째는 셋째예요. 비교하지 마세요."

내 말을 듣자마자 교수님은 정색했다. 어떻게 엄마가 아이를 못 믿냐는 표정이었다. 나를 나무라는 교수님의 말과 표정에서 정신이 퍼뜩 들었다.

교수님은 아이들이 '신생아집중치료실'에 입원했을 때부터 지금까지 봐 주신 분이다. 2kg도 안 되는 아이들이 2ml, 5ml씩 조금씩 먹는 연습을 하는 것도, 수유와 호흡을 동시에 하지 못해 숨 쉬는 연습을 하는 것도 교수님은 모두 지켜봤다. 교수님 말은 틀린 말이 없었다. 아이들은 자기만의 속도로 열심히 자라고 있었다.

그러나 나는 아이들을 못 믿는 엄마였다. 특히 셋째에게 가혹했다. 셋째가 꾸역꾸역 밥 먹으려고 노력해도 나는 그저 답답해하기만 했다. 다 먹지 못해서 셋째가 기죽었을 때도 나무라기만 했다. 셋째의 마음보다는 밥 먹는 양만 확인하기 바빴다. 셋째는 얼마나 속상했을까.

불안한 엄마는 아이를 평가한다

돌이켜 보니 셋째뿐만이 아니었다. 내 성에 차지 않으면 첫째, 둘째에게도 화살이 돌아갔다. 특히 아이들의 발달에 대해서는 예민하게 반응했다. 미숙아로 태어나서 갑상샘저하증까지 있었으니 혹시나 발달에 문제가 생기면 어쩌나 하는 걱정에서였다.

돌 이후부터는 언어 발달이 큰 걱정거리였다. 아이들에게 발화를 강요하진 않았지만 나 혼자서 말하는 단어 개수를 세보는 게 일상이었다. 혹시 나 발화 개수가 적은 아이가 있으면 그 아이에게로 온갖 신경이 쏠리면서 불안해했다.

그러나 언어 전문가들은 발화가 부족하다고 무조건 문제 삼지 않는다. 언어는 수용언어, 표현언어 순서로 발달하기 때문이다. 말을 잘하려면 일단 타인의 말을 잘 이해할 수 있어야 한다. 수용언어가 튼튼해야 표현 언어도 자라는 것이다. 말이 늦다고 걱정하는 엄마들에게 전문가들이 수용언어가 괜찮으니 기다려 보라고 하는 것도 같은 이유에서다. 아이가 말귀는 알아듣지만 발화가 적다면 부모는 아이를 믿고 기다려야 한다.

문제는 언어 발달이 티가 나지 않는다는 것이다. 가시적인 변화가 없는데도 아이의 언어 발달이 잘되고 있다고 믿기란 쉽지 않다. 그래서 나는 개월 수에 비해 말할 수 있는 단어 개수가 조금이라도 적으면 초조해했다. 아이들에게 뭐라는 못 하겠고 혼자 끙끙 앓았다. 그러다가 발화를 터지고 나서야 뒤늦게 긴장을 풀었다.

부끄럽게도 나는 내 눈에 보이고 확실한 것만 믿는 사람이었다. 보이지 않는 것을 믿는 힘이 없었다. 식판에 밥이 비워져야 잘 먹었으니 잘 클 거라고 생각했다. 아이들이 말할 수 있는 단어 개수가 늘어나야 앞으로도 말을 잘할 수 있을 거라고 안심했다. 아이들이 정해진 기준이나 평균치에 들어와야 마음이 놓였다. 나는 아이들을 믿지 못했다. 대신 아이들을 평가하고 있었다.

부모가 믿을 때 아이는 자신의 결대로 자란다

부모-자녀 관계가 다른 사람과의 관계와 다른 점은 무조건적인 믿음이다. 그 믿음에 부모가 자녀에게 줄 수 있는 사랑이 담겨 있다. 자녀는 부모의 사랑을 자양분 삼아 자신의 인생을 당당하게 살아간다. 그래서 자식을 믿는 건 밥을 챙겨 먹이는 것만큼 중요하다.

하지만 무조건적인 믿음을 위해서는 엄청난 인내와 고통을 감내해야 한다. 내 아이가 뒤처진다거나, 부모의 기대와 어긋날 때도 신뢰를 보이기란 쉽지 않다. 냉정한 사회에서 자식이 살길 바라는 마음에는 항상 불안, 걱정이 동반되니까 말이다. 그렇기에 자녀를 믿음 하나로만 키운 이규천의 방목 육아 이야기는 더 특별하게 다가온다.

이규천은 두 딸을 사교육 하나 없이 엘리트로 키웠다. 작은딸 이소은은 〈작별〉, 〈오래오래〉로 활동한 유명 가수다. 이소은은 돌연 미국 로스쿨로 유학을 가서 뉴욕 로펌 변호사가 되었고 현재는 국제상업회의소 국제중재법원 뉴욕지부 부의장으로 활동하고 있다. 큰딸 이소연은 줄리아드음대에서 8년간 전액 장학금을 받고 여러 콩쿠르에서 수상을 했다. 현재 그녀는 세계적인 피아니스트이자 신시내티음대 종신교수로 활동하고 있다.

이규천은 딸들에게 특별한 것은 하지 않았다. 오직 두 자매에게 무한한 믿음을 주었을 뿐이다. 작은딸이 미국 초등학교에 다닐 때 영어를 몰라서 자폐 수준의 침묵을 보였을 때도 그는 믿고 기다렸다. 큰딸이 피아니스트로 진로를 결정할 때 고단한 길과 부족한 뒷바라지를 걱정했지만 딸의 재능과 열정을 믿고 응원했다.

그는 자신의 교육 철학을 '방목'이라고 말한다. 아이에 대해 무조건적인 믿음, 아이의 결에 따라 사랑하고 통제하지 않는 지혜. 아이가 어려움을 겪더라도 스스로 이겨 내고 자신만의 길을 찾아갈 때까지 묵묵히 기다리는 인내. 이것이 바로 그가 말하는 '방목 철학'이다.

이규천의 방목 철학은 자녀의 사회적 성공에 의미를 두지 않는다. 자녀가 건강한 자존감으로 자신만의 인생을 개척하는 것을 더 중요하게 여긴다. 분명 그는 딸들이 어떠한 삶을 살아도 지지하고 무한한 신뢰를 보였을 것이다. 그리고 두 자매는 그런 부모님의 믿음에 따라 자신만의 행복한 인생을 펼치며 살아가고 있다.

미국 심리학자 찰스 쿨리라의 거울 자아 이론은 이규천의 방목 교육 철학에 힘을 싣는다. 거울 자아 이론에 의하면 인간의 자아는 타인의 관계에 큰 영향을 받는다. 태어나면서 주변 사람들과의 관계를 맺으면서 그 관계에 따라 자신의 자아를 만든다. 타인의 평가로 자신이 어떤 사람인지를 만들어 가는 것이다.

자녀에게 부모는 '무조건 옳은 존재'다. 그렇기에 부모의 태도는 아이의 자아상에 절대적이다. 부모가 자녀에게 믿음을 가지고 대하면 자녀는 긍정적인 자아상이 만들어진다. 반대로 부정적 평가, 학대, 차별을 받으면 부정적 자아상을 가지게 된다. 아이는 부모의 태도로 자신에 대한 자아상을 만든다. 실수해도 '괜찮아.'라는 말을 들으면 스스로가 작은 실수를 해도 크게 기억에 남지 않는다. 그러나 '왜 이렇게 말을 안 들어.'라는 말을 많이 들은 아이는 작은 실수에도 위축될 수밖에 없다.

불안을 버리고 아이들의 속도를 따라가자 아이들의 진짜 모습이 보였다. 세쌍둥이가 아닌 세 명의 아이가 보인 것이다. 첫째, 둘째, 셋째는 각자 지닌 외모, 성격, 매력이 있었다. 아이들이 세쌍둥이로 보이는지, 쌍둥이, 연년생으로 보이는지는 전혀 중요치 않았다. 정말 중요한 것은 세 아이가 저마다의 속도와 성향대로 자라야 한다는 것이었다.

아이는 각자의 결대로 자라야 한다. 이를 위해서 부모가 해야 할 것은 아이들을 믿는 것이다. 부모의 잣대로 아이를 평가하지 말자. 아이는 그 자체로 눈부신 존재다

"어떤 것을 보려면 먼저 믿어야 한다." – 랄프 호드슨

4장

살아 있는 것만으로도 감사하다

01

감사하면 세상이 경이로워진다

엄마는 감사하기 힘들다

샬롯: 둘째가 하루 종일 울어, 그것도 매일매일. 정말 미칠 것 같아. 애들이 너무 울 때면 다른 방에 문 닫고 들어가 버린 적도 있어. 정말 끔찍하지?

미란다: 아냐, 너도 살아야지.

샬롯: 나는 늘 죄책감을 느껴. 내 가정을 이루길 바랐고 너무 예쁜 딸들이 있는데, 지금은 두 딸 때문에 미치겠어!

영화배우 캐리 브래드쇼 주연의 〈섹스 앤 더 시티〉에서 육아에 지친 샬롯은 울부짖는다. 그녀에게는 중국에서 입양한 첫째 딸과 배 아파 낳은 둘째 딸이 있다. 난임으로 아이를 가질 수 없게 되자 첫째를 입양했는데 이후로 기적처럼 둘째가 찾아온 것이었다. 샬롯은 늘 단란한 가정을 꾸리길 간절히 원했다. 그래서 둘째 임신 소식을 알았을 때 눈물을 흘리며 기뻐했었다. 자신에게 행복한 엄마의 삶이 펼쳐질 거라고 말이다. 그러나 두 딸의 엄마가 된 샬롯은 전혀 행복하지 않았다.

모두의 축복 속에서 태어난 둘째는 예민한 아기였다. 둘째는 샬롯 옆에서 떨어질 줄을 모르고 온종일 울었다. 샬롯은 어린 둘째를 매일 안고 어르고 달래야 했다. 동생 때문에 소외감을 느끼는 첫째도 함께 돌봐야 했다. 결국 지칠 대로 지친 샬롯은 친구 미란다에게 울면서 하소연을 했다.

결혼도 안 한 처녀였을 때, 이 장면을 보고 나는 샬롯이 배부른 소리를 한다고 생각했다. 자신이 원하던 것을 다 가졌으면서도 힘들다고 불평하는 것처럼 보였다. 그러나 엄마가 된 지금 나는 샬롯의 마음을 천번 만번 이해할 수 있다. 아이를 너무 사랑하지만 아이 때문에 미칠 것 같은 마음을 잘 알기 때문이다.

샬롯도 나도 처음부터 육아가 싫었던 것은 아니었다. 샬롯은 막 태어난 둘째를 품에 안을 때는 너무 기뻐서 어쩔 줄 몰라 했다. 나도 제왕절개 수술을 마치고 회복실에 누워 있으면서 내 뱃속에서 태어난 생명들의 경이로움과 엄마의 책임을 한껏 느꼈었다. 힘들게 만난 아이들인 만큼 온 마음을 다해 키우겠노라 다짐했었다.

하지만 현실 육아를 하면서 초심을 유지하는 것은 불가능했다. 매일이 아수라장이었다. 부엌 싱크대에는 설거짓거리가 쌓여 있고, 거실은 늘 난장판이었다. 그 와중에 아이들은 나의 상전이었다. 배고프면 밥을 차려 줘야 했고, 더러우면 씻겨 줘야 했고, 짜증을 부리면 달래 줘야 했다. 아이들은 틈만 나면 사고를 쳤고 뒤처리도 늘 내 몫이었다. 아이들과 함께할 수 있기에 감사해야 하는 일상이었지만 도무지 감사한 마음이 들지 않았다.

나는 죄책감에 빠졌다. 왜 아이들이 건강하게 자라는데도 기쁘지 않은 걸까. 나는 바라는 것을 다 이뤘는데도 화가 나는 걸까. 그런 내 모습은 영화 속 샬롯과 다를 게 없었다.

엄마들이 감사하기 힘든 것은 어쩔 수 없는 일이다. 출산과 육아는 행복의 감정을 촉진하는 세로토닌을 감소시킨다. 세로토닌의 결핍은 감정이 불안정하게 만들고 짜증과 우울감으로 이어진다. 게다가 엎친 데 덮친 격으로 엄마들은 육아와 집안일까지 멀티로 해야 한다. 멀티플레이는 뇌의 워킹 메모리를 급격히 소모하는 일이다. 워킹 메모리가 부족해지면 예상치 못한 일에 화가 나게 되고 스트레스는 눈덩이처럼 늘어난다.

속이 문드러지는 육아에서 감사할 수 있는 사람은 스님이나 수녀님 같은 독실한 종교인뿐이다. 나는 감사함의 미덕이 없어서 될 대로 되라는 식으로 하루하루를 보냈다. 그런데 이런 내게도 어느 날 감사함의 기적이 찾아왔다.

살아 있다는 감각을 느낄 때 감사함이 시작된다

박완서 작가의 참척 에세이, 『한 말씀만 하소서』를 읽었을 때의 일이다. 자식 잃은 부모 마음은 너무나 고통스러워서 표현할 말이 없다. 그런데 유명한 박완서 작가가 아들을 먼저 보내고 자신의 괴로운 심경을 글로 썼다고 해서 호기심에 읽은 책이었다.

책에는 갑작스럽게 아들을 떠나보내야 했던 작가의 구구절절한 심정이 적혀 있었다. 아들에 대한 절절한 그리움, 자식은 떠났는데도 밥을 먹고 잠을 자는 자신에 대한 혐오, 세상과 종교를 향한 배신감과 분노가 가득했다.

책을 읽는 며칠 동안 내 감정은 자식 잃은 고통에 집중되어 있었다. 보지 못할 것을 알면서도 그리워할 수밖에 없는 심정이 어떨지. 매일 아침 눈 떴을 때, 아들 없이 또 살아야 하는 현실이 얼마나 잔인한지를 말이다. 그러면서 나도 모르게 슬픈 감정이 익숙해지고 있었다. 그러자 어느 순간 우리 가족이 살아 있다는 현실이 마치 어떠한 감각이 느껴지는 것처럼 와닿았다.

『한 말씀만 하소서』를 반쯤 읽었던 날, 첫째가 배변 훈련 중에 변기로 장난을 쳤다. 하라는 쉬는 안 하고 자꾸 변기에 손발을 넣었다. 좋게 타일렀지만 첫째는 여전히 장난을 쳤다. 참다 참다 첫째에게 화를 내려는데 갑자기 이런 생각이 스쳤다.

'만약 오늘이 첫째의 마지막 날이라면, 이 순간이 첫째와 마지막이 되는 건가?' 찰나의 생각이었지만 흘려보내지 못했다. 나쁜 상상은 꼬리를 물고 순식간에 커져 버렸다. 첫째에 이어 둘째, 셋째까지 밥 먹고, 함께 노는 모든 것을 마지막이라고 상상했다. 첫째와 얼굴을 마주한 채 떠오른 끔찍한 생각들이었다. 책을 읽으면서 느꼈던 슬픈 감정들이 되살아났다. 첫째는 그런 나를 어리둥절한 얼굴로 쳐다보고 있었다. 그런 첫째를 보니 변기에 손 좀 넣었다고 화낸 내가 우스웠다. 변기 그깟 게 뭐라고 애한테 화를 냈던 걸까.

끔찍한 상상을 하고 나니 새삼스럽게 아이들이 건강하게 자라고 있다는 것에 감사함을 느꼈다. 감정이 달라지자, 행동도 달라졌다. 그날은 평소보다 아이들을 많이 안았다. 화도 별로 나지 않았다. 신경이 예민해져도 아이들을 보며 웃을 수 있었다. 나에게도 이런 면이 있었다니, 나 자신도 놀랐다.

『소망을 이루어주는 감사의 힘』의 저자이자 정신 치료 전문가 닐르 C. 넬슨은 감사함을 느끼려면 먼저 '살아 있다는 것'에 감사해야 한다고 말한다. 지금 살아 있다는 당연한 것에 감사함을 느낄 때 나를 둘러싼 모든 것들이 얼마나 귀중한지를 깨달을 수 있다.

살아 있다는 것에 집중하면 내가 살아 있어서 누릴 수 있는 것들이 보이기 시작한다. 내게 주어진 시간, 사랑하는 사람들과의 추억 등 말이다. 또한, 지금 살아 있도록 도움을 준 것들도 보이기 시작한다. 음식, 물, 공기 등 그 대상은 무궁무진하다. 내가 지금 살아 있다는 감각을 느끼게 되면 너무나 당연했던 것들에게서 이전에는 몰랐던 가치가 보인다.

내가 첫째와 변기로 실랑이하다가 감사의 힘을 느꼈던 것도 같은 맥락이었다. 아이들이 내 곁에 있다는 것과 죽음에 대한 두려움을 느끼자 사사로운 것들은 신경 쓰이지 않았다. 평소라면 거슬렸을 행동에도 화가 나지 않았다. 아이들이 지금 내 곁에 있는데 그게 무슨 대수인가 싶기도 했고, 그런 일에 내 에너지를 낭비하고 싶지도 않았다.

감사하면 육아가 수월해진다

뇔르 C. 넬슨은 감사에 대한 힘을 다음과 같이 정리했다. 그런데 아래 열거한 효과를 육아에 적용해 보면 감사만큼 엄마에게 필요한 것도 없다는 것을 알 수 있다.

- 스트레스를 완화해 건강을 증진하고, 면역계를 강화한다.
- 가정, 직업에 대한 만족감과 기쁨을 증가시킨다.
- 원하는 인간관계를 끌어들이고 사랑이 넘치도록 하고, 갈등을 해소한다.
- 감사는 자신감을 높이고, 변화나 위기에 대한 대처 능력을 증진시킨다.

감사는 엄마의 스트레스를 줄여 준다. 남편과 아이, 부모님과의 관계도 돈독해진다. 엄마 스스로 자신에 대한 만족감이 높아진다. 감사는 육아에 지친 엄마의 짐을 한껏 덜어 준다.

감사함으로 육아하는 엄마가 일본에도 있다. 『그러니까 당신도 살아』에세이로 잘 알려진 일본 변호사 오히라 미쓰요다. 한때 그녀의 인생은 밑바닥 그 자체였다. 중학생 때 할복자살을 시도하고, 야쿠자와 결혼까지 한다. 이혼 후에는 호스티스에서 일을 했지만 여전히 죽지 못해 사는 인생이었다. 다행히 방황 끝에 유명 변호사가 되었고 지금의 남편과 결혼까지 해서 딸도 낳았지만 안타깝게도 딸은 다운증후군이었다.

삶의 방황을 끝내고 가정을 꾸렸다는 기쁨도 잠시, 다운증후군 딸을 보며 오히라는 어떤 심정이었을까? 놀랍게도 그녀는 다운증후군 딸을 보며 득 보는 기분이라고 말한다. 남들은 아이가 가장 예쁜 어린 시절을 몇 년밖에 못 보내는데 자기 딸은 열 살이 되어도 귀여울 것 같다고 말이다.

오히라는 엄마가 감사하면 육아가 어떻게 달라지는지를 가장 잘 보여 주는 사람이다. 그녀는 딸을 낳고 쓴 두 번째 에세이 『오늘을 산다』에서 장애 부모의 녹록지 않은 삶을 보여 준다. 아이의 힘든 재활은 물론이고 장애 차별도 견뎌야 했다. 큰 병원도 자주 가야 해서 평범한 일상도 누리기 힘들었다. 그러나 이렇게 힘든 육아에서도 오히라는 여전히 강한 엄마였다. 그리고 그녀의 강인한 힘은 딸이 살아 있다는 것에 대한 감사함에서 비롯된 것이었다.

오히라는 딸이 태어난 순간부터 죽을 고비를 여러 번 넘겼다는 사실을 잊지 않았다. 폐고혈압증, 심장병, 백혈병 등 고통스럽고 급박한 순간들이 많았지만 어린 딸은 모두 이겨 냈다. 그 힘든 시간을 견디면서 오히라는 가족이 함께 지낼 수 있다는 것이 얼마나 큰 축복인지를 깨달았다. 그녀의 이런 마음은 『오늘도 산다』라는 책 제목에서도 잘 나타난다.

감사함은 엄마를 변화시킨다

법륜스님은 아침에 눈 떴을 때 오늘도 살았다는 것에 기뻐할 수 있다면 인생의 고민은 다 해결된다고 했다. 이 말처럼 나는 힘든 순간이 올 때마다 '살아 있다는 것'에 집중했다.

아이들이 속을 썩이면 인큐베이터에 온갖 장치를 달고 있던 모습을 떠올렸다. 남편과 싸울 때면 출근한 아빠가 보고 싶다고 닭똥 같은 눈물을 흘리는 아이들을 떠올렸다. 10년 뒤 우리 가족은 어떤 모습일지 생각하면서 지금 부모님이 건강히 계신다는 것을 감사히 여겼다.

처음에는 정말 어색했다. 종교가 있는 사람들을 보면 감사가 익숙하던데 나는 딱히 종교도 없었다. 그러나 감사함이 익숙해지면서 나를 비롯해 소중한 사람들이 살아 있다는 것은 엄청난 행운임을 깨달았다. 우리 다섯 가족이 함께 살아 있고 같은 집에서 함께 살 수 있으며 부모님들이 건강하다는 것은 축복 중에서도 최고의 축복이었다.

엄마일수록 감사함이 필요하다. 작은 것에 감사함이 솟아날 때 부모로서 누릴 수 있는 기쁨은 무궁무진해진다. 이것을 깨닫자, 세쌍둥이 육아는 진정한 행복이 무엇인지를 하나씩 찾아가는 여정으로 바뀌었다.

"가장 헤아리기 힘든 셈은 우리에게 주어진 축복을 헤아리는 것이다."

– 에릭 호퍼

02

행복하기로 결심하다

세쌍둥이는 축복일까? 시련일까?

"어머, 세쌍둥이구나! 아이고, 예뻐라. 엄마가 축복받았네. 큰 축복 받았어."

두 돌 전이었을 때, 아이들이 4인용 웨건에 타 있는 모습은 늘 사람들의 이목을 끌었다. 길거리에서 이런저런 관심을 받다 보니 사람들로부터 덕담도 많이 받았다. 특히 나이 지긋한 할머니들은 내게 '축복받은 엄마'라는 말을 많이 했다. 이렇게 예쁜 아기들을 한 번에 얻었다는 것이 축복의 이유였다.

하지만 나는 축복이란 말이 전혀 와닿지 않았다. 세 아이를 한꺼번에 키우느라 내 속은 이미 만신창이었다. 할머니들은 세쌍둥이 울음소리에 한 시간 넘게 시달려 본 적이 없는 것이 분명했다. 그러니 축복이란 말도 쉽게 할 수 있는 것이리라. 나는 겉으로는 웃으면서 속으로 다른 생각을 했다.

그러나 말의 힘은 생각보다 강했다. 육아로 지쳐 있을 때마다 축복이란 말을 들으니, 생각이 조금씩 달라졌다. 우는 아이들을 달래지 못해서 산책하러 나가도 할머니들은 내게 축복받았다고 말했다. 좀비 같은 몰골로 커피를 주문하면 카페 사장님은 내가 세쌍둥이 엄마라서 부럽다고 했다. 어느 순간부터 나는 이 힘든 육아가 정말 축복이 될 수 있는지 진지하게 생각하기 시작했다.

'나는 정말 축복받은 엄마인 걸까? 애 셋 낳은 엄마에게 애국자라고는 하지만 축복이란 말은 안 하잖아. 세쌍둥이 육아라서 정말 축복인 걸까?'

할머니나 나이 든 아주머니만 축복이라고 하는 것도 의문이었다. 젊은 엄마들은 내게 축복이란 말을 하지 않는다. '엄마가 힘들겠네.'라며 걱정을 하는 경우가 대부분이었다.

물론 젊은 엄마들과 할머니들의 육아에 대한 생각이 다를 수밖에 없다. 당장 아이를 키워야 하는 애 엄마와 자식을 다 키운 할머니가 어떻게 같을 수 있을까. 그럼에도 삶을 오랫동안 살아 본 어른들이 축복이라고 말하는 데는 이유가 있을 것 같았다. 어쩌면 내가 놓치는 육아의 기쁨을 할머니들이 알려 주는 건지도 모르는 일이었다.

나 또한 진심으로 세쌍둥이 육아가 축복이길 바랐다. 나는 육아 때문에 미치기 일보 직전이었다. 내 하루는 짜증과 분노로 얼룩져 있었다. 그러나 아이들은 너무나도 소중했다. 나도 마음의 여유를 가지고 아이들과 행복한 일상을 보내고 싶었다.

모든 것을 놓아 버리고 싶었지만 그럴 수 없어서 미칠 것 같을 때 나는 세쌍둥이 육아가 축복인 이유를 찾기로 했다. 그렇게라도 하지 않으면 내가 못 버틸 것 같았다. 나는 절박한 마음으로 세 아이를 키우고 먹이고 재우는 일이 왜 축복인지를 찾아보기 시작했다.

행복은 실제 일어난 일보다 그 일을 바라보는 관점에 달려 있다

"사람이 행복해지려면 '행복해야 할 이유'가 있어야 한다. 그리고 일단 그 이유를 찾으면 인간은 저절로 행복해진다.

─『죽음의 수용소에서』 중에서

모든 것이 벼랑 끝에 몰린 것처럼 느껴졌을 때 빅터 프랭클의 『죽음의 수용소에서』를 읽었다. 이 책은 그가 나치 수용소에서 살아남은 생존에 대한 기록이다. 그가 지옥 같은 수용소에서 목숨을 걸고 깨달은 것은 인간은 어떤 상황에서도 행복할 수 있다는 사실이었다.

인간은 매 순간 의미를 부여하는 존재다. 우리가 찾는 행복은 우리가 어떤 의미를 부여하고 실현하느냐에 달렸다. 내 삶에서 행복의 이유를 찾으면 고통과 고난은 불행으로 다가오지 않는다. 삶의 이유만 찾는다면 행복해지는 방법은 지천으로 널려 있는 것이다. 그러나 삶의 이유가 없다면 행복 또한 찾을 수 없다. 이것은 오늘날 전 세계인들이 모두 불행한 이유이기도 하다.

나는 부정적인 상황을 긍정적으로 바라보는 것부터 시작했다. 힘든 순간에서 긍정의 이유를 찾으려면 자신에게 반문하는 것이 도움된다. 나는 인내심이 한계에 달할 때마다 이렇게 생각했다. 이것도 축복일까? 이 힘든 순간도 행복일까?

유독 힘든 날이 있다. 그런 날은 뭔가가 계속 어그러진다. 아이들은 계속 울고 나는 미칠 것 같다. 이것도 축복인 걸까? 시간이 흐르면 내가 이 순간을 그리워할까?

아이들 모두 장염에 걸렸다. 자는 중에도 아이들의 토사물을 얼굴로 받아야 했다. 빨래 양을 따라잡을 수 없어서 옷장에 있는 다른 계절 옷까지 꺼내 입혔다. 이것도 행복한 순간일까? 이 순간에도 행복이 있다면 그것은 무엇일까?

좋은 물건을 찾으려면 직접 발품 팔아 두 발로 찾아다녀야 한다. 행복도 마찬가지였다. 내가 행복한 엄마가 되기 위해서는 직접 행복을 찾기 위한 노력과 수고를 감내해야 했다.

하지만 행복의 이유를 찾기는 쉽지 않았다. 스트레스를 줄이려고 다양한 시도를 해 보았고, 육아 공부도 열심히 했다. 내 마음의 평온을 유지하기 위해 책도 많이 읽었다. 좋은 글귀를 포스트잇에 적어 매일 읽었다. 그러나 이런 노력에도 행복이 무언지를 알 수가 없었다. 그러다 우연히 알게 된 외국의 한 아빠의 사연을 통해 내 행복의 진짜 이유를 찾았다.

외국에서 한 부부가 친자 확인을 위해 법정에 섰다. 남편은 아내의 외도를 의심하고 친자 확인을 의뢰했다. 딸의 혈액형이 자신과 아내 사이에서 나올 수 없는 것이기 때문이다. 남편은 딸이 친자이기를 간절히 바랐다. 그에게 딸은 삶 전부였다. 그는 유전자 검사 결과를 앞두고 극도로 긴장했다. 너무 떨어서 말도 제대로 못 할 정도였다. 하지만 검사 결과, 딸은 친자가 아니었다. 이 끔찍한 사실에 그는 무너져 내렸다. 그리고 힘겹게 말을 꺼냈다.

"상관없어요…. 저는 언제까지나 아빠의 역할을 다할 겁니다. 딸이 '압빠~'라고 부른 그 순간부터 딸과 함께 보낸 시간을 그 무엇과도 바꿀 수 없어요."

하지만 비극은 이것이 끝이 아니었다. 둘째 아들마저도 친자가 아니었다. 재판장은 무책임한 아내를 질책했다. 그리고 눈물을 흘리는 남편에게 위로의 말을 건넸지만 무슨 소용이 있을까. 재판장의 마지막 조정으로 재판은 끝이 났다.

남편이 처한 상황은 누가 봐도 끔찍했다. 아내에게 배신당하고 아이들은 친자가 아니었다. 이런 상황에서 그는 어떤 선택을 했을까? 놀랍게도 그는 아내와 헤어지고 두 아이를 친자식처럼 키우고 있었다. 혼자 키우느라 경제적인 어려움도 있지만 그 또한 잘 헤쳐 나가고 있었다. 아이들과 찍은 사진 속에서 그는 매우 행복한 모습이었다.

힘든 현실에서도 그가 웃을 수 있는 이유는 무엇일까? 어쩌면 그가 결심한 마음에 있지 않을까? 피 한 방울 섞이지 않았지만 아이들을 너무 사랑해서 아빠가 되겠다고 한 결심 말이다. 그는 딸이 처음 '압빠'라고 말한 순간을 평생 기억할 것이다. 어린 둘째 아들과 함께했던 순간들도 잊지 못할 것이다. 그래서 그는 아빠가 되기로 결심했고 이것이 그의 행복의 이유였으리라.

행복하기로 결심하면 행복해진다

나는 외국의 아빠가 행복하다고 믿는다. 왜냐하면, 마음은 몸의 고통을 이기는 힘이 있기 때문이다. 중국의 한 심리학자의 말에 따르면 삶의 고통은 신체적 고통, 정신적 고통이 있는데 이 두 가지는 서로 밀접하게 연결되어 있다. 몸이 고통스러우면 마음이 고통스럽고, 마음이 고통스러우면 몸이 고통스러운 것이다.

만약 삶의 기쁨을 느끼고 싶다면 몸의 고통을 다스리거나, 마음의 고통을 다스리면 된다. 의사나 몸에 정통한 사람이라면 몸의 고통을 줄이는 것이 빠르다. 나처럼 평범한 사람이라면 마음의 고통을 줄이는 데 집중해야 한다. 바로 긍정적인 마음, 행복의 이유였다.

나는 나를 되돌아보았다. 행복의 이유를 무엇으로 정해야 육아가 축복으로 바뀔까? 답은 하나였다. 세 아이 모두 건강하게 자라는 것. 모두가 건강해서 우리 가족이 평범한 일상을 누릴 수 있는 것. 출산 직후 생이별했던 때를 떠올리면 지금은 행복한 순간이 분명했다. 나는 또 잊고 있었다. 아이들이 내 곁에 있다는 것이 절대 당연하지 않다는 것을.

지금까지 행복에 대해 단단히 착각하고 있었다. 남들이 축복이라고 해서 육아가 힘들지 않기를 기대했다. 행복한 육아는 힘든 일보다 즐거운 일이 많아야 한다고 생각했다. 하지만 행복은 상황으로 결정되는 게 아니었다. 내가 행복한 이유를 정하고 그것을 늘 기억해야 했다. 행복하기로 마음을 먹어야 행복이 보이는 거였다.

나는 행복하기로 결심했다. 우리 가족과 함께할 수 있어서 행복하다고 말이다. 그러자 정말로 행복해졌다. 아이들일 말을 더 잘 듣는다거나, 육아 노동이 쉬워지는 마법 같은 일은 없었다. 여전히 육아는 힘들었고 매일 일과는 똑같았다.

가장 큰 변화는 나였다. 힘든 순간에도 행복의 이유를 떠올리니 그 순간을 버티는 게 조금은 견딜 만해 졌다. 부정적인 상황에서도 긍정할 점을 찾을 수 있었다. 그러다가 찰나의 행복한 순간이 오면 '아, 행복이 왔구나.' 하며 그 순간을 붙잡을 수 있게 됐다. 그 순간을 곱씹고 곱씹으며 예전보다 행복을 더 오래, 깊이 느낄 수 있게 됐다. 행복하기로 결심하자 행복한 순간이 모인 것이다.

행복한 순간이 모이자 점점 육아도 즐거운 육아로 변해 갔다. 예전에는 육아를 떠올리면 힘든 순간만 떠올랐다. 아이들이 잠을 안 잔다거나, 생떼를 부리는 것이 먼저였다. 그러나 이제는 행복한 순간이 먼저 떠오른다. '그때 아이들 웃는 모습이 너무 예뻤어.', '아이들과 노는 게 참 즐거웠지.' 라고 말이다. 하루하루는 여전히 힘들지만 나는 점점 나만의 행복을 만들어 가고 있었다. 정말 세쌍둥이 육아는 축복이 맞았다. 나는 내 육아를 축복의 육아로 만들 수 있었다.

행복은 온전히 나의 몫이었다. 나를 행복하게 만드는 것은 무엇인가?

질문의 답을 찾고 그 속으로 파고들어 보자. 어떤 상황에서도 내 삶의 소중한 것을 기억한다면 분명 행복해질 수 있다.

> "행복은 누구에게도 알려지지 않은 자신만의 고유한 법칙들에서 솟아나기 때문에 외부에서 주어지는 지침은 행복을 방해하고 저지할 뿐이다."
>
> – 니체

03

인생이라는 특권

나는 잘살고 있는 걸까?

"부모도 의사도 그 누구도 이 아이들이 세상에 태어나서 어떤 사람이 될지, 어떤 인생을 살지 아무도 모릅니다. 그런데 무슨 권한으로 누굴 보내고 누굴 남긴다니요. 그런 선택은 말도 안 되는 거예요."

선택유산으로 고민 중이었을 때 J 교수님께서 해 주신 말씀이다. J 교수님은 내게 생명은 그 자체로 존엄하다는 것을 강조하셨다. 세쌍둥이 임신은 힘들겠지만 아이들이 이 세상에 태어나 각자의 삶을 펼칠 수 있도록 힘내 보자고 응원해 주셨다.

그 말을 들으니, 뭔가가 뜨끔했다. 참 이상했다. 나 또한 세 아이 모두 건강하게 태어나기를 간절히 바라지 않았는가. 그런데도 마음 한구석이 불편했다. 그 이유는 내가 가진 인생에 대한 모순된 태도 때문이었다.

나는 부모로서 아이들의 생명을 지켜 주고 싶었다. 얼굴조차 모르는 아이들이지만 이 아이들에게 삶을 선물해 주고 싶었다. 그러나 내 인생은? 내가 아이들 인생을 소중히 여기는 만큼 내 인생도 소중히 여겼었나? 그 누구의 인생도 가볍게 여기지 말라는 교수님의 말씀은 지금껏 잊고 있던 내 인생을 떠올리게 했다.

정신없이 살다가도 문득 '이렇게 사는 게 맞는 걸까?' 의문이 들 때가 있다. 내 삶에 공허함이 느껴질 때다. 내게도 그런 순간이 있었다. 그토록 바라던 교사 임용시험에 합격하고 얼마 안 돼서였다. 최종 합격을 하고 특수학교로 발령 났을 때는 얼마나 기뻤는지 모른다. 수험생 때는 눈떠서 잠잘 때까지 공부만 했었는데 더는 그럴 필요가 없다니. 퇴근하고 주말에도 내 시간을 자유롭게 쓸 수 있다는 생각만으로도 살맛이 났었다.

하지만 출근한 지 두 달 만에 공허함이 밀려왔다. 취업이 어렵다던 시기에 교사가 됐고 열심히 일하면서 지냈는데도 뭔가가 허전했다. 뭐가 부족한 걸까? 왜 이렇게 허무한 걸까? 앞으로 이렇게 살면 되는 걸까? 아니라면 어떻게 해야 할까? 물음표는 계속 떠올랐지만 답은 찾지 못했다. 결국, 남들도 이렇게 살 거라는 생각으로 다시 하루살이처럼 지냈다.

해결하지 못한 고민은 어떤 계기만 있으면 다시 떠올랐다. 나는 우연히 내 삶의 방식이 다른 사람들과 꽤 다르다는 것을 알게 됐다. 지인들과 욕구에 관한 심리테스트를 했을 때였다. 인간의 욕구는 생존, 사랑, 즐거움, 자유, 힘으로 나뉘는데 이 중에서 어떤 욕구가 가장 강할까 알아보는 테스트였다.

결과는 의외였다. 나는 생존 욕구가 압도적으로 높았다. 같이 테스트한 지인 7명 중에서 생존 욕구가 1위인 사람은 나뿐이었다. 대부분이 사랑, 즐거움, 자유를 우선시할 때 나는 안정을 최고로 여겼던 것이다.

돌이켜 보니 내 성격은 생존 욕구와 비슷한 점이 많았다. 나는 보수적이고 상식의 틀을 벗어나는 것을 싫어했다. 남들 눈에 튀는 것도 싫어해서 남들처럼 무난하게 사는 것을 제일이라고 여겼다. 대학 가고 취업해서 안정적으로 사는 그런 삶 말이다. 이런 성격 덕분에 책임감 있고 성실하게 살아온 나였다. 그러나 한편으로는 사회가 정하는 '평범'에서 벗어나는 것을 두려워했다. 내가 해야 할 일들만 생각하며 책임감에 억눌려 살았다.

학창 시절은 대학을 위해 공부를 했고, 대학생 때는 취업을 위해 또다시 공부했다. 교사가 되고서는 먹고 살기 위해 일을 했다. 그러다 결혼을 했고 세쌍둥이를 낳았고 육아를 하면서 살았다. 이 모든 것들을 '고작'이라고 깎아내릴 수 없지만 '전부'라고 만족할 수도 없었다. 왜냐하면 내 인생에서 가장 중요한 '내'가 빠져 있었기 때문이다.

내게 주어진 삶은 당연한 것이 아니다

J 교수님의 말씀은 잊고 있던 삶의 고민을 다시 떠올리게 했다. 내가 아이들을 지키려고 했던 것처럼 나 자신을 위해 어떤 치열한 각오를 한 적이 있던가? 아니었다. 나는 내 인생에 애정이 없었다. 아이들의 삶은 소중히 여기면서 내 삶을 돌보지 않는 나를 마주했다.

노래하는 철학자라 불리는 故 신해철은 생전에 한 콘서트에서 이렇게 외쳤다.

"인간이 태어났을 때 세상에 소명을 가지고 태어난다잖아. 그 소명에 부응해서 자신의 무언가를 끌어내야 한다고. 그런 거 없어. 태어난 게 목적이야. 우린 목적을 다 했어. 그럼, 지금 살고 있는 우리 시간은 뭐냐고? 신이 우리를 예뻐해서 준 보너스 게임이야."

인생은 나를 위해 주어진 시간이다. 이 세상에 태어나서 죽을 때까지의 시간은 오로지 내 것이다. 그런데 이 유한한 시간 동안 할 수 있는 일이 돈벌이, 밥벌이가 전부일까? 나와 내 식솔들 건사하자고 죽어라 일만 하는 게 전부일까? 책임감을 가지고 열심히 살아온 삶도 나름의 행복은 있다. 그러나 그런 삶에는 후회나 미련이 있기 마련이다.

그렇다면 어떻게 사는 것이 가장 좋은 삶일까? 그것은 바로 나답게 사는 것이다. 타인의 시선을 의식하지 않고 내 생각, 감정에 집중하는 것. 삶의 우선순위 맨 앞에 나를 두고 나를 위한 결정을 내리며 그 과정을 즐기는 것. 불필요한 것들에 힘을 빼고 내가 만족하는 삶을 사는 것. 사는 데 정답은 없지만 그럼에도 나를 위해 사는 것은 삶의 기쁨을 얻는 가장 확실한 방법이다.

그래서 신해철은 인생을 보너스 게임이라고 말한 걸지도 모르겠다. 어차피 보너스 게임이니 성공하면 좋고, 실패해도 괜찮지 않은가. 보너스 게임에 점수 좀 더 받아 보겠다고 너무 애쓸 필요는 없다. 중요한 것은 게임을 즐기는 것이다. 인생도 똑같았다. 언젠간 이 세상을 떠날 인생인데 왜 그리 아등바등대며 살았을까. 남들과 비교하면서 왜 자꾸 조급해했을까. 중요한 건 내 삶을 즐기며 사는 거였는데 말이다.

하지만 나답게 살기 위해서는 큰 용기가 필요하다. 특히나 나처럼 생존 욕구가 강한 사람이라면 더더욱. 다행인 점은 내가 엄마라는 것이었다. 부모가 되니 늘 아이들이 어떤 인생을 살지 생각하게 됐다. 아이들은 각자의 인생을 멋지게 살길 바랐다. 자신의 재능을 펼치길 바랐고 자기 뜻대로 당당하게 살길 바랐다. 그러자 어느 순간부터 그런 마음은 내 인생에도 투영됐다. 나도 그런 인생을 살 수 있지 않을까? 아이들이 잘살길 바라는 마음을 들여다보니 지금껏 해결하지 못한 내 인생 고민의 답이 있었다. 내 아이들이 멋지게 살길 바랐던 것처럼 나 또한 나답게 살면 되는 것이었다.

'어떻게 살아야 후회가 덜할까?' 그 어느 때보다 진지하게 고민했다. 정말 제대로 말이다. 나의 성향과 재능은 무엇인지, 강점과 약점은 무엇인지를 생각해 보았다. 그러자 고2 때 작문 과제를 즐겁게 했던 기억이 떠올랐다. 중요하지도 않은 과제였는데 글쓰기가 너무 재미있어서 쓰고 고치기를 새벽까지 했더랬다. 작문 과제 이후로 글을 쓴 적은 없지만 그때의 즐거움은 아직도 선명했다.

그 일로 글쓰기에 호기심이 생겼다. 어쩌면 꽤 재밌을지도 모른다는 생각이 들었다. 한번 해 볼까 하는 마음으로 글쓰기를 시작했는데 웬걸, 10년 넘게 잊고 있던 그때의 즐거움이 되살아났다. 그것을 시작으로 글쓰기 공부를 시작했다. 내 생각을 글로 표현하는 게 이렇게나 재밌다는 것을 처음으로 알았다. 그래, 이거였구나. 내가 하지 않으면 후회할 일, 죽을 때까지 하고 싶은 일을 찾았다. 바로 글쓰기였다.

예전의 나였다면 시도조차 하지 않았을 것이다. 글을 쓴다고 해서 뭐가 크게 달라지는 것도 아닌데 굳이? 라며 말이다. 하지만 이번에는 달랐다. 내가 하고 싶은 것을 꼭 하고 싶었다. 지금껏 열심히 살았고 앞으로도 열심히 살 텐데 내가 하고 싶은 것 하나쯤은 당연히 할 수 있었다.

그렇다고 글쓰기에 특출난 재능이 있는 것은 아니었다. 다만 너무나 재미있었을 뿐이었다. 책을 읽고 쓰는 것만으로도 즐거움이 쏟아지는데 안 하면 평생 후회할 게 뻔했다. 나는 글쓰기를 배우기 시작했다. 그러자 이전에는 몰랐던 인생을 즐기는 방법들을 하나둘 알아가기 시작했다. 내가 좋아하는 것을 하는 것만으로도 하루하루가 이렇게 달라지다니. 이래서 신해철은 인생을 보너스 게임이라고 했나 보다.

나답게 살아야 '인생의 특권'을 누릴 수 있다

호서대학교의 설립자인 고 강석규 박사가 95세에 쓴 통탄에 찬 일기가 있다. 강석규 박사의 일기는 인생을 허비했다는 것을 깨달았을 때 겪는 후회와 미련이 얼마나 괴로운지를 보여 준다.

"나는 65세에 직장에서 정년퇴직했습니다. 그 나이쯤 되고 보니 연금을 받으며 안락한 여생을 즐기다가 남은 인생을 마감하고 싶었기 때문입니다. 그런 내가 30년 후인 95세 생일 때 자식들에게 생일 케이크를 받는 순간 얼마나 통탄의 눈물을 흘렸는지 모릅니다.

내 65년의 생애는 자랑스럽고 떳떳했지만 그 이후 30년의 삶은 가장 부끄럽고 후회가 되고 비통한 삶이었습니다. 이제 나는 다 살았다는 생각으로 남은 생애는 언제 죽을지 모르는, 덤으로 주어졌을 뿐이라는 생각으로 하루하루를 허송세월했던 것입니다.

30년이라는 세월은 지금의 내 나이 95세로 따져 보아도 생애의 3분의 1에 해당하는 막대한 시간입니다. 내가 95년의 생일을 맞으면서 가장 후회한 것은 왜 30년이라는 소중한 인생을 무기력하게 낭비하면서 살았을까 하는 점입니다.

나는 지금 95세이지만 건강하고 정신이 또렷합니다. 그래서 지금부터 나는 내가 하고 싶었던 어학 공부를 다시 시작할 것입니다. 그 이유는 내가 혹시 10년 후에라도 왜 95세 때 공부를 시작하지 않았는지 후회하지 않기 위해서입니다."

죽음을 앞둔 많은 사람이 공통으로 후회하는 것이 나답게 살지 못한 것이다. 남의 눈을 신경 쓰느라 자신에게 집중하지 못한 것. 돈 버느라 정말 하고 싶은 것을 하지 못한 것. 죽음을 눈앞에 마주하고 나서야 지금까지의 내 인생이 오직 나를 위해 주어진 시간이었다는 것을 깨닫는다.

인생에서 가장 큰 기쁨은 나답게 사는 것이고 죽기 전에 가장 후회하는 것 또한 나답게 살지 못한 것이다. 이 세상에 태어난 사람들에게 주어진 인생이라는 특권의 시간을 나는 잘 쓰고 있는가?

"나는 이 세상 축제에 초대받았습니다. 이처럼 내 삶은 축복받았습니다. 내 눈은 보았고, 내 귀는 들었습니다. 이 잔치에서 내 역할은 나만의 악기를 연주하는 것이었습니다. 그리고 나는 최선을 다했습니다."

– 타고르

04

소중한 것은 늘 곁에 있다

만약 한 명을 지웠다면

"혹시, 아이들 세쌍둥이인가요?"

길거리에서 세쌍둥이냐는 질문을 받는 것은 이미 익숙하다. 그런데 이번에는 좀 달랐다. 말을 건 사람은 한 중년의 아주머니였다. 아까부터 우리 아이들을 아련한 눈빛으로 쳐다보던 분이었다. 아주머니는 멀리서 쳐다만 보다가 남편에게 다가와 조심스레 말을 걸었다. 남편은 짧게 세쌍둥이라고 대답했다. 내가 자리를 비운 사이 짜증 부리는 아이들을 달래느라 정신이 없었기 때문이다.

"아이들이 참 예뻐요. 사실 저도 세쌍둥이 엄마였었거든요. 그런데 한 명을 지웠어요…."

15년 전쯤, 아주머니는 세쌍둥이를 임신했었다. 내가 그랬던 것처럼 아주머니도 셋 중 누구 하나 포기할 마음이 없었다. 그러나 당시 상황으로는 세쌍둥이 출산이 어려웠던 것 같다. 병원은 너무 위험하다며 선택유산을 강력히 권했다. 아주머니가 버틸 수 있다고 의사를 설득했지만 소용없었다. 결국, 아주머니는 뱃속의 한 아이를 먼저 보낼 수밖에 없었다.

다행히 두 아이는 건강하게 태어났고 현재 중학생이 됐다. 아주머니는 아이들에게 선택유산에 관해서 아무 말도 하지 않았다. 혹시나 아이들이 받을 충격이 걱정돼서였다. 상황이 이렇다 보니 두 아이는 자신들이 원래부터 쌍둥이인 줄로만 알고 있었다.

그렇다고 해서 아주머니가 먼저 떠난 아이를 잊은 것은 아니었다. 10년도 더 된 일인데도 아주머니는 그때를 떠올리면서 눈물을 참지 못하셨다. 그동안 건강하게 자라는 쌍둥이를 보면서 혼자 속앓이를 많이 하셨던 것 같다. 그렇게 아주머니는 처음 보는 남편에게 자신의 모든 이야기를 쏟아냈다.

내가 볼일을 마치고 돌아왔을 때 아주머니는 이미 자리를 떠난 뒤였다. 남편은 굳은 표정으로 내게 세쌍둥이 아주머니의 이야기를 해 주었다. 가끔 '내가 선택유산을 하면 어땠을까' 상상하곤 했었다. 소름 돋을 만큼 아찔하지만 언제나 상상이었다. 그런데 그 상상을 어느 세쌍둥이 엄마에게서 듣고 나니, 눈물이 멈추질 않았다. 우리 아이들을 보면서 아주머니는 어떤 심정이었을까. 내가 아주머니였어도 지나가던 세쌍둥이를 그냥 지나치지 못했을 것 같다. 그렇게라도 하지 않으면 엄청난 죄책감과 슬픔을 견딜 수 없을 테니까 말이다.

세쌍둥이 아주머니와의 만남 이후에 비슷한 일이 또 있었다. 아이들을 웨건에 태우고 산책하던 중이었다. 나이 지긋한 할머니가 내게 말을 걸었다. 우리 아이들을 보고는 자신도 아이가 셋인데 한 명이 어릴 때 죽었다고 했다. 갑작스러운 이야기에 무척 당황했다. 왜 처음 보는 나에게 그런 말을 하는 건지 알 수가 없었다. 그러나 할머니는 내 반응은 신경 쓰지도 않은 채 죽은 아들 이야기를 계속했다. 젊었을 때 자신이 돈만 버느라 애들을 챙기지 않아서 벌 받은 거라고, 그때 애들을 두고 돈 벌러 나가면 안 됐었다고 말이다.

할머니의 말투는 덤덤했다. 그러나 온통 자신을 향한 자책뿐이었다. 할머니는 쉬지 않고 아들 이야기를 쏟아 냈다. 아들이 너무 보고 싶은데 그럴 수가 없으니 지나가던 나라도 붙잡고 아들 이야기를 하고 싶으신 것 같았다. 할머니의 이야기는 꽤 길었지만 나는 듣는 내내 한마디도 할 수 없었다. 자식 잃은 고통 속에서 평생을 살아온 할머니께 할 수 있는 말이 무엇인지 도무지 떠오르지 않았다. 내가 할 수 있는 것은 그저 할머니의 이야기가 끝날 때까지 계속 들어 드리는 것뿐이었다.

가족에게 못 하던 이야기가 남들 앞에서는 생각보다 술술 나올 때가 있다. 오히려 친하지 않으니 내 속마음을 다 털어놓을 수 있어서다. 나는 세쌍둥이 아주머니와 할머니가 그런 경우가 아니었을까 생각한다. 길거리에서 잠깐 나눈 이야기였는데도 자식 잃은 부모의 괴로움과 그리움이 내게도 절절히 전해졌기 때문이다. 그래서인지 두 분의 이야기는 아이들을 키우면서 자주 떠올랐다. 특히 아주머니의 눈물은 같은 세쌍둥이 엄마로서 더 많이 떠올랐다.

소중한 것은 잃고 나서야 깨닫게 된다

사람은 뭐든지 순식간에 적응해 버린다. 늘 새로운 것을 좋아하는 뇌 때문에 이미 가지고 있는 기존의 것들은 금방 질려 버린다. 이 적응력 덕분에 사람은 극한 환경에서도 살아남을 수 있는 생존력을 얻었다. 하지만 그 대신에 자신이 가지고 있는 것들의 소중함까지도 쉽게 잊어버리게 되었다.

그렇다면 잊어버린 소중함은 어떻게 해야 다시 기억할 수 있을까? 보통은 무언가를 잃어버릴 뻔하거나, 혹은 영영 잃어버렸을 때 그것이 소중했음을 깨닫게 된다. 건강의 소중함은 병에 걸리고 나서야 알게 된다. 일상의 소중함도 전염병이 퍼지고 나서야 알게 된다. 친구, 시간, 국가 등 당연하다고 생각했던 모든 것들도 잃고 나서야 그 소중함을 깨닫게 된다.

가족도 마찬가지다. 매일 아침 눈을 뜨면 항상 가족이 있다. 그래서 가족은 늘 내 곁에 있을 것 같은 착각에 빠진다. 누군가가 그렇게 될 거라고 약속한 것도 아닌데 말이다. 그러다가 생살을 찢는 듯한 이별의 아픔을 겪고 나서야 뒤늦게 가족의 소중함을 깨닫는다.

그런 점에서 나는 더더욱 어리석었다. 나는 아이들을 만나기까지 힘든 임신, 출산을 겪어야 했다. 그런데도 아이들과의 평범한 일상이 계속되자 가족의 소중함을 또 잊어버렸다. 내게 주어진 것들이 익숙하다 못해 지루했고 점점 불만이 쌓여 갔다.

그러다 우연히 만난 세쌍둥이 아주머니와 할머니는 내게 아이들의 소중함을 다시 깨닫게 했다. 육아서에서 봤던 좋은 글귀는 금방 잊히지만 세쌍둥이 아주머니와 할머니의 이야기는 그렇지 않았다. 육아하다가도 문득, 그리고 자주 떠올랐다. 나는 아이들의 소중함을 다시 기억하기 위해 임신, 출산했을 때의 기억을 더듬어 갔다. 그러자 그동안 아이들이 건강하게 자란 흔적들이 곳곳에서 보였다.

아이들이 감기에 걸려 소아과에서 진료를 받을 때였다. 의사 선생님의 컴퓨터 화면에 뜬 아이들의 차트를 우연히 보게 됐다. 뭔가 특이 사항 같은 게 표시되어 있었다. 자세히 보니 아이들의 출산 기록이었다. 세 아이 모두 '조산아, 저체중아'라고 적혀 있었다. 그 순간 아이들 미숙아 때의 모습이 떠올랐다. 너무 작고 야위어서 태어나자마자 온갖 장치를 몸에 달아야 했었다. 숨 쉬는 것도, 무언가를 먹는 것도 힘겨워했었는데 지금 이렇게나 잘 컸다니.

이후로 소아과 진료를 볼 때면 아이들의 차트를 꼭 보고 온다. 애들 진료 보랴, 단속하랴, 정신이 없지만 출산 기록만큼은 눈에 몇 번이고 새기고 온다.

부엌에는 명주실 3개가 가지런히 놓여 있다. 아이들이 태어나고 직접 구매한 명주실들이다. 명주실이 아기의 건강을 빌어 준다고 해서 퇴원을 기다리며 간절한 마음으로 샀던 것들이다. 백일, 돌잔치 상에 올리고 나서도 아이들의 건강을 빌기 위해 계속 가지고 있었다. 각각의 실에 메모도 했었다. '첫째, 둘째, 셋째는 큰 탈 없이 건강하게 클 것이다.' 정신없이 부엌일을 할 때도 명주실을 보면 아이들을 낳고 매일 밤 울었던 내 모습이 떠오른다.

아이들이 잠을 잘 때면 천사가 따로 없다. 너무 예뻐서 밤마다 곤히 자는 아이들 손을 어루만진다. 그러면 손등의 작은 흉터들이 눈에 들어온다. 신생아집중치료실에서 치료받을 때 손등에 꽂혀 있던 주삿바늘 흉터다. 아이들 손등마다 2~3개씩 흉터가 있었다. 다른 세쌍둥이 엄마가 인큐베이터에 들어갔던 아이들에게는 주삿바늘 흉터가 있다고 해서 알게 된 흉터들이었다.

양손에 있는 흉터를 볼 때면 아이들과 생이별했을 때가 떠오른다. 세 아이 모두 건강하게 퇴원해서 집에 와 달라고 얼마나 간절히 빌었던가. 그때를 떠올리면 아이들이 지금 내 곁에 있다는 것이 실감 난다. 지금처럼 아무 탈 없이 건강하게 자라나는 것에 안도감과 잔잔한 행복이 느껴진다.

정말 소중한 것은 흔한 모습을 하고 있다

시인 나태주는 인생에서 시련이나 결핍이 없으면 좋은 일은 절대 일어나지 않는다고 말한다. 인생에서 큰 시련을 겪고 나면 삶이 이전과는 다르게 보인다. 진짜 소중한 것들이 가려지고 삶의 귀중함을 알게 된다. 그런 의미에서 인생의 시련은 진정한 행복을 깨닫게 하는 또 다른 '기회'나 다름없다.

만약 아이들이 세쌍둥이가 아니었다면 어땠을까? 남들과 비슷한 임신을 했더라면 말이다. 어쩌면 열 달을 채워 낳았을지도 모르겠다. 그러면 미숙아로 태어나지도 않았을 테니 아이들 걱정에 괴로울 일도 없었을 것이다. 혹시나 아이들에게 무슨 일이 생길까 불안에 떨면서 밤을 지새운 일도 없었을 것이다. 모든 것을 너무나 당연하게 생각해서 지금, 이 순간, 아이들이 내 곁에 있는 것에 감사함과 행복도 느끼지 못했을 것이다.

아주머니와 할머니는 헤어지기 전에 '얘들아, 건강하게 커라.'라고 말씀해 주셨다. 내가 처음 엄마가 되었을 때 모든 신에게 빌었던 기도였다. 건강하게 커 달라고, 우리 집에 건강하게만 와 달라고. 나는 뒤늦게야 그 소원을 매일매일 이루고 있었음을 깨달았다.

주위를 둘러보자. 목숨보다 소중한 내 아이가 지금 내 곁에 있다. 이것보다 더 큰 축복은 없다.

"인생에는 진짜로 여겨지는 가짜 다이아몬드가 수없이 많고 반대로 알아주지 않는 진짜 다이아몬드 역시 수없이 많다." – 타거 제이

05

육아는 숙제가 아닌 축제다

육아는 힘든 과업이다

"둘째가 손가락 가지고 잘 놀아요. 공부를 잘하려나 봐요."

둘째는 배 속에 있을 때부터 자기 손으로 잘 놀던 아이다. 초음파로 볼 때면 열 손가락을 이리저리 움직일 때가 많았다. 산부인과 선생님들은 그런 둘째를 보면서 아기가 손을 잘 쓴다고 한마디씩 했었다.

아니나 다를까, 둘째는 돌이 지나자, 소근육 놀이에 푹 빠졌다. 밀가루 반죽을 주면 뱀, 아이스크림 등 자기가 좋아하는 것들을 신나게 만들었다. 만들기 실력도 남달랐다. 밖에서 중장비, 헬리콥터를 보면 그 모습을 기억했다가 레고로 비슷하게 만들었다. 미술 재료를 주면 그 자리에서 만들기에 몰입하는 아이였다.

둘째가 고사리 같은 손으로 조몰락거리는 모습을 보는 것은 그 자체로 힐링이었다. 짧은 두 다리 뻗고 바닥에 앉아 집중하는 모습이 얼마나 귀여운지.

하지만 손을 잘 쓰는 둘째에게 허락되지 않은 놀이가 있다. 바로 그리기 놀이다. 사실 그리기 놀이는 첫째, 셋째도 좋아하는 놀이다. 그럼에도 내가 그리기 놀이를 하지 않는 이유는 세 명에게 색연필을 주면 늘 사달이 나기 때문이다.

세 명에게 색연필과 종이를 주면, 한동안은 잘 논다. 그러다가 한 명이 슬슬 눈치를 보다가 다른 곳에 낙서를 해 버린다. 뭐가 그리 재밌는지 깔깔거리면 다른 두 아이도 '그렇게 재미있어? 나도 할래!'라는 표정으로 낙서에 가담한다. 엄마가 열받는 줄도 모르고 벽지, 가구 등 손 닿는 곳에 낙서를 해 버린다.

그 모습이 마치 고삐 풀린 망아지들 같다. 아무리 그만하라고 말해도 듣질 않는다. 결국, 화가 머리끝까지 난 나는 아이들 색연필을 뺏는다. 그러면 아이들은 온몸을 뒹굴면서 자지러지게 운다. 재밌게 시작한 그리기 놀이는 어느새 눈물범벅이 되어서 끝이 난다.

그러나 아무리 화가 났더라도 색연필을 뺏은 것은 아이 발달 관점에서 적절치 못한 행동이었다. 손은 제2의 뇌라는 말처럼, 한창 두뇌가 크는 영아기 때 소근육 발달은 모든 발달의 기본이었다. 그중에서 그림 그리기는 뇌를 고루 발달시킬 수 있는 놀이였다. 더군다나 우리 아이들은 2개월이나 빨리 태어난 미숙아였다. 다른 미숙아 엄마들은 더 좋은 자극을 주기 위해 놀이치료도 한다던데. 그런 노력은 못 할망정 힘들다고 색연필을 뺏다니. 내심 내 마음도 불편했다.

결국 큰맘 먹고 거실 한쪽 벽을 전지로 덮었다. 작은 종이를 주면 엄한 곳에 낙서할 게 뻔하니 그림장 자체를 크게 만든 것이다. 왠지 이번만큼은 아이들과 재밌게 그리기 놀이를 할 수 있을 것 같았다.

하지만 내 예상은 보기 좋기 빗나갔다. 색연필을 고르는 것에서부터 문제가 생겼다. 아이들은 서로 빨간색, 파란색을 갖겠다고 아우성쳤다. 나는 아이들을 달래기 위해 다른 색연필로도 멋진 것을 그릴 수 있다는 것을 과장되게 보여 주었다. 겨우 진정한 아이들은 손에 색연필을 하나씩 쥐고 그림을 그렸다.

이제 잘 놀겠지 싶었지만 어림없었다. 둘째가 나를 보더니 씩 웃었다. 냅다 전지 없는 벽 쪽으로 달려가 색연필로 굵은 선을 좌악 그었다. 둘째를 멈출 새도 없이 첫째, 셋째가 낙서에 가담했다. 왜 아이들은 한 명이 하면 해도 된다고 생각하는 걸까. 하지 말라는 엄마 말은 아랑곳하지 않고 벽지는 물론이요, 바닥 매트, 장난감까지 낙서했다.

"벽 말고 종이에다가 그려야지! 거기 말고 종이! 계속 다른 곳에 낙서하면 색연필 가져갈 거야!"

결국 아이들은 색연필을 또 압수당했다. 닭똥 같은 눈물을 흘리며 색연필 달라고 애원했다. 하지만 거실뿐만 아니라 안방의 벽지까지 낙서 되고 찢긴 것을 보면서 나는 확신했다. 앞으로는 아이들에게 색연필을 주어서는 안 된다고 말이다.

이후로 지저분해진 벽지를 볼 때마다 한숨이 나왔다. 왜 나는 그림 놀이조차 힘든 걸까. 다른 집 아이는 종이랑 펜만 주면 꽁냥꽁냥거리며 잘만 놀던데. 간만에 재롱을 부리는 아이들의 모습을 찍으려고 카메라를 켰다. 배경으로 지저분한 벽지가 그대로 찍혔다. 찢어진 가구 시트, 손자국 가득한 창문도 찍혔다. 아이들이 집안 물건을 망가뜨리지 않고 논다면 얼마나 좋을까. 지저분한 집을 볼 때면 나도 모르게 한숨이 새어 나왔다.

세 아이랑 놀아 주는 것은 정말로 고된 일이었다. 재밌게 시작한 놀이도 세 명이 뭉치면 꼭 사고가 났다. 흥이 넘친 아이들이 함께 가구 시트를 잡아당기면 그 자리에서 속절없이 벗겨졌다. 셋이 일심동체로 힘을 합치면 안 넘어가는 가구가 없었다. 책장도 쓰러지고 TV도 넘어갔다. 아이들과 놀아 주고 나면 뒷수습해야 할 것투성이였다.

힘든 것은 놀이뿐만이 아니었다. 다른 집은 한 번이면 끝날 일도 나에게는 전혀 간단하지 않았다. 신생아 때는 쪽쪽이 물리는 것부터 어려웠다. 세 명에게 쪽쪽이를 물려 주면 다 뱉어 내기 일쑤였다. 첫째가 뱉어서 주워 물려 주면 둘째가 뱉고, 다시 주워 물려 주면 또 첫째, 셋째가 뱉어 냈다. 내가 쪽쪽이를 물려 주는 건지 줍는 건지 헷갈릴 정도였다.

손톱 자르는 것도 만만치 않았다. 손톱만 해도 30개를 잘라야 했고 발톱까지 합치면 60개였다. 매일 하던 샤워는 또 얼마나 힘든지. 씻기는 것도 세 번, 로션 바르는 것도 세 번, 옷 입히는 것도 세 번이었다. 병원 진료도 늘 세 번씩 봐야 했고 어린이집 낮잠 이불도 3개씩 빨아야 했다. 나에게 육아는 이 수많은 일을 빠짐없이 해내야 하는 숙제나 다름없었다.

하지만 이것은 나의 착각이었다. 해도 해도 끝이 없고 해야 할 일투성이라는 것은 사실 엄청나게 기쁜 일이었다. 집이 더럽고 육아가 힘든 것도 축복을 받아야 할 일이었다. 이 세상 모든 신에게 감사하다고 절을 해도 모자란 일이었다. 왜냐하면, 이 모든 것은 아이들이 살아 있다는 뜻이기 때문이다.

그럼에도 육아는 숙제가 아니다

우연히 방송에서 어느 아빠의 눈물 섞인 고백을 듣게 됐다. 방송인 B는 어린 아들을 먼저 하늘로 보내 주었다. 갑작스러운 심장마비였다. 그는 집에 돌아와서 아들의 물건과 아들이 남긴 여러 흔적을 어루만졌다. 그러자 이 모든 것들이 사실은 축복이었다는 것을 뒤늦게 깨달았다

"육아가 너무 힘들잖아요. 아이가 집을 어지럽히고 벽에 낙서하고 옷을 더럽히니까요. 사실은 그건 위장된 축복이에요. 내가 가장 사랑하는 사람들이 만들어 놓은 흔적이에요. 아이가 없으면 그 흔적도 없는 거예요."

그의 말을 듣고 아차 싶었다. 아이들과 함께할 수 있는 시간이 길지도 않은데 나는 마치 영원할 것처럼 지내고 있었다. 벽지 낙서가 뭐라고 별것도 아닌 것에 화를 냈던 걸까. 잘 키우면 얼마나 더 잘 키우겠다고, 뭘 더 대단한 걸 하겠다고 아등바등댔던 걸까. 그냥 아이들이랑 더 같이 웃고 더 놀면 되는 거였는데 말이다.

육아는 마음대로 되는 일이 아니다. 맘대로 되지 않는 일에 힘을 주면,

숙제가 돼 버린다. 이것을 몰랐던 나는 혼자서 불필요한 기준을 만들고 있었다. 집은 늘 깨끗해야 하고, 아이들에게 더 좋은 놀이 자극을 주어야 한다고 생각했다. 밥도 균형 잡힌 식단으로 준비해야 하고 아이들에게 좋은 환경을 주기 위해 부지런해야 한다고 생각했다.

그러나 내가 중요하다고 생각했던 것들은 사실 별 볼 일 없는 것들이었다. 옷이나 벽에 묻은 얼룩이 지워지지 않는 것은 큰일이 아니었다. 아이들 밥을 정성껏 준비하지 못해도 괜찮았다. 내가 무언가를 대충해도 큰 문제가 되지 않았다. 우리 가족의 가장 귀중한 보물을 알고 나니 다른 것들은 그저 사사로운 것에 불과했다.

아이의 존재는 그 자체로 축복이다

육아가 주는 기쁨은 부모와 아이가 서로의 곁에 있는 것이다. 그러나 늘 그렇듯 본질은 다른 여러 가지 것들로 가려진다. 힘든 육아를 하다 보면 어느새 아이가 내 곁에 있다는 사실조차 잊게 된다.

나는 '무엇을 꼭 해야 한다'는 부담감에서 벗어나려고 노력했다. 그러자 내 옆에 있는 아이가 보였다. 아이들이 건강하게 살아 있고 우리 가족이 화목하게 지낼 수 있다는 것보다 더 기쁘고 중요한 게 있을까. 내가 엄마가 되기로 결심한 것은 완벽한 육아를 하기 위해서가 아니었다. 보석 같은 내 아이들과 평생을 함께하는 기쁨을 누리기 위해서였다.

육아는 숙제가 아니다. 아이들과 함께하는 평생의 여행이자 축제이다. 그러니 즐기자. 아이와 함께하는 지금, 이 순간들을.

06

'일상'이라는 선물

일상은 당연하지만 당연하지 않다

"세상에나, 부러워라~ 우리 며느리도 몇 년째 시험관도 하고 있거든요. 그런데 잘 안 돼서 며느리가 많이 힘들어해요. 그런 거 보면 아들 내외가 참 안쓰러워요. 혹시 세쌍둥이 엄마가 다닌 난임 병원 이름 좀 알 수 있을까요?"

아이들과 마트에서 장을 보는데 한 할머니가 내게 난임 병원을 물었다. 세쌍둥이니까 당연히 난임 시술을 받았을 거라고 생각하셨던 것이다. 평소였다면 길거리에서 나눈 대화를 짧게 끝내려고 자연임신이라 말했을 터였다. 배란 약의 도움을 받았지만 확률적으로는 자연임신에 가까우니 말이다.

하지만 내게 병원을 물어보려고 가던 길도 되돌아온 할머니께는 그리

간단하게 답할 수가 없었다. 나는 내가 임신한 과정을 구체적으로 설명해 드렸다. 역시나 할머니는 배란 약에 대해 쉽게 이해하지 못하셨다. 자초지종 설명을 더 하고 나서야 내가 시험관 임신이 아니라는 것을 아셨다. 할머니는 씁쓸한 웃음을 지으시고는 가던 길로 되돌아가셨다.

이후로도 내게 난임 병원을 물어보는 할머니들을 두 분 더 만났다. 사연은 다 같았다. 난임으로 힘들어하는 자식 부부를 위해 좀 더 좋은 병원을 찾기 위해서였다. 할머니들의 질문만 들어도 자식 걱정과 기약 없는 기다림으로 지친 마음을 알 수 있었다. 오죽하셨으면 지나가던 나를 붙잡고 병원을 물어보셨을까.

반면에 우리 아이들을 보고 세상은 불공평하다며 화내는 할머니도 있었다. 자기는 손주 하나도 못 봐서 속상한데 왜 내게는 한꺼번에 세 명을 줬느냐는 울분이었다. 할머니는 나와 같은 동네에 사시는지 이후로도 몇 번 더 만났다. 그때마다 늘 불공평하다며 인상을 찌푸리셨다. 참 난감하고 당황스러웠지만 화가 나지는 않았다. 내가 봐도 나는 너무 과분한 복을 받았기 때문이다. 이렇게나 귀한 아이들을 세 명이나 얻었다는 것이 복임을 잘 알기에, 나는 그저 그 할머니께도 예쁜 손주가 하루빨리 오길 진심으로 바랐다.

대부분의 행복은 일상에서 얻는다

"행복은 불행처럼 어느 날 갑자기 들이닥치는 것이라고 생각했다.

그러나 행복은 요란하지 않았다. 사랑하는 사람들이 다치지 않고, 슬프지 않았던 모든 날이 행복한 날들이었다."

—『저는 삼풍 생존자입니다』 중에서

『저는 삼풍 생존자입니다』는 1995년 삼풍 백화점 붕괴 사건에서 천운으로 살아남은 이선민 생존자의 자서전이다. 책에는 참사의 처참함과 트라우마로 얼룩진 삶을 살아야 했던 작가의 이야기가 담겨 있다. 그리고 그녀가 서서히 트라우마를 극복하고 치유하는 이야기는 독자들에게 '행복은 일상에 있다'는 진한 감동을 준다.

참사 당시 저자는 스무 살이었다. 어린 나이에 수많은 죽음을 목격하고 자신도 죽을 뻔했던 경험은 저자의 삶을 송두리째 뒤흔들었다. 인생은 언제든지 무너질 수 있다는 불안과 무기력이 마음 깊숙한 곳까지 뿌리내렸다. 트라우마에 시달려 자살 시도도 여러 번 했다. 생존자지만 사는 것이 사는 게 아니었다.

그랬던 그녀가 삶의 의욕을 되찾게 된 건 일상의 소중함을 깨닫고 나서였다. 그녀는 너무나도 큰 불행을 겪어서 남들처럼 행복해질 수 없다고 생각했다. 하지만 늘 찾아 헤맸던 행복은 이미 일상에 차이고 넘쳤다. 보육원 아이들과 산책하고, 옆에 있는 사람과 밥을 먹고, 라디오에서 들은 노래에 위로받는 모든 것이 다 소중한 순간들이었다. 행복은 믿기 힘들 정도로 가까이 있었다. 어쨌든 살아남아서 일상을 누린다는 것, 그 자체가 행복이었다.

이후로 저자는 아무 일도 일어나지 않는 하루를 사랑했다. 일상만 있다면 느닷없이 찾아오는 슬픔과 두려움도 견딜 수 있었다. 가까운 사람들과 보내는 소소한 일상을 통해 자신이 얼마나 소중한 존재인지를 깨달을 수 있었다. 저자에게 일상은 소중했다. 엄청난 행복을 기대하지도 않았고 안 좋은 일이 생겨도 낙담하지 않았다. 그저 자신과 주변 사람들을 소중히 여겼고 묵묵히 매일의 일상을 유지해 나갔다.

일상에는 행복뿐만 아니라 삶을 지탱하는 힘도 숨어 있다. 실제로 정신과 의사들은 저자처럼 엄청난 스트레스에 노출된 환자일수록 빨리 일상으로 돌아가라고 조언한다. 바쁜 하루를 보내느라 일과에 에너지를 쏟다 보면 불행에 대한 기억을 잠시나마 잊을 수 있다. 절대 치유할 수 없을 것 같던 상처도 사람들과 어울리다 보면 조금씩 치유가 가능해진다. 일상을 삶의 기준으로 두면 인생은 쉽게 무너지지 않는 것이다.

일상이란, 내게 소중한 것들이 한데 모여 어우러지면서 만들어 내는 인생의 선물이다. 그렇기에 나는 내 삶의 행복 대부분을 일상에서 얻을 수 있다고 믿는다. 그리고 나는 내 일상에서 행복을 얻고 있다.

나는 세쌍둥이 육아가 행복하다. 아이들과 함께하는 일상은 지금까지 보냈던 그 어떤 일상들보다 더 행복하다. 내가 말하는 행복은 온종일 지속되는 행복이 아니다. 그렇다고 좋은 일이 나쁜 일보다 더 많은 것도 아니다. 열 가지 중에서 아홉이 힘든 게 육아가 아니던가. 그런데도 내가 행복하다고 말할 수 있는 이유는 단 하나라도 나를 기쁘게 하는 일이 매일 일어나기 때문이다.

고된 일상에도 행복은 늘 숨어 있다. 나의 힘든 일과 중의 하나는 어린이집 등원 준비다. 등원 준비는 새벽 6시 30분부터 시작해 장장 세 시간이 걸린다. 친정엄마가 등원을 도와주지만 9시에 오기 때문에 그전까지는 내가 대부분을 도맡아 해야 한다. 매일 아침 나는 아이 셋을 먹이고 씻기고 옷을 입힌다. 중노동이 따로 없다. 그러나 등원 준비를 마치고 집을 나서면 나의 첫 번째 즐거운 일상이 시작된다. 바로 아이들이 등원하는 모습을 보는 것.

늘 하는 등원 일과인데도 하루하루가 다르다. 어떤 날은 셋이 술래잡기를 하기도 하고 어떤 날은 이사 트럭, 우체국 오토바이를 보고 신이 나서 춤추기도 한다. 더운 날에는 매미나 개미에게 인사를 한다. 비가 오면 손을 뻗어 빗방울을 만져 보면서 즐거워한다. 상쾌한 아침 공기를 마시면서 세 아이가 매일 색다른 방법으로 등원하는 모습을 보는 것은 나의 소소한 행복 중의 하나다.

아이들과의 일과만 즐거운 것이 아니다. 오롯이 나만의 시간을 즐기는 것도 삶의 활력을 더한다. 내가 일상을 다채롭게 만드는 방법은 단순하다. 내가 좋아하는 것들을 원하는 장소와 원하는 때에 하는 것, 그리고 그 순간을 만끽하는 것. 카페에 가서 커피를 마시기도 하고, 친구와 외식을 하기도 한다. 혼자 영화를 보기도 하고 산책을 하기도 한다. 평범한 일들이지만 내 시간을 온전히 나만의 방법으로 즐길 수 있으니, 이보다 더 좋을 수가 없다.

하지만 아무래도 내 일상을 가장 완벽하게 만드는 방법은 단연, 사랑하는 사람과 함께 시간을 보내는 것이다. 나 혼자 즐기는 일인칭 행복만으로 삶 전체의 행복을 채울 수 없다. 가족과의 사랑, 친구와의 우정, 신뢰 등은 하루를 더 풍요롭고 아름답게 만든다. 가족과 함께 먹는 치맥이 더 맛있고 친구와 함께 보는 영화가 더 즐거운 것처럼 말이다.

행복은 사람마다 내리는 정의가 다르고 손에 쉽게 잡히지도 않는다. 이런 두루뭉술한 행복을 잡는 방법은 '지금, 이 순간'을 충실히 사는 것이다. 바로 일상이다. 지루한 일상에도 드물게 찾아오는 기쁨은 넘치게 존재한다. 다만, 대부분 이것을 모르고 놓칠 뿐이다.

일상은 한 번뿐인 특별한 날들이다

한 종양내과 의사가 말하길, 지금껏 만난 환자 중에서 가장 특별했던 환자는 죽는 날까지 일상을 지킨 한 할머니라고 했다. 할머니는 암 선고를 받은 후에도 일상을 이어 나갔다. 집안일을 하고 손주들 등하원을 시키고 TV를 보면서 이전과 똑같은 일과를 보냈다. 의사는 그저 평범한 일상을 유지한 할머니를 진심으로 존경했다. 죽음 앞에서 마지막 날까지 일상을 꾸려 나갈 수 있으려면 평범함 속에서 행복을 발견해야 하기 때문이다. 어쩌면 할머니는 알고 있던 게 아닐까. 일상은 인생에서 다시는 오지 않을 특별한 날이라는 것을.

같은 일과에도 그날, 그 순간에만 맛볼 수 있는 감정과 분위기가 있다. 하루하루가 지루한 일과의 반복인 것 같지만 그렇지 않다. 사실은 매일이

다채롭다. 똑같이 밥을 먹어도 어제와 오늘은 또 다르다. 똑같이 카페에 가도 어제 갔던 카페 느낌과는 다르다. 지루하고 당연한 것 같은 순간이 사실은 지금 딱 한 번밖에 느낄 수 없는 값진 순간인 것이다. 그 시간을 음미하면 일상이라는 시간이 그렇게나 풍요로울 수 없다.

우리에게 필요한 것은 매 순간이다. 그 이상이 아니다. 그렇기에 일상은 당연한 것이 아니다. 우리가 살아 있기에 누릴 수 있는 '선물' 같은 귀중한 시간이다.

"행복하게 사는 것은 일상의 토대를 굳힌 후에야 가능하다.

– 마거릿 보네노

07

기록하면 감사함이 열 배!

아이 키우기 불안해서 기록을 시작하다

나는 기록과는 거리가 먼 사람이었다. 그런데 세 아이를 키우면서 무언가를 기록하는 습관이 생겼다. 특별한 일이나 기억하고 싶은 일이 생기면 일기에 적어 두었다. 책에서 좋은 글귀를 발견하면 손 필사를 하거나 워드로 따로 기록했다. 갑자기 좋은 생각이 떠오르면 핸드폰 메모장에 적어 두었다. 어느 순간부터 기록은 하나의 일과로 자리 잡았다. 하다못해 포스트잇에라도 끼적이지 않으면 머릿속이 복잡하고 손이 근질근질할 정도였다.

기록에 재미를 붙이게 된 계기는 수유일지였다. 보통 수유일지에는 아기의 수유 시간, 수유량, 배변 여부 등을 적는다. 그런데 나는 여기에다가 한 가지를 더 적었다. 일지 위쪽에 '우리 아이들은 큰 탈 없이 건강하게 클 것이다'라고 하루도 빠짐없이 매일 적었다. 아이들이 건강하게 크길 바라는 마음에서 쓴 한 줄이었다.

내가 쓴 것은 긍정 확언이었다. 긍정 확언은 어떤 것이 존재하거나 사실이라고 강하게 확신하는 것이다. 긍정 확언을 하는 여러 방법 중에서 내가 사용한 것은 자기 암시였다. 내가 이루고자 하는 것을 글로 쓰면서 스스로 주입하는 것이다. 미숙아로 태어난 아이들에게 앞으로도 건강하게 클 것이라고 쓰는 것처럼 말이다.

긍정 확언을 한 이유는 너무나 절박하고 두려웠기 때문이다. 아이들이 신생아집중치료실에서 퇴원한 이후로도 마음을 놓을 수가 없었다. 몸 여러 곳이 미숙해서 지속적인 관찰 진료는 물론이고 수술까지도 받아야 했다. 매일 아침 갑상샘 약을 타 먹일 때면 최악의 상황이 떠올랐다. 약을 먹어도 낫지 못하면 어쩌지? 또 다른 건강 문제가 생기면? 만약 하나가 아니라 셋 다 아프면? 나는 부정적인 생각을 멈추고 싶었다. 그래서 시작한 것이 긍정 확언이었다. 긍정 확언을 하면 불안이 줄고 바라는 것을 이룰 수 있다고 믿었기 때문이다.

한 줄이라도 매일 쓰면 변화가 찾아온다

이전에도 긍정 확언을 쓴 적이 있었다. 교사 임용고시를 준비하던 때였다. 우연히 긍정 확언이란 걸 알게 되어 혹시나 하는 마음으로 시작했었다. 매일 아침 눈 뜨면, 다이어리에 '나는 최종 합격할 것이다.'라고 적었었다. 처음에는 쓰면서도 긴가민가했다. 고작 한 문장 쓴다고 시험 문제를 더 맞히는 것도 아닌데, 어떻게 원하는 것을 이룰 수 있다는 걸까.

그러나 곧 긍정 확언의 효과를 체감할 수 있었다. 긍정 확언을 쓰고 나면 내 에너지와 생각의 초점이 자연스럽게 최종 합격이라는 목표에 맞춰졌다. 부정적인 생각이 줄고 목표를 이루기 위해 무엇을 해야 하는지 집중할 수 있었다.

긍정 확언 효과는 뇌과학적으로도 입증되었다. 잠재의식에 어떤 신념이 새겨지면 그것은 뇌세포에 각인된다. 뇌에 어떤 목표가 주입되면 그것을 이루기 위해 모든 에너지가 동반된다. 잠재의식에 새겨진 신념대로 생각하고 행동함으로써 원하는 것을 이루는 것이다. 나 또한 매일 긍정 확언으로 불안한 마음을 다잡았고 초심을 되새기면서 노력한 끝에 임용시험에 최종 합격을 했다.

수험생 때의 기억을 떠올려 1년 동안 아이들에 대한 긍정 확언을 썼다. 매일 아이들이 건강해질 거라고 쓰다 보면 불안이 몰려와도 자신을 다독일 수 있었다. 불안으로 상황을 왜곡하는 것도 줄었다. 아이들에 대한 불안을 다스리는 방법을 터득했고 건강하게 자랄 수 있다는 믿음을 가지게 되었다. 이번에도 긍정 확언의 힘이 도왔던 걸까? 아이들은 좀 더 커서 갑상샘저하증 완치 판정을 받았고 염려했던 부분들도 잘 넘기면서 건강하게 크고 있다.

기록은 진심과 사랑을 표현하는 가장 완벽한 수단이다

매일 긍정 확언을 쓰다 보니 자연스레 육아 일기에도 관심이 생겼다. 내게는 아이들에게 사랑만큼은 세제곱으로 줘야 한다는 강한 의무감이 있었다. 많은 것을 나누고 양보해야 하는 아이들에게 엄마, 아빠의 사랑만큼은 차고 넘치게 주겠다고 말이다. 하지만 엄마, 아빠는 둘이었고 아이는 셋이었다. 아이들에게 마음을 표현하는 데 늘 한계를 마주해야 했다. 그런데 육아 일기라면 이 한계를 극복할 수 있을 것 같았다.

『빅토리 노트』라는 책이 육아 일기에 얼마나 큰 사랑을 담을 수 있는지를 증명한다. 『빅토리 노트』는 『여자 둘이 살고 있습니다』 김하나 작가의 어머니가 딸이 5살이 될 때까지 쓴 육아 일기를 출판한 책이다.

김하나 작가가 어머니로부터 육아 일기를 받은 때는 원하는 대학에 낙방했을 때였다. 원래는 스무 살 생일 때 주려고 했는데 딸이 너무 힘들어해서 조금 일찍 주게 된 것이다. 어머니는 자신의 육아 일기가 딸의 인생에 큰 힘이 되리라고 짐작했다. 그리고 그 예상은 맞았다. 육아 일기는 김하나 작가의 삶에 가장 큰 영향을 준 책이 되었다. 그녀에게 육아 일기는 자신의 인생 자체를 비춰 주는 유일무이한 책이었다. 비록 어린 시절의 기억은 없지만 육아 일기를 보노라면 자신이 얼마나 큰 사랑을 받았는지를 확신할 수 있었기 때문이다.

『빅토리 노트』는 육아 일기에 대한 확신을 주었다. 내가 쓴 육아 일기도 아이들에게 큰 힘이 될 게 분명했다. 혹시나 엄마의 손길이 부족해서 서운한 게 있더라도 나중에 육아 일기를 보면 그간 몰랐던 엄마의 진심이 전해질 것 같았다.

나는 아이들이 생후 8개월 때부터 일기를 썼다. 막상 써 보니 육아 일기는 일기보다 편지에 가까웠다. 아이들의 가장 예쁜 모습을 찾고 하고 싶은 말을 다듬고 다듬어서 진심을 전하는 글이었다. 평소에 전하지 못했던 마음을 육아 일기에는 다 담을 수 있었다.

하지만 세 명의 일기 쓰는 것은 너무 힘들었다. 일기를 쓰려면 매일 밤 졸린 눈을 부릅떠 가며 잠과 사투를 벌여야 했다. 한 명당 20분씩 잡아도 다 쓰면 한 시간은 족히 걸렸다. 그래도 용케 반년 넘게 썼지만 점점 일기 쓰는 것이 느슨해졌다. 내용을 알차게 써야 한다는 압박도 생겨서 일기를 빼먹는 날이 늘어났기 때문이다.

그래서 찾은 방법이 긍정 확언 육아 일기였다. 그날 있었던 일에 관한 내용을 쓰는 게 아니었다. 내가 아이들에게 하고 싶은 말을 몇 문장으로 정해놓고 그것을 매일 쓰는 것이다. 물론 내용이 풍부한 일기라면 더할 나위 없이 좋다. 그렇지만 내게는 내용보다 꾸준하게 쓰는 것이 더 중요했다. 간단한 내용이더라도 꾸준히 쓴다면 그 자체만으로도 더 큰 의미가 있다는 것을 알았기 때문이다.

나는 다 쓴 수유일지를 아직도 보관하고 있다. 수유일지는 어떤 페이지를 펼쳐도 긍정 확언이 적혀 있다. 그 문장을 읽으면 당시 아이들의 건강을 바랐던 내 진심이 느껴졌다. 1년 동안이나 쓴 수유일지에 몇 년이라는 시간이 쌓이자, 수유일지는 그 자체만으로도 소중한 보물이 되었다.

짧은 기록이어도 꾸준히 쓴 글에는 진심이 담기기 마련이다. 내가 쓴 수유일지만 봐도 그때의 마음이 생생히 느껴지는데 육아 일기는 어떠할까.

긍정 확언만 쓴 육아 일기라도 아이들에게 충분히 진심을 전할 수 있을 거라고 확신했다.

기록으로 커지는 감사함

그런데 기록하면 할수록 내가 달라지고 있었다. 어느 순간부터 나는 사소한 것에도 감사함을 느끼고 있었다. 가족들과 함께 즐거운 시간을 보낼 때도, 심지어 음식물 쓰레기를 버리러 갈 때도 감사함을 느끼고 있었다. 냄새나는 음식물 쓰레기봉투를 들고 엘리베이터를 기다리면서 나는 '이렇게 살 수 있어서 나는 정말 행복한 거야.'라고 생각하고 있었다. 겨울날 창밖에서 함박눈이 내리는 것을 봤을 때도 새삼 모든 것이 즐거웠다. 내가 이 풍경을 볼 수 있다는 것이, 이 순간에 내가 있을 수 있다는 것이 감사했다.

나는 그런 내 모습이 너무 놀라웠다. 내가 감사할 줄을 알다니! 엄마가 되기 전에 감사 일기를 몇 번이나 써 봤지만 달라지는 게 없었다. 하루에 감사했던 일 3가지를 쓰면 감사할 수 있는 능력이 생긴다고 했지만 내게는 일어나지 않았다. 누구는 빨래해 주는 세탁기에까지 고마움을 느낀다던데 이해가 가지 않았다. 그랬던 내가 이제는 아무것도 아닌 상황이나 힘든 상황에서도 감사한 것을 찾을 수 있었다.

감사 일기를 써 본 사람이라면 알 것이다. 감사함을 느끼는 게 얼마나 어려운지. 나도 이전에 감사 일기를 여럿 실패했었다. 그런데 긍정 확언, 육아 일기를 쓰면서 나는 감사함을 느끼는 사람이 돼 가고 있었다. 이전에는 잘 안 됐던 감사 일기가 왜 아이들에 대한 기록을 통해서 성공했던 걸까?

가장 큰 변수는 내가 엄마라는 것이었다. 목숨보다 소중한 것이 있고 없고의 삶은 분명 달랐다. 아이들이 내 삶의 이유가 되자 가족의 존재, 일상이 이전과는 다르게 느껴졌다. 그 감정은 엄마로서 아이들과 함께하는 추억이 쌓일수록 조금씩 선명해졌다. 그리고 어느 순간 내게 가족이 누릴 수 있는 최고의 축복이 무언지를 알려 주었다. 내가 매일 아침을 가족과 함께 맞이하고 매일 밤 가족과 밤 인사를 하며 평안히 잠들 수 있는 것. 우리 집에서 함께 가족이 사는 것 자체가 가족이 누릴 수 있는 가장 큰 축복이었다.

내가 기록을 꾸준히 했던 것도 감사함을 높일 수 있었던 이유였다. 『기록하기로 했습니다』의 저자 김신지의 말에 의하면 기록은 삶에서 중요한 순간들을 걸러 내고 그 순간을 붙잡는 행동이다. 나는 미처 몰랐지만 매일 아이들에 대해 기록하면서 삶의 소중한 순간들을 한 번 더 되새기고 있었다. 나 자신, 주변 사람들, 물건, 일 등 평범한 것들이 어떤 가치를 지니는지를 새롭게 알아 가고 있었다.

기록한다는 것은 내게 주어진 시간을 헛되이 보내지 않겠다는 다짐이다. 짧은 한 문장이라도 괜찮다. 한 가지라도 소중히 여기면 일상에서 평온함과 감사함이 느껴진다. 감사함은 연쇄반응을 일으켜 다른 것에도 또 다른 감사함을 가져온다. 이렇게 감사함은 작은 감정의 변화를 시작으로 삶의 본질적인 변화를 불러일으킨다.

감사함과 행복은 '지금'에 집중할 때 찾아온다. 내게 다가오는 순간들을 기록해 보자. 기록은 익숙함에 무뎌져서 놓쳐 버린 일상의 소중함을 일깨워 줄 것이다.

"행복은 간단한 것들 속에 숨어 있다." – 알버트 슈바이처

5장

당신은 충분히 괜찮은 엄마입니다

01

누가 엄마를 게으르다고 욕하는가

엄마는 자신을 게으름뱅이로 착각한다

"집이 왜 이렇게 더러워?"

이 말 한마디만으로도 엄마는 기분이 상한다. 당사자는 아무런 악의 없이 그냥 한 말일지라도 애 보고 살림하느라 예민해진 엄마에게는 핀잔으로밖에 안 들린다. 집이 더럽다는 말뿐만이 아니다. 누군가가 집을 쓱 훑어본 뒤 '아휴~' 하며 내뱉는 한숨 소리도 엄마의 마음을 무겁게 만든다. 그리고 불편한 감정의 끝은 언제나 죄책감이다. 내가 부지런하지 못해서, 힘든 것을 못 참아서, 게을러서 이렇게 된 것이라고 엄마는 자신을 자책한다.

시부모님이 우리 집에 놀러 오셨을 때의 일이다. 먼 길 오는 것만으로도 힘드셨을 텐데 애들 옷 선물에 반찬, 과일까지 짐 한가득 싣고 오셨다. 그런데도 피곤한 내색 전혀 없이 오히려 나를 걱정하셨다. 며느리가 애 셋 키우느라 고생이 많다면서 아이들 생각 말고 푹 쉬라고 하셨다. 나는 그저 말씀만으로도 감사했다. 하지만 어머님은 진심이셨다.

아이들 이유식을 먹이고 옷을 갈아입히는데 어머님이 부엌에서 나오질 않으셨다. 무얼 하시나 하고 봤더니 부엌을 구석구석 청소하고 계셨다. 화들짝 놀라서 그 자리에서 벌떡 일어났다. "어머니! 쉬세요! 제가 하면 돼요!" 하지만 어머니는 괜찮다면서 부엌에 들어오려는 나를 밀어내셨다.

사실 시부모님이 오시기 전에 부엌 청소를 제대로 하지 않았다. 육아에 너무 지쳐서 부엌 청소할 엄두가 나지 않았기 때문이다. 애 낳기 전에는 주마다 부엌 청소를 하고, 손님이 온다고 하면 꼼꼼하게 한 번 더 청소했었다. 하지만 아이들이 태어나자 집안일은 뒷전으로 밀려났다. 설거지조차 겨우 하는데 타일 청소나 싱크대 청소라니.

그래도 시부모님이 오신다 해서 청소를 하긴 했지만 거실, 화장실 청소가 최선이었다. 애 셋 보느라 부엌 청소를 못 했다고 하면 변명일까 싶지만 정말이었다. 시부모님이 부엌에 들어오실 일도 딱히 없으니 가스레인지 기름때, 타일에 튄 음식 자국들을 모르실 거라고 생각했다.

하지만 몇십 년 동안 살림해 온 어머님 눈을 속일 순 없었다. 어머님은 멀리서 부엌을 스윽 보는 것만으로도 어디를 청소해야 하는지 아셨다. 그리고 우리 부부가 아이들 때문에 정신이 없는 틈에 조용히 부엌 청소를 하셨다. 나는 다급하게 남편에게 귓속말했다.

"부엌 청소는 내가 해야 할 것 같아. 애들 좀 보고 있어."

"지금? 애들이 낯 가려서 울고 우리한테 안 떨어지잖아. 부엌에 들어가면 애들이 더 심하게 보챌 거야. 이번만 엄마한테 부탁하자."

마음 같아서는 당장 내가 직접 청소를 하고 싶었다. 하지만 아이들이 오랜만에 본 할머니, 할아버지에게 낯가리는 바람에 꼼짝없이 아이들을 안고 있어야 했다.

그때 내 심정은 어땠을까? 그야말로 좌불안석이었다. 아이들을 돌보면서도 어머니께 시선을 뗄 수가 없었다. 저런 부엌 꼴을 어머니께 보이다니. 평소에도 청소를 안 해서 지저분한데. 어머님이 나를 뭐라고 생각하셨을까? 오늘 아침에 일찍 일어나서 청소할걸, 아니, 평소에 조금씩이라도 해둘걸. 나는 내 게으름을 자책했다.

당시에는 정말 못 견디게 부끄러웠다. 육아 스트레스가 극심했던 때라 나를 비난하고 몰아세웠다. 그런데 지금 생각하면 왜 그렇게 자책했을까 싶다. 이것저것 따져 보면 그 상황은 크게 문제가 되는 상황이 아니었다. 우리 부부에게 부엌 청소는 무리였었고, 어머니께서는 그런 내가 안쓰러워서 도와주고 싶어 하셨다. 나를 비난하는 사람은 아무도 없었다. 물론, 며느리인 나로서 불편할 수도 있겠지만 얼마든지 시어머니의 배려를 감사한 마음으로 받아들일 수 있었다. 그런데 왜 그때는 그러지 못했을까?

나는 내가 해야 할 일을 못 할 때마다 나 자신을 탓했다. 운동을 미뤄서 살이 계속 찔 때, 늦잠 자느라 아침밥을 못 차려서 아이들이 배고프다고 울

때, 기저귀 가는 것을 깜빡해서 소변이 샜을 때, 너무 피곤해서 놀이터에 가자는 아이들에게 안 된다고 화를 내고 나면 죄책감이 밀려왔다. '왜 나는 게으른 걸까? 좀 더 부지런하면 되는 건데 왜 늘 나아지지 않는 걸까?'

처녀 때는 게을러도 아무런 거리낌이 없던 나였지만 엄마가 되고 나니 게으름이 죄악처럼 느껴졌다. 누군가가 내게 '엄마는 부지런해야 해. 게을러서는 안 돼.'라고 강요한 것도 아니었다. 왜 나는 부지런함을 잣대로 나 자신을 모질게 대했을까? 쉬어도 편히 쉬지 못하고 더 움직이라고 채찍질했던 걸까? 나의 게으름에 대한 죄책감은 어디서 온 걸까?

게으름은 휴식이 필요하다는 강력한 신호다

『게으르다는 착각』의 저자이자 사회심리학자인 데번 프라이스는 아이를 키우는 부모들이 게으름에 대한 죄책감에 쉽게 노출된다고 말한다. 부모는 타인의 요구를 충족시켜 줘야 한다는 압박을 많이 받는다. 육아는 조금이라도 때를 놓치면 그만큼의 대가가 따라오기 때문이다. 또한, 부모들은 육아의 책임이 전적으로 자신에게 있다는 것을 알기에 더더욱 자신의 책임과 해야 할 일에 민감하게 반응한다. 이렇다 보니 엄마는 자신이 게으르다는 착각에 빠지게 된다. 사실 이것은 가짜 게으름인데 말이다.

게다가 육아와 가사 노동은 사회적, 경제적 가치가 저평가되는 영역이다. 실제로는 엄청난 에너지와 시간을 쏟아부어야 하지만 남들에게는 다 하는 일로만 여겨질 뿐이다. 그러다 보니 엄마들은 이 두 가지를 해내지 못했을 때 자신을 질책하게 된다.

그래서 나는 이렇게 착각했다. '내가 게으름 피우지 않았다면 무언가를 더 할 수 있었을 텐데, 더 부지런했다면 이런 일은 없었을 텐데.' 하지만 과연 그럴까?

몸이 게을러진다는 것은 강력한 자기 보호다. 게으를수록, 아무것도 하기 싫을수록 몸과 마음이 쉼을 절실하게 원한다는 뜻이다. 우리 몸은 늘 균형을 찾으려고 한다. 너무 나태해지거나 너무 부지런해지려는 것 모두 몸의 균형이 깨졌다는 증거다. 게으르다고 느껴지는 것은 내가 쉬어야 한다고 몸이 신호를 보내는 것이다. 즉, 게으름은 극복의 대상이 아니라 일종의 경고인 것이다.

엄마는 가짜 게으름에 자책할 필요도, 변명할 필요도 없다

엄마라면 '10분만 누웠다가 집안일 해야지.' 했다가 다음 날 아침에 눈 뜬 경험이 있을 것이다. '너무 졸리니까 아침 일찍 일어나서 마저 해야지.' 했다가 아이들보다 늦게 일어난 경험도 있을 것이다. 그럴 때 자신에게 화내지 말자. 부지런해져야 한다고 스스로를 매몰차게 몰아붙이지도 말자. 좀 더 부지런했다면 무언가 생산적인 활동을 했을 거라고 후회하지도 말자. 어차피 하더라도 제대로 하기 힘들었을 것이고 하고 나면 더 힘들게 분명하다.

게으름에 대한 생각만 달리해도 나 자신을 지켜 낼 수 있다. 자신이 게으르다고 느껴질 때면 일부러 '난 게으른 게 아니야, 지금은 쉬어야 한다는 뜻이야.'라고 생각해 보자. '내가 많이 피곤했구나. 지금은 휴식이 필요한 때구나.'라고 스스로를 다독여 주자. 그래도 괜찮다. 게으름은 육아에 지친 엄마에게 휴식이 필요하다는 메시지다.

게으름의 진정한 치유는 나를 보살피는 것에서부터 시작된다. 자신을 다그치지 말고 어느 부분이 힘든 건지를 세심히 살펴봐야 한다. 그렇다고 마냥 늘어지라는 것은 아니다. 게으름의 신호가 왔을 때 스스로에게 잘 귀 기울여 보라는 뜻이다.

엄마의 게으름은 엄마의 삶의 균형이 깨졌다는 적신호다. 게으름이라는 신호를 무시하고 자신을 착취하지 말자. 엄마는 지금까지 엄마의 몫을 해온 것만으로도 이미 대단한 사람이다. 그런 엄마에게는 충분한 휴식이 필요하다.

"힘들고 어려운 일을 할 때에는 일하는 만큼의 휴식도 필요하다."

– 미겔 데 세르반테스

02

'좋은 엄마'라는 가면

부모 적성 검사가 있다면 어떨까?

"부모는 상당히 중요한 직업이다. 그러나 우리는 아이들을 위해 이 직업을 위한 적성검사를 한 번도 해 본 적이 없다."

– 노벨 문학상 수상자 조지 버나드 쇼

부모만큼 아이 인생에 절대적인 영향을 미치는 사람은 없다. 그렇기에 부모가 되겠다는 결심은 중대하고 신중한 결정이어야 한다. 그러나 부모 역할이 중요시되는 것에 반해 그 자질을 확인하는 검사는 존재하지 않는다. 부모의 책임을 생각한다면 적성검사를 도입해도 이상하지 않은데 말이다. 그런데 여기서 한 가지 의문이 든다. 만약 양육 능력 및 자질을 확인하는 검사를 실시한다면 많은 부모에게 어떤 영향을 미칠까?

적성이란 어떤 일에 알맞게 타고나는 능력이다. 부모로서 적성을 검사한다면 양육에 필요한 능력들을 평가 영역으로 체계화해서 각 양육 능력을 점수화하는 방식일 것이다. 대부분의 적성검사가 그러하듯 말이다.

그렇다면 부모 적성 검사가 부모들에게 미치는 영향은 긍정적일까? 부정적일까? 여러 생각이 떠오른다. 그중에서 장점을 꼽는다면, '좋은 부모'가 무엇인지 구체적으로 알려 준다는 점이다. 보통 적성 검사에서 평가 항목들은 특정 적성을 위해 갖춰야 할 역량들을 나타낸다. 그리고 각 평가 항목에서 고득점일수록 적성에 맞는다고 해석한다. 부모 적성검사도 마찬가지다. 영역별 점수로 자신의 강점과 부족한 부분을 알 수 있고, 결과적으로 좋은 부모인지 아닌지를 구체적으로 예측할 수 있다.

하지만 '좋은 부모'를 점수화하는 것이 좋지만은 않을 것 같다. 아이를 사랑하는 마음과는 달리 낮은 점수를 받은 부모가 좌절감에 빠질 수도 있고, 부모 적성검사 자체가 완벽한 부모가 돼야 한다는 강박을 심을 수도 있기 때문이다. 그리고 이 부작용들은 부모를 순식간에 불행하게 만들어 버릴 것이다.

완벽한 엄마가 되고 싶어 하는 엄마들

모든 부모는 자녀에게 좋은 부모가 되고 싶다. 하지만 마음과는 달리 현실 육아는 냉정하다. 육아에 지친 엄마들은 쉽게 자신감을 잃어버린다. 끊임없이 남과 비교하며 자신의 부족한 점만 찾게 된다. 불안에 휩싸여 이것도 저것도 해야 한다고 자신에게 끊임없이 책임을 가중한다. 그러다 보면 어느새 '좋은 엄마'란 무엇이든 완벽하게 해내는 엄마라고 착각하게 된다.

정신과 전문의인 이서경은 『좋은 엄마 콤플렉스』에서 많은 엄마가 '완벽한 엄마'에 집착하는 이유를 설명한다. 과거에 여자는 결혼하고 애 낳는 것이 당연했다. 엄마가 되는 것은 당연한 통과의례였지만 그렇다고 육아가 우선순위는 아니었다. 아이를 잘 키우는 것보다 생계를 해결하는 것이 중요했다. 육아에 대한 분위기도 달랐고 육아 지식도 충분하지 않았다.

하지만 오늘날 엄마들은 육아를 최대한 잘 해내야 하는 과제로 여긴다. 출산은 선택의 문제로 바뀌었고 낳더라도 적게 낳는다. 예전만큼 먹고사는 데 큰 문제도 없고 육아 정보는 넘쳐 난다. 이제 엄마들은 아이를 키우는 데 온 역량과 정성을 쏟을 수 있게 됐다. 엄마로서는 아이를 잘 키우고 싶은 욕심이 들 수밖에 없다.

그래서 그런 걸까. 엄마들은 알게 모르게 끊임없이 다른 엄마와 비교하게 된다. 서구 엄마들과 우리나라 엄마들을 대상으로 어떤 상황에서 기쁨과 만족감을 느끼는지 확인하는 뇌 연구가 있다. 엄마들에게는 자신도 100점 맞고 남들도 100점을 맞은 상황, 자신은 70점, 남들은 40점 맞은 상황을 각각 보여 주었다. 테스트 결과 서구 엄마들은 전자에서 만족감을 느끼지만 우리나라 엄마들은 후자에서 더 높은 만족감을 느꼈다. 서구 엄마들은 자신의 절대적인 이익이 있을 때 만족감을 느끼지만 우리나라 엄마들은 다른 사람과 비교해서 자신이 낫다고 느낄 때 만족감을 느끼는 것이다.

엄마들은 정체성 혼란도 겪는다. 엄마가 되기 전과 엄마가 되고 난 후의 삶은 너무나 다르다. 엄마가 되기 전에는 남자들과 동등한 교육을 받고 사회적, 경제적 능력을 마음껏 펼치면서 살았다. 현대 여성으로서 얼마나 다양한 삶을 살 수 있는지도 잘 알고 있다.

그에 반해 엄마의 삶은 판에 박힌 것처럼 느껴진다. 엄마의 역할도 여전히 저평가된다. 과거에는 엄마들이 희생을 감수하면서 육아와 집안일을 도맡아 했지만 수십 년이 지난 지금도 크게 다르지 않다. 아이 키우는 일은 여전히 엄마의 몫이다. 이렇다 보니 엄마들은 자신이 어떤 엄마가 되어야 하는지 혼란스럽기만 하다.

나도 마찬가지였다. 엄마 역할을 해내느라 허덕였고 다른 엄마와 끊임없이 비교했다. 혼자서 이것도 저것도 해야 한다며 불가능에 가까운 육아를 목표로 세웠다. 어느새 나는 '완벽한 엄마'가 돼야 한다고 나 자신에게 주문을 걸고 있었다.

요리하기가 귀찮아서 아이들 밥을 대충 때우면 집밥을 손수 해 먹였던 친정엄마의 모습이 떠올랐다. 온라인 쇼핑도 배달도 없던 시절에 어떻게 엄마는 장을 보고 밥을 차렸던 걸까. 집밥을 해 먹였던 친정엄마와 나 자신을 비교하다 보면 자신이 게으르게 느껴졌다.

다른 엄마와 비교도 참 많이 했다. 또래 아이가 유창하게 말하는 모습을 보면 괜스레 조바심이 났다. 아이 옷을 센스 있게 입힌 엄마들을 보면 티, 바지 구색만 맞춰서 입힌 나의 센스가 초라하게 느껴졌다.

나는 늘 내 부족한 점을 기가 막히게 찾아냈고 심지어 만들어 내기도 했다. 그러면서 아이들에게 좋은 엄마가 아니라고 자신을 스스로 깎아내렸다. 그러나 내가 부족하다고 생각했던 것들이 과연 아이들에게도 꼭 필요했던 것일까? 내가 완벽해질수록 육아의 질은 물론이고 아이들도 행복해지는 걸까?

완벽한 엄마는 오히려 좋은 엄마가 아니다

정신분석가이자 '충분히 좋은 엄마' 개념을 처음으로 제시한 도널드 위니코트는 좋은 엄마를 다음과 같이 설명한다.

> "많은 부모님이 아이들이 잘 자라기 위해서 이상적인 부모가 되어야 한다고 생각합니다. 하지만 그렇지 않습니다. 아이들에게는 성공도 하고 실패도 하는 어른들이 있어야 합니다."

도널드 위니코트가 설명하는 '충분히 좋은 엄마'는 완벽함과는 거리가 멀다. 오히려 부족한 점이 많은 엄마가 '좋은 엄마'에 가깝다. 엄마 노릇을 하면서 실수도 하고 아이를 너무나 사랑하지만 미워하기도 하는 그런 엄마 말이다. 온종일 아이 곁에 붙어서 헌신하고 모든 것을 제공해야 좋은 엄마가 되는 것은 아니란 뜻이다.

도널드 위니코트는 모든 엄마는 엄마의 자질을 타고난다고 설명한다. 여기서 엄마의 자질은 어떤 특정 능력을 말하는 게 아니다. 엄마가 자신을 받아들이고 아이 앞에 진정한 자기 모습을 보인다면 누구나 좋은 엄마가 될 수 있다는 뜻이다. 즉 '충분히 좋은 엄마'란 어떤 조건을 다 갖춘 엄마가 아니라 이미 엄마의 존재 자체로 충분하다는 것을 의미한다.

돌이켜 보면 아이들은 그냥 엄마인 나를 원했다. 아이들은 나를 다른 엄마와 비교하지 않았다. 항상 나를 최고로 생각했고 제일 사랑했다. 내가 부족하다고 생각한 것들은 아이들에는 전혀 중요한 것들이 아니었다. 잘 차린 밥 대신 시리얼이나 빵이 나와도 잘 먹었고, 가끔 빨래에서 쉰내가 나도 아이들은 개의치 않았다. 피곤함에 절어서 아이들에게 화를 내도 시간이 지나면 방긋방긋 웃으며 다시 나를 찾았다.

아이들은 내가 짓는 찰나의 미소만으로도 행복해했다. 부엌에서 요리하다가 눈이 마주친 아이들을 향해 웃으면 아이들은 '엄마, 사랑해~!'라고 외쳤다. 기분이 꿍해도 내 품에 안겨 있으면 얼마 안 가 활짝 웃었다. 아이들은 많은 것을 바라지 않았다. 그저 엄마의 존재, 나를 원할 뿐이었다.

나는 이미 충분히 좋은 엄마다

나는 이미 좋은 엄마였다. 하지만 내가 나를 인정하지 못해서 자꾸만 다른 모습으로 가면을 썼다. 어떤 날은 감정 조절이 완벽한 엄마 가면을, 어떤 날은 집밥 요리를 하는 엄마 가면을, 어떤 날은 모성애 가득한 사랑 넘치는 엄마 가면을 말이다. 바보 같고 소모적인 일이었다. 아이들은 아무런 조건 없이 나를 좋아하는데. 이미 나는 충분히 좋은 엄마인데 왜 자꾸 더 좋은 가면을 찾지 못해서 안달이었을까.

개인적으로는 부모 적성 검사가 없어서 다행이라고 생각한다. 이미 그 자체로 좋은 엄마인데 검사 점수가 낮다고 해서 자신을 깎아내리는 일은 없어야 하니까 말이다. 게다가 부모란 아이를 키우면서 겪는 숱한 시행착

오를 통해 함께 성장하는 존재가 아니던가. 함께 성장해야 하는 부모에게 자질 여부를 평가하는 것 자체가 어불성설일지도 모른다.

아이를 키우다 보면 이런 좋은 엄마, 저런 좋은 엄마가 되어야 할 것 같다. 알게 모르게 주변에서 들어오는 압박과 자괴감에 못 견뎌 좋은 엄마 가면을 쓰면 일시적으로는 자신이 나아 보일지 모른다. 그러나 가면은 가면이다. 아이들도 가면 쓴 엄마를 원하지 않는다. 자신이 부족한 엄마라고 가면 속에 숨지 말자.

아이가 가장 사랑하는 사람은 엄마다. 아이에게 더 완벽하고 훌륭한 모습을 보여 주지 않아도 괜찮다. 엄마로서 특별한 성과를 내지 않아도 괜찮다. 나는 내 존재만으로도 아이에게 큰 힘이 되는 사람이다. 그렇기에 나는 지금도 충분히 좋은 엄마다.

03

아이 곁에서 부모 자리를 지킨다는 것

아이들과의 강렬한 첫 만남

내 아이를 처음 만나는 순간만큼 강렬한 기억이 또 있을까? 급박한 출산 끝에 이루어지는 첫 만남은 짧은 순간이지만 평생토록 기억에 남는다.

내게도 아이들에 대한 강렬한 첫 기억이 있다. 세쌍둥이라 남들과 조금 다른 점이 있다면 출산 직후의 기억이 아닌, 아이들이 신생아집중치료실에서 퇴원하는 날의 기억이라는 것. 자책과 그리움의 생이별을 끝내고 아이들을 만났을 때의 감동을 어떤 말로 표현할 수 있을까? 그날의 기억은 각인된 것처럼 떠올릴 때마다 늘 선명하다. 병원에 풍기던 약 냄새, 아이들을 안았을 때의 무게감, 긴장과 설렘까지. 그때 느꼈던 감각들이 생생하게 되살아난다.

"애들이 우릴 못 알아보면 어쩌지?"

"아기는 엄마 냄새랑 목소리를 기억한대. 우리 애들도 기억하지 않을까?"

"우리는 낳자마자 애들이랑 떨어져 있었잖아. 한 달 동안 첫째는 수유 연습으로 딱 두 번 안아 봤고, 둘째, 셋째는 면회할 때 몇 마디 건넨 게 전부야. 우리를 낯설어하면 어쩌지?"

세 아이 모두 동시에 퇴원하던 날, 기쁨으로도 벅찼지만 겁도 났다. 내가 껍데기만 엄마인 것처럼 느껴졌기 때문이다. 나는 아이들을 낳았지만 직접 보살핀 적은 없었다. 기저귀를 갈아 준 적도 없고 수유도 못 해 줬다. 안아 주지도 못했고 마음껏 예뻐해 주지도 못했다. 그 모든 것을 간호사가 대신해 줬으니, 아이들이 나를 낯설어해도 이상하지 않을 것 같았다.

병원에 도착하니 긴장과 설렘으로 심장이 쿵쾅댔다. 머릿속에서 온갖 걱정이 떠올랐다. 그때 세 개의 아기 바구니가 나왔다. 사진으로만 봤던 아기들을 실제로 보니 눈물이 터져 버렸다. 반가움, 미안함, 고마움, 온갖 감정이 뒤섞여서 어쩔 줄 몰랐다. 하지만 감동도 잠시, 간호사가 퇴원 준비로 자리를 비우자마자 둘째가 울기 시작했다.

'어떡하지? 둘째가 우는데 안아야 하나? 내가 안았다가 더 울면 어떡하지?'

남편도 퇴원 짐을 싸러 자리를 비운 터라 대기실에는 나와 아이들뿐이었다. 하지만 둘째를 안아서 달랠 자신이 없었다. 한 번도 안아 본 적 없는데 내가 괜히 안아서 더 울면 큰일이었다. 게다가 퇴원했다 해도 몸무게는 겨우 2.5kg이었다. 이렇게 작은 아기를 안아서 달랜다니, 너무나 무서웠다. 그때 간호사가 들어왔다.

"어머니, 둘째 한번 안아 보세요."
"제가 안아도 울 것 같아요. 저를 못 알아볼 것 같아요…."
"아기들은 엄마를 기억해요. 한번 안아 보세요."

나는 그 자리에 서서 바보처럼 울기만 했다. 계속 머뭇거리자 결국 간호사가 둘째를 안아서 안겨 주었다. 둘째가 내 품에 들어왔을 때의 그 느낌이란. 목이 메서 아무 말도 못 하고 눈물을 흘리면서 둘째를 바라봤다. 그러자 둘째가 울음을 뚝 그쳤다. 좀 전까지만 해도 안 달래질 것처럼 울던 아이가 거짓말처럼 울음을 멈췄다. 그러고는 나를 빤히 쳐다봤다.

"둘째가 엄마를 알아보네요."

'정말로? 나를 알아본다고?' 간호사의 말을 믿을 수가 없었다. 아이들은 태어나자마자 두 달 가까이 나와 떨어져 지냈었다. 나와 함께 보낸 시간을 모조리 합쳐도 2시간이 안 됐다. 아이들이 나를 못 알아보는 게 당연했다. 그런데 둘째가 나를 알아보았다. 놀라면서도 신기한 표정으로 말이다. 작고 까만 눈동자는 내 눈을 똑바로 바라보았다. 겨우 진정하고 둘째에게 말을 걸었다. 둘째는 내 몸짓, 내 목소리에 반응했다. 아기 침대에 내려놓을 때까지 둘째는 내 얼굴에서 눈을 떼지 않았다.

둘째는 무슨 생각을 했던 걸까? 갑자기 엄마 냄새를 맡아서 놀랐던 걸까? 아니면 엄마의 체온과 목소리가 낯설었던 걸까? 둘째가 무슨 생각을 했는지는 알 수 없다. 하지만 분명한 건 내가 엄청난 감정들을 느꼈던 것처럼 둘째도 무언가를 강하게 느꼈다는 것이다.

아이에게 부모는 전부다

둘째와의 교감은 너무나도 강렬했다. 나는 엄마와 아이가 서로의 곁에 있는 게 어떤 의미인지를 본능적으로 깨달았다. 내게 아이들이 전부인 것처럼 아이들에게도 내가 전부였다. 아이들과의 첫 만남 이후로 나는 내가 해야 할 일이 무엇인지를 알았다. 바로 엄마 자리를 지키는 것. 태어나자마자 서로 떨어져 지내야 했던 아픔을 알기에 엄마의 자리를 비워 두지 않겠다고 다짐했다.

그런 이유로 나는 어린이집을 늦게 보냈다. 아이들이 32개월 때 어린이집에 입소했으니 또래에 비해 늦게 간 편이었다. 어떤 거창한 육아 목표가 있어서가 아니었다. 그저 아이들과 많은 시간을 보내고 싶을 뿐이었다. 사람들은 그런 나를 대단하다고 치켜세웠다.

"세쌍둥이인데 어린이집을 안 다닌다고요? 저는 쌍둥이 육아가 너무 힘들어서 돌 되자마자 바로 보냈어요. 엄마가 진짜 대단하시다."

다른 엄마들은 한 명도 힘든데 어떻게 셋을 보느냐고 놀라워했다. 애착

형성이나 대상항상성 이야기를 하면서 나보고 대단하다고 했다.

하지만 그런 칭찬을 들을 때마다 너무나 부끄러워서 얼굴을 들지 못했다. 내 육아 실력이 너무 형편없어서 그런 칭찬이 부담스러웠기 때문이다. 아무리 어린이집을 안 보내고 가정 보육을 한다지만 내 육아는 엉망진창이었다. 그래서 사람들이 칭찬할 때마다 이런저런 이유로 어쩔 수 없이 어린이집을 못 보낸 거라고 둘러대기도 했다.

나는 정말 육아를 못했다. 요리도 못해서 똑같은 반찬이 계속 올라왔고 그마저도 맛이 없어서 아이들이 남기기 일쑤였다. 쌓인 집안일을 하느라 잘 놀아 주지도 못했다. 몸이 피곤하니 화도 자주 냈다. 그러다가 밤만 되면 죄책감에 빠져 눈물을 흘렸다. 낮에는 화내고 밤에는 우는 것이 일상이었다. 내가 쓰레기처럼 느껴질 때면 차라리 어린이집에 보내는 게 낫겠다 싶었다. 아이들에게도 스트레스받는 엄마보다 어린이집 선생님이 훨씬 이로울 것 같았다.

하지만 그때마다 둘째와의 기억이 나를 붙잡았다. 너무 힘들어서 어린이집에 보내고 싶은 욕구가 솟구칠 때, 육아를 너무 못한다는 생각이 들어 자괴감이 들 때마다 아이들과의 첫 만남이 떠올랐다. 엄마를 찾는 눈빛, 엄마를 알아보는 표정.

그러면 신기하게도 그 기억이 나를 위로해 주었다. 육아 실력이 형편없어도 왠지 괜찮을 것 같았다. 나의 나쁜 습관들도 어쩌면 큰 문제가 되지 않을 것 같았다. 막연한 생각들이었지만 나 자신을 보듬기엔 충분했다. 아이들에게 필요한 것은 엄마인 나였다. 엄마가 곁에 있다는 게 아이들에게 어떤 의미인지를 생각하면 내가 쓰레기 같다는 생각도 멈출 수 있었다. 힘들 때마다 둘째와의 기억을 떠올리면 '그래, 나 정도면 괜찮은 엄마야.'라고 나 자신을 다독일 수 있었다. 그렇게 스스로를 위로하면서 힘든 순간을 버티다 보니 32개월이 될 때까지 가정 보육을 할 수 있었다.

부모가 부모 자리를 지키는 것만으로도 충분하다

"엄마들은 아이들에게 무언가를 많이 해 주어야 좋은 엄마라고 생각합니다. 하지만 사실은 그렇지 않아요. 엄마가 아이 곁에 있기만 하면 그걸로 충분합니다."

– 정신의학과 의사 조선미

정신의학과 의사이자 육아 멘토인 조선미는 좋은 엄마란, 아이를 그냥 키우는 엄마라고 말한다. 이것저것 다 해 줘야 좋은 엄마가 되는 게 아니다. 그저 부모가 부모 자리를 지킨다면 그것만으로도 충분하다는 뜻이다.

그런데 부모의 자리를 지켜야 한다는 말은 너무나 쉬워 보인다. 아이 곁에 내가 있어 준다는 게 그저 아무 일도 아닌 것처럼 보인다. 하지만 아이에게 부모가 어떤 존재인지를 생각한다면 그렇게 쉽다고만 말할 수 없다.

무언가가 익숙하고 당연하게 느껴지면 그 자체의 소중함도 잊게 된다. 나와 남편이 아이들 곁에 있는 것도 마찬가지다. 그러나 너무나 쉽거나 당연하다고 해서 중요하지 않은 것은 아니다. 아이들 곁을 지키는 것은 그 자체로 대단하고 매우 중요한 일이다.

좋은 부모는 부모의 자리를 묵묵히 지키는 부모다. 엄마가 엄마 자리에 있고, 아빠가 아빠 자리에 있으면 된다. 그거면 충분하다.

04

집안일보다 사람이 먼저다

육아와 집안일은 한 세트다

"세쌍둥이를 어떻게 키울까. 엄마가 힘들어서 어쩌누."

나는 아이들을 낳기 전부터 어른들의 걱정을 한몸에 받았다. 한 명도 힘든데 셋은 얼마나 힘들까 하는 말은 어른들의 단골 레퍼토리였다. 게다가 체격도 작아서 어른들이 터질 것 같은 내 배를 안쓰럽게 쳐다봤다. 그럴 때마다 대화의 분위기를 바꾸기 위해 "힘들어도 잘 키워야죠!"라고 웃으면서 호기롭게 말했다. 아직 태어나지도 않은 아이들에게 벌써 '세쌍둥이는 키우기 힘들다'는 잣대를 대고 싶진 않았다.

내심 육아도 자신 있었다. 나는 교사였고 아이들을 무척 좋아했다. 남의 애도 너무나 예쁜데, 세쌍둥이라고 내 새끼들을 못 키울까. 아무리 육아가 힘들다 해도 결국 내 애들만 잘 키우면 되는 거 아닌가. 나는 그렇게 생각했다. 정말이지, 애 한번 안 키워 본 사람의 순진한 착각이었다.

초보 엄마였던 내게는 수유 텀과 수면 교육이 가장 큰 화두였다. 두 명 이상을 동시에 먹이면 한 명을 제때 트림시켜 주지 못해서 게워 내는 일이 많았다. 그에 반해 재우는 것은 무조건 동시에 재워야 했다. 자는 시간이 달라서 한 명이라도 먼저 깨어나면 다시 육아 모드로 들어가야 했기 때문이다. 상황이 이렇다 보니 수유 텀은 30분 간격을 두고 차례대로 먹이고, 잠은 최대한 동시에 자는 것을 중요하게 여겼다. 이 두 가지만 잘 지키면 육아가 꽤 수월해질 거라고 생각했다. 하지만 생각과는 어느새 나는 집안일에 허덕이고 있었다.

애 돌보는 것만 생각했지, 집안일은 미처 생각하지 못했다. 아이들 살이 닿는 이불을 부지런히 빨아야 한다는 것도 몰랐다. 세끼를 먹이기 위해 장보고, 요리하고, 설거지하는 일이 중노동이란 것도 몰랐다. 아이들이 크면서 육아용품이 늘어날수록 청소, 정리해야 할 일도 폭발적으로 늘어난다는 것도 몰랐다.

두 손도 모자라 발까지 써 가며 세 명을 돌보고 나서야 진짜 육아가 무엇인지를 깨달았다. 육아는 아이만 돌보는 일이 아니었다. 애 보기는 기본 옵션이요, 애 키우면서 딸려 오는 무수한 집안일도 함께 해야 했다. 한 명을 키우면 1인분의 집안일이 따라오고, 두 명을 키우면 2인분의 집안일이 따라오는 것이었다. 애 보기와 집안일은 떼려야 뗄 수 없는 한 세트였다.

나는 뒤늦게 어른들의 말뜻을 이해했다. '한 명도 힘든데 세 명은 어떻게 키울까'라는 말에는 아이들 키우는 노고만 걱정하는 것이 아니었다. 세쌍둥이 육아를 기본으로 깔고 그 위에 얹어지는 엄청난 집안일까지 걱정했던 것이었다.

엄마는 집안일과 육아를 모두 해내야 하는 걸까?

세쌍둥이를 키우면서 생기는 집안일은 끝이 없었다. 젖병 14개와 뭐든지 3개 이상인 아이들 식기만으로도 설거지는 엄청났다. 아무리 쓸고 닦아도 바닥은 금세 더러워졌다. 세탁기와 건조기는 매일 쉬지 않고 돌아가는데도 빨래는 줄지 않았다. 거기다 아이들은 끊임없이 물건을 망가뜨리고 깨뜨렸다.

그러나 나는 집을 청소하고 싶어도 마음대로 할 수가 없었다. 집안일을 하려면 타이밍이 딱 맞아야 했다. 셋이 잘 놀거나, 셋이 모두 잠들거나. 이때가 아니면 집안일을 도저히 할 수가 없었다. 그렇다고 아이들을 재운 뒤 집안일을 하고 싶진 않았다. 녹초가 된 몸으로 집안일 하는 것이 여간 고된 일이 아니기 때문이다. 그렇다면 남은 방법은 하나였다. 아이들이 깨어 있을 때 짬짬이 집안일을 하기. 하지만 애들 보면서 집안일 하는 것은 미션이나 다름없었다.

아이들이 밥을 배불리 먹고 나니 컨디션이 좋아졌다. 이때다 싶어 부리나케 싱크대 앞으로 달려갔다. 아이들이 언제 울거나 나를 찾을지 모르니 후다닥 끝내야 했다. 손은 허겁지겁 그릇을 닦고 눈으로는 아이들 동태를 살피면서 노심초사했다.

하지만 황금 같은 타이밍도 대부분 3분 컷이었다. 아이들이 나를 찾는 소리에 그릇에 거품을 헹구지도 못하고 그냥 두거나, 바닥에 먼지만 모아 둔 채 그냥 두거나 할 때가 많았다. 무엇 하나 깔끔하게 마무리가 되지 않으니 점점 짜증이 났다. '내가 노는 것도 아니고 집 좀 청소하겠다는데, 피곤한 것도 참고 정리 좀 하겠다는데 이것조차 못 하는 거냐고!' 속으로 울화가 터졌다. 아이러니하게도 집안일을 하려고 할수록 집은 어수선해졌고 아이들에게 더 짜증을 냈다. "엄마 설거지 좀! 빨래 좀! 좀 기다려!"

점점 집안일 자체에 의문이 들었다. 정말 이렇게까지 해야 하는 걸까? 아이들에게 화내고 나의 쉼을 포기하면서까지? 집안일을 하는 이유는 온전한 휴식을 위해서라는데, 이러다가는 내가 말라 죽을 것 같았다. 아이 있는 집이 깨끗해야 하는 건 맞지만 엄마가 병들어 간다면 우선순위가 바뀐 게 아닐까? 아무리 집안일이 중요하다고 해도 엄마의 건강과 아이들과 보내는 시간보다 더 중요할까?

가족보다 중요한 집안일은 없다

어린아이를 둔 유명 여가수는 집안일과 육아를 병행하는 게 밖에서 일하는 것보다 세 배 힘들다고 토로했다. 아들 셋을 둔 개그우먼은 집 정리를 해 주는 프로그램에서 살림을 잘 해내지 못했다는 죄책감에 눈물을 흘렸다. 그동안 아이들에게 편안한 공간을 주지 못한 것에 대해 마음고생을 많이 한 것 같았다.

이쯤 되면 육아와 집안일은 제로섬 게임이나 다름없다. 참가자가 어떤 선택을 하던, 얻는 것과 잃는 것의 총량이 정해진 제로섬 게임처럼 육아와 집안일도 마찬가지다. 아이를 보려면 집안일을 내려놓아야 하고, 집안일을 하려면 육아를 내려놓아야 한다. 엄마가 초인이라면 모를까, 나처럼 저질 체력인 사람에게는 아이들과 하루를 버티는 것도 기적이다. 그래서 나는 집안일 대신 내 건강과 아이들을 선택하기로 했다. 아무렴, 집안일이 사람보다 더 중요할까!

나는 깔끔하게 집안일을 포기했다. 그러자 집은 놀라울 정도로 빠르게 더러워졌다. 거실에는 늘 장난감과 각종 물건이 뒤엉켜 있었고, 세탁한 빨랫감과 빨아야 할 빨랫감은 늘 쌓여 있었다. 사용하지 않는 방과 베란다는 창고가 돼서 귀신이 나와도 이상하지 않았다. 우리 부모님은 이런 나의 행보를 달가워하지 않으셨다. 손주들을 봐주러 매일 오실 때마다 집은 난장판인데 딸은 힘들다고 청소를 안 하니, 어느 부모가 좋아할까.

나라고 청소를 안 하고 싶었던 것은 아니었다. 부모님 마음도 이해가 갔고, 지저분한 집을 계속 보여 주는 것도 부끄러웠다. 게다가 육아로 힘들어서 신경이 예민할수록 더러운 것들이 더 거슬렸다. 눈에 밟히는 것들이 한둘이 아니어서 청소하고 싶은 충동과 죄책감이 하루에도 몇 번씩 일었다.

그러나 나는 '섣불리' 집안일을 하지 않았다. 집안일을 하는 기준을 나로 두었기 때문이다. 나는 나의 상황과 체력을 먼저 생각했다. '지금 청소하는 게 무리일까, 아닐까?', '만약 집안일이 무리라면 지금 할 수 있는 최소한의 범위는 어디일까?' 이런저런 질문을 던져 보고 무리다 싶으면 집안일을 하지 않았다.

육아와 살림을 모두 잘하면 좋겠지만 나로서는 불가능한 일이었다. 특히나 아이들이 엄마만 찾는 육아 집중기에는 더더욱 그러했다. 그렇다고 멋대로 청소도 안 하고 더럽게 살겠다는 것은 아니었다. 육아와 집안일 사이에서 스스로 균형을 잡을 수 있게 되면 내가 해야 할 일들을 할 것이다. 그때까지는 내가 정한 우선순위에 따라 중요한 것에 집중하겠다. 바로 나와 아이들, 우리 가족이었다.

정리 전문가 심지은은 정리란, 나와 다른 사람에게 여러 가지로 이롭게 한다고 말한다. 그러나 이런 이타성을 띠려면 정리의 시작은 반드시 나를 위해야 한다고 설명을 덧붙인다. 나부터 청소의 즐거움과 편안함을 느껴야 주변인들에게도 진정으로 이로워지는 것이다. 이런 이유로 피곤해 죽겠는데도 의무감과 죄책감에 이끌려 하는 청소가 무조건 이롭다고 할 수 없다.

많은 엄마는 집안일을 안 하면 미뤘다고 생각한다. 하지만 그렇지 않다. 육아에 지친 엄마는 집안일을 미루는 게 아니라 잠시 늦춘 것이다. 미루는 것과 늦추는 것이 무슨 차이가 있나 싶지만 엄연히 다른 개념이다.

심리학적 관점에서 미루는 것은 꼭 해야 할 일을 계속하지 않는 것이다. 늦추는 것은 더 중요한 일을 하기 위해 다른 일을 잠시 미루고 더 급한 일을 하는 것이다. 일의 우선순위를 파악해서 중요한 것에 집중한다는 뜻이다. 그렇다면 체력도 시간도 부족한 엄마들에게 가장 중요한 것은 무엇일까? 답은 이미 정해져 있다.

집안일보다 사람이 먼저다. 나의 건강, 아이들과의 시간, 우리 가족의 화목이 더 중요한 것은 없다. 가족보다 중요한 집안일은 없고 있어서도 안 된다.

"신은 자신의 생활을 망치면서까지 남을 도우라고 하지 않는다. 제일 먼저 행복해져야 할 사람은 자기 자신이다." – 사이토 히토리

05

내 인생의 주마등

나의 주마등은 어떤 기억일까?

"외장 하드가 왜 갑자기 안 되지?"

뺐다가 다시 꽂으면 될 거라 생각했지만 외장 하드는 계속 먹통이었다. 몇 번을 시도해도 결과는 마찬가지였다. 외장 하드 안에 넣은 파일만 80G였다. 점점 조바심이 났다. 설마 20분 전까지만 해도 잘 되던 게 망가졌을까 싶었다. 해결 방법을 찾기 위해 화면에 뜬 오류 창 내용을 인터넷에 검색해 보았다. 아무리 검색해도 외장 하드가 고장 난 것이라는 글만 나왔다. 데이터 복구 업체에 문의해도 마찬가지였다. 손상된 파일은 완전히 되살릴 수 없다는 답변만 돌아올 뿐이었다.

영문도 모른 채 외장 하드에 들어 있던 파일들이 날아가 버렸다. 대부분이 아이들 사진, 영상들이었다. 아이들이 태어난 직후의 모습, 인큐베이터에 누워 있는 모습, 첫 베넷 웃음, 첫 걸음마, 첫돌, 세 명이 뒤엉켜 자는 모습, 아이들이 서로 보며 까르르 울고 웃던 모습들까지. 몇 년 동안 모아 놨던 소중한 추억들을 잃어버렸다.

잃어버린 파일만 생각하면 눈물이 났다. 남편 앞에서도 눈물이 났고, 혼자 카페에 있다가도 눈물이 주르륵 흘렀다. 남편은 나를 위로했다. 지금까지 파일을 자신과 함께 공유했으니 자기 핸드폰으로 충분히 복구할 수 있다고 말이다. 대강 100중에서 70까지는 복구할 수 있었다. 그런데도 슬픔이 가시질 않았다. 나머지 30은 되돌릴 수 없다는 생각만 나면 울적해졌다. 아이들과 찍은 사진은 추억 그 이상의 의미가 있었기 때문이다. 내게 주마등의 기억이 될지도 모르는, 인생 전체를 통틀어 너무나 소중한 추억들이었다.

주마등이란, 사람이 죽기 전에 떠오르는 기억을 말한다. 인생에서 가장 중요한 순간들에 대한 기억들이다. 그런데 사실 주마등은 과학적으로 입증된 개념이 아니다. 주마등에 대한 객관적인 자료는 어느 뇌출혈 환자가 죽기 직전에 기록된 뇌파검사가 유일하다. 환자가 죽는 순간 포착된 뇌의 활동은 어떤 중요한 기억을 떠올릴 때의 활동과 매우 유사했다는 내용이었다. 그러나 이 뇌파 활동은 뇌출혈 환자 치료 과정에서 우연히 포착된 것이기에 사람이 죽을 때 기억을 떠올리는지는 여전히 미스터리다.

그런데도 내가 아이들과 함께했던 시간을 주마등이라고 부르는 이유는 분명하다. 언젠간 맞이할 죽음 앞에서 지금, 이 순간을 가장 행복한 추억으로 떠올릴 것이기 때문이다.

내게는 중요한 삶의 지침이 있다. 오늘 하루를 소중히 여기면서 사는 것. 그래서 매일 '지금, 이 순간'과 '오늘'의 소중함을 되새기고 헛되이 보내지 않기 위해 노력한다. 하지만 매 순간을 집중하면서 산다는 게 어찌나 어렵던지, 어느 순간의 내 모습을 보면 닥친 일을 하느라 다짐을 잊고 있을 때가 많았다. 그래서 생각한 방법이 소중한 순간을 사진으로 기록하는 것이다.

어느 오후, 아이들과 손을 잡고 마트를 가다가 문득 내 허리춤에 올까 말까 하는 아이들이 너무나 예뻐 보였다. 따뜻한 햇볕을 맡으며 나를 보고 활짝 웃는 첫째 얼굴을 보니 내 마음에 무언가가 가득 채워졌다. '이 순간도 주마등이 될까?' 얼른 핸드폰으로 아이의 모습을 찍었다. 사진 속 첫째는 나를 보고 티 없이 맑은 미소를 짓고 있었다. '내가 죽기 전에 이 사진을 보고, 이렇게 행복한 순간이 있었다는 걸 떠올릴 수 있다면 정말 행복할 거야.'

그런 마음으로 모아 둔 아이들 사진, 영상이었다. 모두 너무나 소중한 추억들이라 어느 하나라도 놓치고 싶지 않았다. 하지만 이미 고장 난 외장 하드를 되돌릴 순 없는 터. 속상한 마음을 달래고 앞으로 찍는 사진은 다른 외장 하드에 한 번 더 백업해 두는 것으로 해프닝은 마무리가 됐다.

부모만이 누릴 수 있는 인생의 기쁨

인생은 정답이 없기에 각자의 인생 스토리는 그 자체만으로도 빛나고 아름답다. 그리고 그 삶에 의미를 더해 주는 보석 같은 기억들도 다 다르다. 사람들이 가장 소중하게 여기는 추억들은 무엇일까? 아마 여러 가지가 있겠지만 부모라면 단연 아이들과 함께했던 시간이 아닐까?

지인 중 독특한 선생님이 한 분 계신다. 선생님은 비혼을 선언한 큰딸에게 이렇게 말했다고 한다. “결혼 안 한다고? 오케이! 그렇지만 결혼은 안 하더라도 자식은 꼭 낳아 봐. 자식을 낳고 키우면서 느끼는 행복이 얼마나 큰데.”

결혼과 출산이 지극히 개인적인 선택 문제로 바뀐 요즘, 선생님의 말은 선뜻 이해가 되지 않는다. 결혼한 딸, 며느리한테도 애 낳으라고 말하는 것조차 조심스러운데 결혼은 안 해도 애는 낳으라니. 그런데 여기서 반전인 것은 큰딸이 선생님의 설득 끝에 출산에 대해 긍정적으로 생각을 바꿨다는 것이다. 큰딸은 정자은행까지 알아볼 정도로 출산, 육아에 대해 구체적인 계획을 세우고 있었다.

여기까지 보면 선생님은 정말 독특한 사람 같다. 그렇지만 사실 내게는 인생의 멘토 같은 분이다. 선생님은 다른 사람들 말에 흔들리지 않고 늘 자신만의 기준으로 살아왔다. 삶에서 가장 소중한 것이 무엇인지를 고심하고 그것에 집중하며 살려고 노력했다. 이런 선생님의 모습은 그 자체로 내게 삶의 본보기가 되었다.

선생님은 큰딸이 서울대를 갔을 때, 대학이 인생 전부가 아님을, 앞으로 펼쳐질 긴긴 인생을 어떻게 살아야 하는지를 더 중요하게 생각했다. 둘째

딸이 공부에 담을 쌓아도 공부하라고 채근하지 않았다. 오히려 딸의 관심사를 더 예리하게 관찰해서 사격에 소질이 있다는 것을 발견하고 그쪽으로 진로를 탐색하도록 이끌었다. 선생님 또한 당신의 인생을 나답게 살도록 노력했다. 쉰이 넘은 나이에도 계속해서 자신의 관심사를 공부하고 관련 자격증을 따면서 자신의 숨겨진 소질을 계속해서 찾으면서 말이다.

나는 선생님이 비혼을 선언한 딸을 어떻게 설득했는지는 자세히는 모른다. 그러나 '좋은 대학 가서 좋은 직장 갖고 때 되면 결혼해서 애 낳는 게 최고야.'라는 뻔한 말은 안 한 것이 분명하다. 내게만 해도 선생님은 나다운 삶을 살아야 한다고 말했다. 자신에게 계속 질문을 하면서 소중한 것에 집중해야 한다고 말이다. 선생님은 돈, 학벌, 지위 같은 것 말고도 삶의 기쁨을 누릴 수 있는 것이 얼마나 많은지를 아셨다. 그리고 그 삶의 기쁨 중의 하나가 자식을 낳아서 키우는 기쁨이었던 것이다.

인생에서 빛나는 기억은 아이들과의 추억이다

같은 부모로서 나는 선생님의 큰딸 이야기를 듣고 깊이 공감했다. 내 아이가 자라는 경이로운 순간들을 지켜보는 것에서 느낄 수 있는 무한한 기쁨을 잘 알기 때문이다. 아이가 커 가는 모습을 보는 기쁨은 부모에게만 기쁨이 아니다. 할머니, 할아버지에게도 말로는 표현 못 할 벅찬 기쁨을 선사한다. 손주들이 오물오물 먹는 모습이 얼마나 예쁜지, 아이들이 '함머니, 합버지, 사랑해요~!'라며 안아 주는 작은 품이 얼마나 행복하게 하는지, 그래서 나는 확신한다. 아이들과 함께하는 지금이 내게 주마등이 될 것처럼, 양가 부모님들께도 주마등이 될 것이라고 말이다.

죽음 앞에서 삶을 정리할 때 가장 먼저 떠오르는 기억은 아이들과 함께 하는 이 순간들일 것이다. 아이들의 존재만으로도 충만한 이 시기. 온 가족이 식탁에 모여 함께 밥 먹고, 웃고, 손을 잡으며 걸었던 모든 시간 말이다. 그래서 나는 더 열심히 가족들과의 시간을 보내려고 한다. 내게도, 우리 부모님들께도 주마등이 될 이 순간들을 더 많이 남기기 위해서.

주마등은 죽음 앞에서도 빛나는 보석 같은 기억들이다. 내게는 아이들과 함께하는 지루하고도 소소한 순간들이 주마등이다. 그리고 이 기억들은 죽음 앞에서도 내 삶을 멋지게 빛내 줄 것이다.

"이 세상에는 여러 가지 기쁨이 있지만 가장 빛나는 기쁨은 가정의 웃음이다. 그다음의 기쁨은 어린이를 보는 부모들의 즐거움인데, 이 두 가지의 기쁨은 가장 성스러운 즐거움이다." – 페스탈로치

06

삼신할머니가 세쌍둥이를 준 이유

아무리 애써도 육아는 나아지지 않는다

'아이들 뛰는 것 좀 자제해 주세요. 천장 등이 울려서 위험합니다.'

어느 날, 아파트 엘리베이터에 층간소음을 호소하는 종이가 붙었다. 아이들 뛰는 소리가 시끄러운 것을 넘어서 위험할 정도니, 조심해 달라는 내용이었다.

내가 사는 아파트에는 층간소음 방지가 잘 안 된다. 몇 층 위인 집에서 나는 쿵 소리가 우리 집까지 들린다거나, 다른 집에서 큰 목소리로 말하는 게 들리는 일이 허다했다. 게다가 우리 집을 포함해 영유아가 사는 가정도 많았다. 그렇다 보니 층간소음 문제는 주민이 서로 조심하고 배려해야 할 부분이 많았다.

아이들이 걸음마를 떼면서부터 층간소음이 안 나도록 최대한 조심했다.

두꺼운 매트는 기본이고, 뛰지 말기, 까치발 하기, 살살 걷기 같은 규칙을 엄하게 가르쳤다. 하지만 내가 아무리 노력한다고 한들 아이들의 소음을 완벽하게 차단할 수는 없었다. 게다가 아파트 구조상 우리 아이들이 뛰면 아래층은 물론이고 다른 집까지 폐를 끼쳤을 게 뻔했다.

종이가 붙은 이후로 아이들이 '쿵' 소리를 낼 때마다 맹렬하게 화를 냈다. 엄마가 소음에 민감하다는 걸 아는 아이들은 어쩌다 장난감을 떨어뜨리면 내 눈치를 보면서 '시쑤루(실수로)'라고 해명할 정도였다. 내가 생각해도 엄하다 싶었지만 어쩔 수 없었다. 우리 집은 한 명도 두 명도 아닌 세 명이었으니까.

반복되는 훈육으로 아이들도 조심해야 한다는 것을 아는 듯싶었다. 하지만 엄한 가르침도 아이들 기분이 들뜨기만 하면 도루묵이 돼 버렸다. 악어 떼 동요가 나오면 아이들은 악어 흉내를 내면서 팔다리를 바닥에 찧었다. 마주 보고 앉아서 하던 쎄쎄쎄가 갑자기 잡기 놀이가 되는 일도 허다했다. 장난감과 책은 왜 이렇게 떨어뜨리는지 여기서 쿵, 저기서 쿵 했다. 나는 층간소음을 줄이도록 부단히 노력했다. 그러나 아이들은 통제 불능이었다.

엘리베이터 안에 종이는 꽤 오랫동안 붙여져 있었다. 어쩌면 세쌍둥이가 사는 우리 집을 겨냥한 것일지도 몰랐다. '우리가 세쌍둥이라는 걸 아는 이웃들은 우리 집을 뭐라고 생각할까?' 다른 이웃들과 엘리베이터를 탈 때면 민망함이 몰려와 고개를 들 수 없었다.

통제할 수 없어서 괴로웠던 육아

엄마들에게 통제감은 매우 중요하다. 내가 생각하는 바람직한 방향대로 아이를 키울 수 있다는 생각. 아이들 때문에 예상치 못한 상황에 맞닥뜨려도 문제를 해결할 수 있다는 생각이 있어야 건강한 마음으로 아이를 키울 수 있다. 이것이 양육효능감이다. 다수 논문에 의하면 양육효능감은 육아 스트레스와 부적 상관을 보인다. 양육효능감이 높을수록 스트레스는 감소한다. 반대로 양육 효능감이 낮다면 엄마는 스트레스에 취약해진다.

그렇다면 세쌍둥이를 키우는 나의 육아 효능감은 어땠을까? 상중하 중에서 단연 '하'였다. 층간소음은 물론이고 모든 것들이 통제 밖이었다. 기분 좋게 산책하다가도 첫째가 갑자기 놀이터에 가자고 고집을 부리면 둘째는 가기 싫다고 울음을 터뜨렸다. 마트에 가면 아이들은 내 혼을 쏙 빼놨다. 여기저기 돌아다니는 아이들을 데리고 나오느라 정신이 없었다. 아이들이 손에 물건을 쥐고 있는지도 모르고 그냥 나온 적도 많았다. 물건을 돌려주기 위해 가져가려고 하면 아이들은 늘 서럽게 울었다. 진땀을 빼며 달래다가 안 달래지면 화내는 것은 나의 레퍼토리였다.

나는 육아 스트레스를 먹는 것으로 풀었다. 통제 불능인 육아에서 먹는 것은 내 마음대로 할 수 있는 유일한 일이었다. 먹고 싶은 메뉴를 고르고 원하는 만큼 음식을 먹고 나면 속에 있던 갑갑함이 조금은 풀렸다. 육아에서 찾지 못한 통제감을 먹는 것에서 찾았던 것이다. 육아가 끝이 보이지 않을 때면 폭식으로 스트레스를 풀었고 그 덕에 역대 몸무게를 찍었다.

나는 통제 욕구가 강하다. 계획한 것을 좋아하고 예측할 수 있어야 마음이 편하다. 그래서 배차가 딱딱 맞는 지하철을 좋아하고 갑작스러운 약속을 불편해한다. 업무도 마찬가지였다. 남들이 힘들다고 꺼리던 일도 내가 어느 정도 통제 가능하다고 생각되면 충분히 할 만했다. 반면에 통제 밖이라 느껴지는 일들은 무척 버겁게 느껴졌다. 학교 생방송 업무가 그중에 하나였다. 방송기기 다루는 법을 알면 어렵지 않은 일인데도 생방송 특유의 긴장감을 견디기 힘들었다. 혹시나 방송 사고가 날까 봐 늘 불안해했다. 갑작스럽게 기기가 고장이라도 나면 심장이 두근거렸다. 큰 방송 행사라도 있으면 행사가 끝날 때까지 계속 스트레스를 받았다.

이런 내게 세쌍둥이 육아는 하루하루가 테스트 같았다. 내 자식인데도 셋이 뭉치면 어떤 일이 생길지 종잡을 수가 없었다. 아이들이 시시콜콜한 일로 변덕을 부려서 계획이 틀어지면 어김없이 화가 났다. 그리고 늘 후회했다. 이런 것도 제대로 해결 못 하고 아이들에게 화를 내는 모습은 나 자신도 싫었다. 그렇게 몸도 마음도 지쳐가던 어느 날, 나도 모르게 내 속마음이 말로 튀어나와 버렸다.

"왜 삼신할머니는 우리에게 세쌍둥이를 준 걸까?"

내가 뱉고도 우스운 말이었다. 삼신할머니께 백일 상을 차린다고 새벽에 미역국, 나물 반찬을 해다가 빌었던 나였다. 그런데 이제는 삼신할머니께 왜 하필 나느냐고 묻고 있었다.

우습지만 나에게는 진지한 질문이었다. 아기는 자기 부모 될 사람을 고른다고 하는데 과연 나는 세쌍둥이를 키울 수 있는 엄마인 걸까? 조금이라도 틀에 벗어나는 것을 싫어하는데 내가 세쌍둥이 육아를 할 수 있을까? 과한 통제 욕구 때문에 육아도 못하고 감정 조절도 못하는 내가? 세쌍둥이를 키울 능력이 없다고 느껴질 때, 더 좋은 엄마가 될 자신이 없을 때마다 애꿎은 삼신할머니를 찾았다. 이렇게 부모 그릇이 작은 내가 앞으로도 아이들을 잘 키울 수 있을지 묻는 하소연이었다. 그러나 남편은 내 말이 장난인 줄 알았나 보다.

"그냥~ 삼신할머니가 우리끼리 지지고 볶고 난리 치면서 잘 살라고 한 거지. 애 키우다가 열받잖아? 그럼 치킨 3~4마리 시켜! 우리 5인 가족인데 그 정도는 시켜 먹어야지."

두 돌도 안 된 아이들까지 포함해서 5인분인 치킨 3~4마리를 시킨다니. 어이가 없으면서도 웃음이 나왔다. 하지만 답답했던 내 마음이 조금은 풀렸다.

육아의 묘미는 예측 불허 상황을 즐기는 데서 온다

육아가 힘들지 않다는 한 별종 엄마가 있다. 『제주도에서 아이들과 한 달 살기』로 유명한 전은주 작가다. 다들 아이가 내 맘 같지 않아서 힘들다고 할 때 전은주 작가는 마음대로 안 돼서 육아가 재밌다고 말한다. 심지어 아이들과 함께하는 여행마저도 즐겁다고 말이다.

“저는 여행이 힘들지 않아요. 아이가 가기 싫다고 조르고, 시간 없는데 화장실 간다고 하고, 이런 것들이 별로 힘들지 않아요. 아이와 여행하면서 겪는 당연한 일이라고 생각하거든요.”

전은주 작가는 아이와 함께하는 육아를 즐거워했다. 그 비결은 아이들에게 많은 것을 기대하지 않는 것에 있었다. 외출 준비하다가 애들이 사고를 쳐도 ‘원래 애들이 그렇지’라는 식으로 가볍게 생각했다. 무언가 계획에 틀어져도 그 속에서 나름의 재미를 찾았다.

통제 선호형에다가 집순이인 나로서는 공감이 가질 않았다. 집에서 애 보는 것도 힘든데 여행까지 재밌다니. 하지만 단순히 성향 차이라고 넘기기에는 그녀의 말에 큰 메시지가 숨어 있었다.

흔히 인생을 여행이라고 비유한다. 여행이 스케줄대로 되지 않는 것처럼 인생도 완벽하게 준비할 수 없다고 말이다. 그렇다면 예상치 못한 일들을 마주할 때마다 어떻게 해야 할까? 불안해하거나 화를 내고 싶겠지만 그것은 좋은 방법이 아니다. 지혜로운 방법은 그냥 받아들이는 것이다. 계획대로 안 되는 게 당연하다는 것을 알고 받아들이는 것.

엄마가 돼 보니 육아는 인생의 축소판이었다. 내 맘대로 되는 게 없고 기쁜 일보다는 힘든 일이 훨씬 많았다. 인풋이 있으면 아웃풋이 있기 마련이지만 육아에서는 통하지 않았다. 아이를 키우기 위해 열심히 노력했지만 생각만큼 뚜렷한 결과가 나오지 않을 때가 많았다. 하지만 의외의 곳에서 뜻밖의 좋은 일을 얻기도 했다.

엘리베이터에 종이가 붙고 나서 아래층 아주머니와 우연히 만난 적이 있다. 내가 먼저 죄송하다고 하자 아래층 아주머니는 손사래를 치며 오히려 나를 걱정했다.

"저희는 괜찮아요. 애들 키우느라 힘드시죠? 그리고 저 종이 저희가 붙인 거 아니에요. 아이들 키우는 것도 힘드신데 저 종이 때문에 신경 쓰실까 봐서요."

아주머니도 층간소음으로 힘드셨을 텐데 그런 내색은 전혀 하지 않으셨다. 오히려 나를 걱정해 주시는 모습에서 배려하는 마음이 느껴졌다. 서로 걱정하는 훈훈한 대화가 끝나고 집에 들어가는데 그동안 종이 때문에 짊어졌던 마음의 짐이 한 움큼 사라지는 것 같았다.

그로부터 며칠 뒤 엘리베이터의 종이도 사라졌다. 익명의 이웃이 종이를 왜 뗐는지 나로서는 알 수 없다. 아이들이 뛰는 소음이 줄어들어서일 수도 있고, 이웃분의 심경 변화가 와서일지도 모르겠다. 하지만 한 가지 확실한 건 이번 일로 통제에 대한 나의 집착이 조금은 줄어들었다는 것이다.

남편의 우스갯말처럼 내 뜻대로 되면 좋고 안 되면 훌훌 털어 버리면 그만이었다. 나는 왜 내 뜻대로 안 된다는 것에 그토록 집착했던 걸까.

육아가 생각대로 흘러가지 않아도 괜찮다. 엄마가 걱정하는 것처럼 큰 일이 일어나지 않는다. 어쩌면 삼신할머니가 내게 세쌍둥이를 보내 준 이유는 삶은 그렇게 사는 게 아니라는 걸 내게 알려 주려고 한 걸지도 모르겠다. 내 계획대로, 내 입맛대로 살려는 나의 욕심을 내려놓으라고 말이다.

07

나도 소중한 자식이니까

딸이 괴로우면 친정엄마는 더 괴롭다

대학교 1학년 때, 자녀의 장애가 가족에게 어떤 영향을 미치는지 배운 적이 있다. 오래전 일이라 전공 책 제목은 가물가물하지만 내용만큼은 또렷이 기억난다. 자녀에게 장애가 있다는 것을 알았을 때 가장 큰 스트레스를 받는 사람은 부모가 아닌 조부모라는 내용이었다. 자녀의 장애를 알게 되면 부모는 온통 자식 걱정뿐이다. 그런데 조부모는 손주뿐만 아니라 자식 부부 걱정까지 하게 된다. 손주는 안쓰럽지만 그런 손주를 키워야 할 자식들은 또 다른 문제인 것이다. 이런 이유로 조부모는 자식들이 하는 걱정보다 더 큰 걱정을 안기 때문에 아이의 부모보다 훨씬 더 큰 고통을 느끼게 된다.

조부모에 대한 글은 꽤 인상 깊었다. 겨우 스무 살이었지만 부모의 마음이 어떤 것인지 어렴풋이 와닿았다. 부모는 죽을 때까지 자식의 안녕을 바라며 산다. 그만큼 부모에게는 자식이 전부다. 그래서 자식의 희로애락에 더 기뻐하고 더 슬퍼할 수밖에 없는 것이 부모의 운명이다.

우리 부모님도 마찬가지였다. 내가 임신으로 힘들어할 때 부모님은 못내 괴로워하셨다. 내 몸이 허약해지자 나보다 더 내 몸 걱정을 하셨다. 그래서 매일 밥, 반찬을 해 와서 밥상을 차려 주셨다. 혼자 있으면 울기만 할까 봐 일부러 나를 데리고 외출도 하셨다. 하지만 부모님의 보살핌에도 극심한 산후 우울증을 피할 수 없었다. 출산 직후 아이들이 병원에 입원하는 동안 안 좋은 소식만 들려오니 심적으로 괴로웠다. 결국, 지칠 대로 지친 나는 엄마 앞에서 펑펑 눈물을 쏟고 말았다.

“애들이 아픈 건 다 나 때문이야. 내가 더 버텼어야 했는데. 교수님도 그러셨잖아. 아이들이 이곳저곳 아픈 이유는 다 빨리 태어나서 그런 거라고.”

한번 눈물이 터지자, 속에 담아 두었던 말들이 술술 나왔다. 나는 나를 모질게 자책했다. 엄마는 그런 나를 안쓰럽게 보다가 힘겹게 한마디 하셨다.

“말은 못 했지만 네가 임신했을 때 사육당하는 것처럼 보였어. 온종일 토하고 먹지도 못하는 데 배만 불러 오니…. 병원에서도 35주를 채우면 위험하다고 그랬잖아. 그러니까 이만큼 아이들 셋을 품은 것도 정말 잘한 거야.”

엄마는 더는 말을 아꼈다. 나도 무슨 말을 꺼내야 할지 몰랐다. 엄마가 나를 그렇게 생각할 줄은 전혀 몰랐다. 우리 둘 사이에 긴 침묵이 이어졌다. 그때 나는 처음으로 엄마의 입장에서 생각해 보았다. 딸은 임신 때부터 고생만 하다가 출산으로 몸이 다 망가져 버렸다. 손주는 셋이나 태어났는데 모두 병원에 입원해 있다. 면회도 일절 안 돼서 아이들 얼굴조차 직접 보지 못했다. 나 못지않게 엄마도 마음고생이 심했을 것이다.

나는 아이들이 건강하게 퇴원하기를 간절히 바랐다. 우리 엄마도 똑같았다. 엄마는 내 몸이 회복되기를 간절히 바라고 계셨다. 내가 세 아이를 내 목숨보다 소중히 여겼던 것처럼 내가 엄마에게는 소중한 딸이었다.

아이를 낳고 알게 된 부모님의 마음

사람은 태생적으로 다른 사람을 완벽하게 이해할 수 없다. 상대방이 겪었던 일을 직접 경험해야 그 사람의 마음을 좀 더 이해할 수 있다. 부모의 마음도 마찬가지였다. 자식을 낳아 봐야 부모 마음을 안다는 말은 정말이었다. 나도 부모가 되고 나서 우리 부모님의 마음을 헤아릴 수 있게 됐다. 따로 의식해서가 아니라 자연스러운 변화였다. 이전에는 보이지 않던 부모님의 사랑이 일상에서 곳곳에서 읽혔다.

세 아이 이름을 짓느라 고민할 때, 자꾸만 부모님 생각이 났다. 내가 아이들 이름에 어떤 뜻을 담아야 할지, 어떤 사람이 되길 바라는지 고심했던 것처럼 우리 부모님도 그러셨을 것이다. 내 이름도 아빠가 오랜 숙고 끝에 지어 주신 이름이 분명했다. 그런데 그 이름이 오히려 내게 해가 된다는 말을 들었을 때 아빠의 심정은 어땠을까?

부모님은 갓 태어난 동생 이름을 짓기 위해 철학관을 찾아갔었다. 동생 이름을 지으면서 겸사겸사 내 이름도 철학관 선생님에게 물어보았다. 그런데 선생님은 내 이름이 사주와 안 맞는다고 했다. 아빠가 지어 준 이름 때문에 집 떠날 팔자라고 말이다. 그런데 그 말이 진짜였는지, 개명하기 전까지 나는 부모님과 자주 떨어져 살았다. 당시 부모님은 나와 동생을 모두 돌보기 어려운 상황이었다. 그래서 나는 평일에는 외가에서 지내고 주말에만 우리 집에서 지냈다. 몇십 년 전의 일이지만 그때의 기억들이 생생하다. 외가에 가는 날이면 엄마에게 나를 두고 가지 말라고 떠나라 울었던 기억. 부모님이랑 같이 집에 가는 날이면 전날부터 종일 들떠 있었던 기억.

좀 더 커서 부모님은 철학관에서 내 사주와 맞는 이름으로 다시 지어 주었다. 이름 덕인지는 알 수 없지만 이후로 부모님과 떨어져 살지 않았다. 이 일에 대해 부모님은 당시의 심정이 어땠는지 말한 적이 없었다. 나도 그리 깊이 생각해 보지 않았다. 그런데 엄마가 되고 나니 그때 부모님의 마음이 어땠을까 자주 상상하게 됐다. 우는 나를 외가에 두고 오면서 엄마, 아빠는 얼마나 마음이 무거우셨을까. 개명을 결정하기까지 얼마나 많이 고민하셨을까. 내 이름을 개명하고 나서 두 분은 마음의 짐을 조금은 내려놓으셨을까. 부모가 되고 나서 나는 내 이름에 담긴 부모님의 사랑과 애정을 알 수 있었다.

이름뿐만이 아니었다. 부모님이 아이들과 놀아 주시는 모습을 보면 내 기억에도 없던 어린 시절 모습이 그려졌다. 환갑이 넘은 아빠가 피곤한 내색도 하지 않고 아이들을 돌봐 주실 때면 아빠도 나를 얼마나 예뻐해 주셨을지 상상이 갔다. 아이들에게 무슨 일이 생기면 열 일 제쳐 놓고 바로 달려오는 엄마를 보면서 나도 저렇게 키워 주셨구나 하며 다시금 부모님의 마음을 되새겼다. 아이 낳기 전엔 아무 생각 없이 듣고 보았던 부모님의 말씀, 행동에서 부모님의 사랑을 문득 느낄 때가 많았다.

내 존재에 대해 다시 생각하다

메그 미커의 『엄마의 자존감』에서는 엄마가 자신의 가치를 인정하는 것이 자존감의 씨앗이라고 말한다. 아이가 원하는 것은 그저 자신의 '엄마'일 뿐이다. 엄마의 외모나 경제적 능력이나 다른 조건들은 필요 없다. 그저 아이와 부모가 함께 있는 것이 육아 전부다. 그리고 이 진리가 실현되기 위해서 엄마는 자신이 얼마나 소중한 존재인지를 깨달아야 한다.

신기하게도 육아는 내가 얼마나 소중한 사람인지를 깨닫게 하는 경험이었다. 아이들이 나의 보살핌으로 행복해하는 모습을 보면, 어린 시절 나도 부모님의 사랑으로 행복했던 때가 많았다는 것을 짐작할 수 있었다. 부모가 얼마나 무한한 사랑을 줄 수 있는지를 몸소 겪어 보니 나 또한 어마어마한 사랑을 받았다는 것을 알 수 있었다. 아이들에 대한 낳은 정, 기른 정이 두터워질수록 내 마음에서도 어딘가 안정을 되찾고 마음의 중심이 세워지는 것 같았다.

자아정체성은 대개 청소년기에 확립된다고 하지만 그렇다 해서 청소년기에 자아가 결정되는 것은 아니다. 사람은 살아가는 평생 다양한 관점으로 자신을 돌아보고 몰랐던 자신의 가치를 찾아내면서 자신의 소중함을 깨닫는다. 내게는 출산과 육아가 전에는 몰랐던 나의 소중함을 일깨워 주는 일이었다. 성인이 되어서 부모님과의 애착을 다시 형성하는 것은 아니지만 아이들을 키우면서 부모님께 내가 얼마나 소중한 존재인지를 자연스럽게 깨달을 수 있었다.

아이를 낳으면 엄마는 새롭게 태어난다는 말이 있다. 엄마라는 정체성이 새로 주어지는 것도 있겠지만 엄마도 자신이 부모님에게 소중한 존재라는 것을 깨달을 수 있어서가 아닐지 생각해 본다.

엄마가 되고 나니 보이지 않던 것이 보이는 신기한 경험을 많이 한다. 바로 부모님의 사랑. 엄마가 되고 나서야 나도 부모님께는 소중한 자식이라는 것을 가슴에 새길 수 있었다. 이전에는 몰랐던 부모님의 사랑이 곳곳에서 보인다. 지금의 내가 있기까지 얼마나 오랜 시간과 부모님의 사랑이 겹겹이 쌓여 있었는지를 조금은 알 것 같다. 나는 우리 부모님의 소중한 자식이었다.

"우리가 부모가 됐을 때 비로소 부모가 베푸는 사랑의 고마움이 어떤 것인지 절실히 깨달을 수 있다."
– 헨리 워드 비처

08

세쌍둥이 육아라고 불쌍하진 않아

힘든 육아를 하는 엄마, 아빠는 불쌍한 걸까?

'플라워 효과'라는 말이 있다. 꽃은 한 송이만 놓여 있을 때보다 더 많은 꽃이 한데 모여 어우러져 있을 때 훨씬 아름답다는 말이다. 나는 세쌍둥이를 키우면서 이 '플라워 효과' 덕을 톡톡히 보았다.

고만고만한 아이 셋이 옹기종기 모여 있으면 엄마인 내가 봐도 너무나 사랑스러웠다. 가만히 있어도 사랑스러운데 셋이 아장아장 걷거나, 과자라도 먹고 있으면 귀여움은 배가 돼서 지나가던 사람들의 이목을 끌었다. 그래서인지 아이들은 동네 사람들에게 예쁨을 많이 받았다. 마트의 한 직원분은 아이들이 올 때마다 꼭 간식을 주셨다. 카페 사장님은 날이 덥다며 아이들에게 시원한 생과일주스도 많이 만들어 주셨다. 소아과의 원무과 직원들은 아이들을 예뻐해 주셔서 내가 한 아이를 진료 보는 동안 자처해서 나머지 두 아이와 놀아 주셨다. 병원 갈 때마다 손이 모자랐는데 원무과 직원들의 소소한 배려가 얼마나 큰 도움이 됐는지 모른다.

하지만 내가 사람들에게 호의만 받은 것은 아니었다. 적지 않은 사람들은 우리 가족에게 연민의 시선을 보내기도 했다. 세쌍둥이 육아가 힘들다는 이유에서였다.

내가 다른 사람에게 처음으로 연민을 받은 것은 아이들이 돌 전, 수유했을 때였다. 당시에는 아이 두 명을 동시에 수유하는 일이 흔했다. 두 손으로 젖병을 잡아 먹이다가 수유가 끝나면 부리나케 트림을 시킨 뒤 바로 남은 한 명을 수유했다. 그러면 두 손이 모자라 팔꿈치, 무릎 등 손을 대신할 수 있는 모든 것을 총동원해야 했다. 그런데 이런 내 모습이 친구 눈에는 참 안돼 보였나 보다. 옆에서 내가 수유하는 모습을 지켜보던 친구는 "어떡해, 너무 불쌍해."라며 나를 동정했다. 그때 처음으로 내 모습이 남들에게 불쌍해 보일 수 있다는 것을 알았다.

우리 가족을 향한 연민의 시선은 이후로도 계속 있었다. 지나가던 한 아주머니는 대놓고 이렇게 말했다. "엄마도 불쌍하고 아이들도 불쌍하네. 엄마는 애 키우느라 힘들고 너희는 엄마 사랑을 나눠 가져야 하고, 어쩌나."

어떤 부부는 우리 가족에게 다가와서 세쌍둥이냐고 묻더니 아내가 "어휴~"라며 한숨을 쉬었다. 아직도 그 아내분의 표정을 잊지 못한다. 딱하다는 표정으로 우리 아이들을 내려다보던 시선. 대놓고 사람들에게 불쌍하다는 말을 듣거나 동정을 받는 것은 유쾌한 경험이 아니었다.

행복한 가족의 기준은 무엇일까?

그런데 이 경험, 어딘가 낯설지가 않다. 예전에 자주 느껴 봤던 기분이었다. 뭐지? 언제 느꼈던 거지? 기억을 더듬어 보았다. 아, 내가 육아휴직을 하기 전, 그러니까 특수교사로 일했을 때 자주 느꼈던 기분이었다.

나는 대학을 특수교육과로 진학하면서부터 장애에 대한 부정적인 시선을 자주 목격했다. 지인 중에는 내가 특수교육을 전공하는 것을 알면서도 장애에 대한 편견을 아무렇지도 않게 말하는 사람도 많았다. "특수교육과? 장애 아동을 가르치는 일인가?", "특수학교에서 일한다고? 장애인들이 다니는 학교 아니야?" 이 질문들을 시작으로 장애에 대한 부정적인 말들을 서슴없이 내뱉었다.

물론 모든 사람이 그랬던 것은 아니었다. 그렇지만 꽤 가깝다고 생각한 지인들로부터 그런 말을 듣는 것은 참 거북했다. 장애 아동들에게도 그 아이들만의 예쁨과 매력이 넘치는데, 편견에 갇혀 제자들을 동정하는 것은 내게도 상처가 되는 일이었다.

더 안타까운 것은 그들이 가진 '장애는 불쌍하다'는 거대한 편견을 나 혼자서 깨뜨릴 수 없다는 것이었다. 사람들이 장애인과 그 가족들을 불쌍하다고 하는 이유는 다양했지만 근본 원인은 하나였다. 평균의 범주에 벗어나는 것은 모두 불쌍하다고 여기는 생각이었다. 그런 생각은 사람들이 직접 장애인들을 만나 보고 함께 시간을 보내지 않으면 깰 수 없는 것들이었다.

나의 경우도 비슷했다. 사람들은 세쌍둥이 육아에 대해 잘 모르니 '세쌍둥이 육아는 힘들다, 엄마 아빠가 더 많이 희생해야 한다. 아이들도 더 경쟁해야 한다.'라는 생각을 많이 했다. 물론 애 셋을 키우는 건 힘든 일이다. 하지만 세쌍둥이 육아의 여러 면 중에서 '힘들다'는 것만 보고 우리 가족을 불쌍하거나 동정하는 것은 분명 잘못된 것이었다.

사람들은 자신의 경험에만 한정해서 옳고 그름을 판단할 때가 많다. 그런 경우는 자기 생각에만 묻혀 그 밖의 다른 것들은 옳지 않다는 착각을 하게 된다. 비장애인이 자신의 일상을 당연시하면 장애의 세계를 무작정 비관적으로 보는 것처럼 말이다. 그런데 나는 사람들이 그들만의 잣대로 우리 가족, 장애 가족뿐만 아니라 평범한 다른 가족들까지도 재는 것을 자주 보았다.

카페에 즐겨 가는 나는 그곳에서 엄마들의 모임을 자주 본다. 엄마들이 내 옆 테이블에 앉을 때도 많아서 그들의 대화를 의도치 않게 들을 때도 많다. 그런데 대화 중에 자주 올라오는 소재가 있었다. 바로 '외동이냐 둘째냐'에 대한 이야기였다.

"둘째를 꼭 낳는 게 좋은 걸까? 한 명만 잘 키우면 되잖아."

"외동보다는 형제 있는 아이들이 확실히 사회성이 더 좋잖아. 내가 본 애들은 그렇던데."

"외동은 집에서만 외동이지 밖에 나가면 아니야. 그리고 솔직히 형제가 많으면 사회성이 좋다고 하는데 집에서는 다 경쟁이잖아."

"자기야, 인생은 원래 경쟁이야."

엄마들 사이에서 외동이냐, 둘째냐를 주제로 하는 이야기는 한번 시작되면 끝이 나질 않았다. 한 명도 힘들다는 엄마에게 다른 엄마는 둘째는 사랑이라고 말했다. 형제끼리의 우애를 이야기하면 또 다른 엄마는 그건 경쟁이라고 말했다. 답이 없는 논쟁이 이어질수록 서로에게 보이지 않는 날만 설 뿐이었다. 외동 엄마, 다둥 엄마가 자신의 의견을 피력하기 위해 하는 말은 아이러니하게도 상대방이 아이에게 해 주지 못하는 것을 더 깊숙이 찌를 뿐이었다.

이뿐만이 아니었다. '딸이냐 아들이냐'에 관한 논쟁도 늘 뜨거웠다. 아들만 있는 엄마에게 "딸이 없어서 어떡하나, 엄마한테 딸은 꼭 있어야 한다."는 말도 자주 오갔다. 그러다 만약 아들만 둔 엄마가 딸이 없다는 것에 대한 아쉬움을 비춰면 "이참에 둘째 한번 가져 봐."라며 또다시 답 없는 둘째 논쟁으로 이어졌다.

그런 대화를 듣다 보면 우리 가족, 장애 가족에게 연민의 시선을 보낸 사람들이 떠올랐다. 사람들은 자기가 생각하고 경험한 것만 정답이라고 생각하는구나. 세쌍둥이네는 육아가 힘들어서 불쌍하고, 장애 가족은 장애가 있어서 불쌍하고, 외동인 가족은 형제가 주는 기쁨을 몰라서 안타깝고, 다둥이 가족은 아이에게 집중적인 케어를 못 하니 안타깝고, 아들 맘은 딸이 없어서 또 안타깝고. 그런 말들을 들으면 도대체 행복한 가정은 어떤 모습일까, 하는 의문이 들었다.

우리 가족이라서 행복하다

나는 소수 가족을 많이 만났다. 장애인을 둔 가족, 한 부모 가족, 그 외 다양한 모습의 가족들까지. 많은 가족을 만나면서 내가 깨달은 것이 있다면 그들도 그들만의 행복이 분명히 있다는 것이다. 평범한 보통의 가족은 경험할 수 없는 또 다른 행복을 말이다.

『다르지만 다르지 않습니다』의 류승연 작가의 아들은 지적장애인이다. 그녀는 책을 통해 장애가 알려 주는 뜻밖의 기쁨, 아들이 주는 행복이 무엇인지를 말한다. 열 살 된 아들이 아기처럼 귀여운 짓을 할 때마다 마음이 사르르 녹는 느낌이 어떤지를, 느리게 성장하는 아들이 알려 주는 작은 성취의 기쁨이 저자의 삶을 얼마나 풍요롭게 만들었는지, 순수하고 맑은 아들의 곁은 험한 바깥세상에서 벗어날 수 있는 안식처였음을 알려 준다.

세쌍둥이 육아라고 우리 가족은 불쌍하지 않다. 득이 있으면 실이 있고 실이 있으면 득이 있는 게 당연한 이치다. 우리 부부는 세쌍둥이를 키워야 했기에 다른 부모보다 더 감내해야 할 부분이 많았다. 그러나 그런 희생을 다 상쇄하고도 남을 행복을 아이들에게서 받았다. 세 아이가 서로의 이름을 부르며 노는 모습을 볼 때, 키가 고만고만한 아이들이 내게 달려와 동시에 안길 때, 아이들이 '엄마, 사랑해요!'라고 연신 외칠 때. 이것이 우리 가족만이 느낄 수 있는 행복이다.

가족의 행복은 거창한 것도 아니고, 무언가라고 딱 정해져 있는 것도 아니다. 가족이라면 서로가 함께하는 모든 것에서 행복과 충만함을 얻을 수 있다. 장애, 형제, 성별 등 다른 조건 따위는 중요하지 않다. 우리 가족은 우리 가족이라서 행복하다.

가정에는 저마다의 행복이 있다. 행복한 가족에 대해 정해진 기준도 없다. 가족과 함께 누리는 일상이 행복의 전부다. 그렇기에 우리 가족도 우리 가족만의 행복이 넘치게 존재한다. 힘든 세쌍둥이 육아라고 불쌍하지 않다.

09

부모라면 야망을 가져라

진짜 야망이란 무엇일까?

"소년들이여, 야망을 가져라. 돈이나 이기심을 위해서도, 사람들이 명성이라 부르는 덧없는 것을 위해서도 말고, 단지 사람이 갖추어야 할 모든 것을 추구하는 야망을."
– 윌리엄 클라크

야망이라고 하면 사회적 성공과 권력, 부와 명예를 좇는 야심이 먼저 떠오른다. 그러나 윌리엄 클라크가 추구하는 야망은 그런 덧없는 것들이 아니었다. 돈과 명예는 처음에는 우리를 기쁘고 만족스럽게 한다. 그러나 얼마 안 가 더 큰 욕망을 자극한다. 더 화려하고 많은 것을 얻기 위해 영원하지 않은 것들에 집착하게 된다. 그러는 사이 내면은 점점 피폐해진다.

진짜 야망은 삶을 통틀어서 변하지 않는 가치를 추구하는 것이다. 돈이나 권력처럼 외부나 타인으로부터 얻는 것이 아닌, 내면에서 우러나오는 가치들을 추구하는 것이다. 일시적인 성취가 아닌 삶에 영속적인 성취를 의미하는 것이다.

클라크가 추구하는 야망은 본질과 비슷한 점이 많다. 본질이란 끊임없이 변하는 시간 속에서도 늘 변하지 않는 가치이자 모든 이에게도 어떤 삶에도 통용할 수 있는 불변의 원칙이다. 본질이 무엇인지를 잘 알려 주는 대표적인 예가 고전이다. 고전은 몇백 년, 몇천 년 전에 쓰인 옛 문헌이다. 논어, 불경, 성경 등을 비롯해 다양한 고전문학이 있다. 고전에는 오랜 시간이 흘러도 삶을 관통하는 지혜와 자연과 우주의 섭리가 담겨 있다.

본질에 집중하면 잘 살 수밖에 없다

나는 클라크가 말하는 야망과 본질을 추구하는 태도를 갖추고 싶었다. 나 자신은 물론이고 아이들에게도 심어 주고 싶었다. 지금 세상은 무서울 정도로 빠르게 급변하고 있다. 사는 것 자체가 각박해지고 로봇이 사람을 대체할 거란 무시무시한 말도 나온다. 이럴 때 필요한 것은 본질을 찾아내고 집중하는 것이다.

본질을 알면 더 잘 살 수밖에 없다. 딜로이트 컨설팅 대표 김경주의 말을 빌리면, 자기 능력으로 먹고사는 사람은 세상의 본질을 통찰하는 사람이다. 반면 남에서 기대어 먹고사는 사람은 세상을 왜곡된 관점으로 해석하는 사람이다.

본질을 아는 사람에게는 통찰력이 있다. 본질을 흐리는 것에 현혹되지 않고 예리한 눈으로 핵심을 간파할 수 있다. 중요해 보이는 것과 정말 중요한 것을 구분할 수 있다. 눈앞의 이익에도 일희일비하지 않는다. 인생의 시련이 와도 문제의 근원을 정확히 파악하고 자신을 성찰하면서 해결 방법을 찾는다. 자신이 소중한 가치를 계속 만들어 낼 수 있기에 더 행복하다. 본질을 알면 더 잘 살 수밖에 없는 것은 당연하다.

우리 가족에게 본질을 가까이하려면 내가 먼저 본질에 집중하며 살아야 했다. 자녀는 부모의 장단점을 여과 없이 그대로 배운다. 부모의 식습관이 자녀에게 그대로 전해질 확률은 90퍼센트가 훌쩍 넘는다. 경제관념도 마찬가지다. 돈에 대한 가치관을 그대로 받아들여 아이들이 물건을 살 때, 진로를 정할 때, 취업할 때 등 아이 인생의 전반에 걸쳐 많은 영향을 미친다.

자녀는 자라면서 부모로부터 세상을 바라보는 방법을 배우고 그것이 삶의 가치관과 선택의 기준으로 자리 잡는다. 그렇기에 부모라면 세상을 정확하게 읽을 수 있어야 한다. 급변하는 사회에도 정통할 수 있는 올바른 가치관을 정립해야 한다.

하지만 본질을 꿰뚫기란 쉽지 않다. 본질과 눈에 보이는 현상 사이에는 늘 존재하는 간극을 알아차리려면 상당한 내공이 필요하다. 다양한 가치관이 혼재하고 모든 것이 시시각각 공유되는 미디어 사회에서는 더더욱 그렇다. 그렇다면 나는 어떻게 살아야 할까?

삶에 대한 프레임을 바꾸자

인생을 다른 프레임으로 바라볼 수 있어야 한다. 이미 100세 시대에 접어들었고 우리 아이들은 120세 시대를 바라보고 있다. 평균수명이 이렇게나 늘어남에 따라 개개인의 생애 주기에도 큰 변화가 따라왔다.

지금의 내 가치관은 기성세대의 가르침과 사회가 중요하다고 생각하는 가치가 반영되어 만들어진 것이다. 그러나 이것은 더는 유효하지 않다. 이미 많은 사람은 알고 있다. 몇십 년 전에는 당연하게 여겼던 삶의 방식들이 이제는 틀에 박힌 고리타분한 것으로 여겨지고 있다. 부모인 나부터 삶에 대한 생각을 달리해야 했다.

문화심리학자 김정운 박사의 말에 따르면 여태 우리가 중요하게 생각했던 가치들은 평균수명 50세 시대에 맞춰져 있는 것들이다. 예전에는 수명이 길지 않았으니, 평생의 해야 할 것들을 그 몇십 년에 다 몰아서 해야 했다. 그러나 수명이 늘어나면서 생애 주기마다 중요하다고 여겨졌던 것들이 달라지고 있다.

가까운 일본은 이미 하나의 직업이 아닌 여러 개의 생업으로 직업 형태가 바뀌고 있다. 그렇다면 우리나라는 어떤 변화가 있을까? 아직은 공부해서 대학을 가고 취업하는 것이 당연한 공식이다. 그러나 20년 뒤에도 여전히 그럴까? 몇십 년 후에는 대학, 학벌이 가지는 의미가 지금처럼 중요할지 확신이 안 선다. 결혼도 더 안 할 것이고 어쩌면 동거가 더 자연스러워질지도 모른다.

그러나 아무리 사회가 변한다고 한들 본질은 변하지 않는다. 직업의 '업'이 그러하다. 인공지능으로 어떤 직업이 사라지고 새로 생긴다고 해도 '업'은 변하지 않는다. 로봇의 도입으로 의사가 하는 일이 달라져도 '사람을 치료하는 일'이라는 의사의 업이 변하지 않는 것처럼 말이다. 그렇기에 미래의 직업을 생각할 때는 직업 자체보다는 그 직업이 하는 일을 생각하고 시야를 넓혀야 한다. 의사는 치료, 수술하는 사람이 아니라 '사람들에게 의학적으로 도움을 주는 일'이라고 생각하는 것처럼 말이다.

삶도 마찬가지다. 삶의 형태가 달라져도 삶의 본질은 변하지 않는다. 삶의 본질을 파헤치고 삶의 우선순위를 다시 정립해야 한다. 내 삶과 아이들의 삶을 되돌아보고 깊이 생각해 봐야 한다.

나는 아이들이 대학에 가지 않아도 괜찮다. 아이들은 각자의 삶에서 행복을 누려야 한다. 행복은 자신의 내면에 집중할 때 나온다. 그중 하나가 진정으로 좋아하는 일을 하는 것이다. 나는 아이들이 자신의 재능이나 좋아하는 일을 찾길 바란다. 주위에 휘둘리지 않고 좋아하는 일에 집중하고 도전하면서 살길 바란다. 내게는 이것은 대학 학위보다 더 중요하다. 산다는 것은 무수한 책임을 짊어져야 하는 고된 일이지만 우리 아이들은 그 삶 속에서도 각자의 행복과 즐거움을 누리는 방법을 찾길 바란다.

아이들이 결혼을 안 해도 좋다. 결혼의 본질은 사랑이다. 결혼 제도는 선택의 문제이다. 결혼 여부보다 더 중요한 것은 긴 인생을 함께 보내고 싶은 사람을 만나는 것이다. 오드리 헵번도 두 번의 이혼 끝에 만난 세 번째 남편과는 동거로 여생을 행복하게 살지 않았는가.

그런 이유로 나는 아이들이 각자의 반려자만 찾는다면 어떤 선택이든 지지할 것이다. 결혼하든 동거하든, 만나는 사람이 이성이든 동성이든, 어떤 조건의 사람이든 상관없다. 아이들이 평생을 함께하고 싶은 사람을 찾았다면 나는 그 사람을 두 팔 벌려 환영할 것이다.

본질에 집중하는 것은 삶의 즐거움과 자유를 선사한다. 타인의 시선, 어떤 것들에 얽혀 있지 않고 정말 중요한 것에 집중하면 진정으로 자유로워진다. 그러면 내 삶이 보이면서 살아 있다는 것의 진짜 기쁨이 느껴진다. 그것에 집중하면 이 긴긴 인생에서 우리 가족은 더 많은 행복을 누릴 수 있을 것이다.

어떤 영역에서든 본질로 여겨지는 것들은 몇 가지 안 된다. 가족의 행복도 마찬가지다. 가정은 정말 중요한 가치에 정성을 쏟는다. 그러나 불행한 가정은 그것들을 제외한 나머지에 정성을 쏟는다. 그렇다면 우리 가족에게는 어떤 본질을 기억하며 살아야 할까?

본질에 집중하자. 보이는 것에 휘둘리지 않고 변하지 않는 가치에 집중하자. 본질에 집중하는 태도는 우리에게 진정한 행복을 가져다줄 것이다.

"행복한 가정은 모두 비슷하게 닮았지만 불행한 가정은 저마다의 이유로 불행하다."

—『안나 카레니나』 중에서

에필로그

"독서는 충실한 인간을 만들고, 글쓰기는 정확한 인간을 만든다."

– 프란시스 베이컨

이 책을 쓰기 위해 혼자 집에서 끄적거렸던 메모와 글의 조각들을 모두 모아 보았다. 다듬어지지 않은 글들이 대부분이었고 감정만 앞선 글들도 꽤 많았다. 부족한 글들이지만 하나도 빠짐없이 모으고 정리해서 내 생각을 독자들에게 전하려고 애를 많이 썼다. 그런데 글을 쓰는 내가 되려 '엄마'에 대해서 재정의하고 있었다.

임신, 출산, 육아가 엄마로서 다시 태어나고 부모님의 마음을 헤아리는 일이었다면, 육아에 대해 글을 쓰는 것은 '엄마'라는 일이 얼마나 숭고한지를 다시 한번 깨닫는 일이었다. 나보다 연약한 존재를 위해 희생하는 일이 얼마나 대단한 일인지를, 내 목숨보다 소중한 존재가 곁에 있다는 것이 얼마나 멋진 일인지를 말이다.

조지 버나드 쇼는 젊은이에게 젊음을 주기가 아깝다고 했다. 젊음을 가진 젊은이들이야말로 젊음의 소중함을 쉽게 놓친다는 뜻이다. 육아도 똑같다. 아이가 주는 기쁨을 놓치기 쉬운 사람은 다름 아닌 아이를 키우는 부모들이다. 엄마, 아빠는 아이가 주는 기쁨을 넘치도록 받지만, 힘든 육아에 지쳐 그 기쁨을 쉽게 놓쳐 버린다. 나도 예외는 아니었다. 입으로는 아이들을 사랑한다면서 매사 불평했고 짜증을 냈다. 하지만 아무리 육아가 힘들어도 변하지 않는 사실은 아이가 주는 기쁨은 인생에서 딱 한 번 누릴 수 있다는 것이다. 딸에게 이렇게 물은 적이 있다.

"왜 다른 부모에게 안 가고 엄마, 아빠한테 왔어?"
"엄마, 아빠를 사랑해서!"

이렇게나 예쁜 아이들과 한 가족이 되었다니. 이것이야말로 축복 그 자체가 아닌가. 책을 쓰면서 나를 포함한 모든 엄마가 얼마나 큰 축복을 받았는지를 새삼 깨달았다. 내 아이의 엄마가 된다는 것은 그 자체로 축복이었다. 매일 아침 눈떠서 잠들 때까지 아이와의 하루는 정신없지만 그 일과 속에서도 넘치는 행복들이 있다. 독자들도 그 보석 같은 순간들을 많이 찾아서 아이와의 시간에 기쁨이 넘치기를 진심으로 바란다.